水利人的精神家园（二）

——水利系统第四届全国文明单位风采录

水利部精神文明建设指导委员会办公室　编

中国水利水电出版社
www.waterpub.com.cn

内 容 提 要

全国文明单位的创建历程和良好形象是水利精神文明建设的一个缩影。2014 年年底，中央文明委授予了 31 家水利单位“全国文明单位”荣誉称号，2015 年 4 月 20 日，全国水利精神文明建设工作会议向荣获第四届全国文明单位称号的 17 家单位（不含地方推送）颁发了奖牌。为了大力宣传这些在文明创建工作中取得突出成绩的水利单位，传播文明创建的成功经验，我们编辑出版了《水利人的精神家园——水利系统全国文明单位风采录》一书。该书收录了 28 家水利系统第四届全国文明单位的创建经验总结，图文并茂、系统全面地介绍了各单位在创建过程中的具体做法以及创建过程，集中展示了水利系统第四届全国文明单位的精神风貌。编者希望通过此书的出版发行，引领和带动水利系统各单位争创文明，在全行业营造见贤思齐、争创一流的良好氛围，从而推动全行业文明程度的提高，打造水利人臻善臻美的水利家园。

图书在版编目（CIP）数据

水利人的精神家园 ：水利系统第四届全国文明单位风采录. 2 / 水利部精神文明建设指导委员会办公室编. -- 北京 ：中国水利水电出版社，2015.10
ISBN 978-7-5170-3982-2

Ⅰ. ①水… Ⅱ. ①水… Ⅲ. ①纪实文学－作品集－中国－当代 Ⅳ. ①I25

中国版本图书馆CIP数据核字(2015)第314223号

书　　名	水利人的精神家园（二） ——水利系统第四届全国文明单位风采录
作　　者	水利部精神文明建设指导委员会办公室　编
出版发行	中国水利水电出版社 （北京市海淀区玉渊潭南路 1 号 D 座　100038） 网址：www.waterpub.com.cn E-mail：sales@waterpub.com.cn 电话：(010) 68367658（发行部）
经　　售	北京科水图书销售中心（零售） 电话：(010) 88383994、63202643、68545874 全国各地新华书店和相关出版物销售网点
排　　版	中国水利水电出版社微机排版中心
印　　刷	北京博图彩色印刷有限公司
规　　格	170mm×235mm　16 开本　15.5 印张　270 千字
版　　次	2015 年 10 月第 1 版　2015 年 10 月第 1 次印刷
印　　数	0001—1500 册
定　　价	**80.00** 元

编 委 会 名 单

前　言

以文明为底色，梦想不再遥远。泱泱几千年，“中国梦”的印痕从未在中华文明的印记中淡化。实现中华民族伟大复兴，不仅需要在物质生产上不断创造奇迹，同时也需要在精神文化上书写新的辉煌。

党的十八大以来，以习近平同志为总书记的党中央高度重视精神文明建设，强调实现中华民族伟大复兴的中国梦，物质财富要极大丰富，精神财富也要极大丰富，必须锲而不舍、一以贯之抓好社会主义精神文明建设。

今年4月20日，水利部党组书记、部长、部文明委主任陈雷在全国水利精神文明建设工作会议上强调，要扎实推进水利精神文明建设，鼓舞和带领广大水利干部职工，为促进水资源可持续利用、保障国家水安全、实现中华民族伟大复兴“中国梦”而努力奋斗。

扎实推进水利精神文明建设，必须围绕“四个全面”这个总纲。围绕中心、服务大局，是社会主义精神文明建设的基本职责。抓好水利精神文明建设，要紧紧围绕协调推进“四个全面”战略布局，以更加饱满的热情、更加有力的举措、更加务实的作风，将社会主义核心价值观融入水利改革发展中，在落实上铆足劲、加足油，主动为全面建成小康社会提供文明支撑，为全面深化改革提供精神动力，为全面依法治国提供道德滋养，为全面从严治党提供思想保证。

扎实推进水利精神文明建设，必须用好改革创新这个抓手。精神文明建设重在建设，建设的是思想、精神，建设的是道德、风尚。推进水利精神文明建设，要持之以恒、常抓不懈，又要顺应变化、与时俱进，力戒形式主义、官僚主义，不做虚功、不搞花架子，把水利精神文明建设与深化水利改革发展贯通起来，增强精神文明建设的针对性实效性和吸引力感染力。同时要坚持虚功实做，弘扬务实作风，要对确定的目标和认准的事情扭住不放，保持一抓到底的劲头，抓一件成一件、积小胜为大胜，不断提高水利精神文明建设的水平和成效。

扎实推进水利精神文明建设，必须把握和谐发展这个方向。精神文明建设是一项长期的战略性任务，不是一朝一夕、一蹴而就的，要把水利精神文明建设与水利行业文化活动相结合，营造生动活泼的局面。通过开展丰富多彩的精神文明建设活动，进一步弘扬“献身、负责、求实”的水利行业精神。通过各类活动载体，广泛开展文化体育活动，努力用先进的文化理念和丰富多彩的文化活动增强水利系统的凝聚力、创造力和战斗力，营造积极向上的干事创业氛围，为进一步深化水利改革发展提供强大的精神动力。

扎实推进水利精神文明建设，必须完成利民惠民这个任务。以人为本，实现好、维护好、发展好最广大人民的根本利益，是精神文明建设的根本出发点和落脚点。治水兴水本就是利国惠民的事业。因此，水利精神文明建设中，必须发挥人民群众的主体作用，坚持为了人民、依靠人民、精神文明建设成果由人民共享，多建群众拍手称赞的民生水利工程，多办群众看得见摸得着的好事实事，防止形式主义，不做表面文章。

文明是一份精神的力量，更是一种客观的存在。去年底，中央文明委授予了 31 家水利单位“全国文明单位”荣誉称号。这是近年来水利系统精神文明建设辛勤耕耘的成果，也是水利系统精神文明建设工作者无私奉献的结晶。

成绩来之不易，为了让水利精神文明之花绽放得更加精彩，我们编辑出版了《水利人的精神家园——水利系统全国文明单位风采录》，旨在通过大力宣传这些在文明创建工作中取得突出成绩的水利单位，进一步传播水利精神文明创建的成功经验。

该书收录了 28 家水利系统第四届全国文明单位的创建经验总结，图文并茂、系统全面地介绍了各单位在创建过程中的具体做法以及创建过程，集中展示了水利系统第四届全国文明单位的精神风貌，具有很高的学习和借鉴意义。

我们希望通过此书的出版发行，引领和带动水利系统各单位争创文明，在全行业营造见贤思齐、争创一流的良好氛围，从而推动全行业文明程度的提高，打造水利人臻善臻美的水利家园。

本书的编辑出版得到了中国水利水电出版社、《中国水文化》杂志社的大力支持，在此表示诚挚的感谢！

由于编者水平有限，书中难免存在疏漏和不足之处，敬请广大读者批评指正。

水利部精神文明建设指导委员会办公室

2015.9

目录

厚积薄发　文明嬗变

水利部水利水电规划设计总院

2015 年 2 月 28 日，水利部水利水电规划设计总院（以下简称水规总院）被授予“全国文明单位”称号。全院上下 18 年的不懈努力和奋斗，终于结出累累硕果。

水利智库一甲子，文明创建二十年

水规总院成立于 1953 年，在 60 多年的发展历程中，承担着中国水利的发展谋划、规划设计、建设管理等重要职责，是中国水利的重要技术支撑单位和中国水利水电勘测设计行业的主管部门，是中国久负盛名的水利水电战略研究与技术咨询权威机构。

为政府提供有力的技术支撑，是建院之基；始终站在国内外技术前沿，是立院之本；为社会提供技术服务，是强院之路；建设国际一流的专家队伍，是兴院之策。建院以来，组织或参与了新中国成立以来几乎所有的重大水利决策论证过程、重大水利水电工程建设项目和大江大河流域规划的研究、论证和审查。组织编制了一大批全国性的流域和区域水利发展的重大规划，开展了 200 多项事关水利发展全局的重大水利战略和重大技术问题研究，完成了 2000 多项重大水利水电工程项目的技术论证，制定了一大批重大国家水治理方案，建立并完善了 208 项技术标准的水利水电勘测设计技术标准体系和 10 多种水利工程定额的经济定额体系，为中国水利改革发展的顶层设计、大规模水利建设和政府公共管理提供了重要的技术支撑。

大鹏飞翔，两翼并举。水规总院在做好政府智库的同时，高度重视思想文化建设和文明创建工作。在连续 18 年荣获“首都文明单位”和“中央国家机关文明单位”、连续 12 年荣获“全国水利系统文明单位”基础上，持续推进文明单位创建工作，不断探索和创新工作方法，坚持“以文化人、以业立身、

黄河小浪底水利枢纽工程

以法治事、以德润心”，努力为事业发展提供坚强的思想保证、强大的精神动力和丰润的道德滋养。

以文化人，加强思想文化建设

深入开展理想信念教育，坚定信仰。习近平总书记指出：“人民有信仰，民族有希望，国家有力量。”水规总院紧紧抓住人生观、世界观、价值观这一总开关，着力加强学习型、服务型、创新型党组织建设，不断强化思想教育，使干部职工牢固树立共产主义信仰。不断探索创新教育活动载体，开展“总院讲堂”系列活动，把“总院讲堂”作为开展理想信念教育、党性党风党纪教育、道德品行教育和业务知识培训的“四位一体”平台，院领导坚持每年为全体干部职工讲专题党课。

深化核心价值观学习，传播水文化。深入宣传贯彻社会主义核心价值观，认真践行水利行业精神，在水利部组织的社会主义核心价值观答题竞赛活动中获得组织奖和集体奖；结合水规总院工作实际，动员全体员工参与总院核心价值观的编写与讨论，总结提炼了“科学、严谨、求实、创新”的价值追求，作为凝心聚力、和谐发展的“总院精神”。

开展丰富多彩的文化体育活动，丰富精神生活。每年春夏秋冬四季分别举办四次主题文化活动，春季举办文艺联欢活动，夏季组织集体休假，秋季举办职工运动会，冬季举办春节游艺活动。此外，“三八”妇女节举办女职工联谊会，“五四”青年节举办民兵演练和爱国主题活动，“七一”举行主题党日活动，离退休职工文体活动实现常态化。

注重人文关怀，创造和谐工作氛围。对职工食堂、地下车库进行装修改造，开展院内和楼顶绿化，打造干净整洁、优美舒适的办公环境；坚持为离退休职工开展医疗义务巡诊，改善单身职工居住条件，为哺乳期女职工设置母婴室，创建团结、互助、和谐、包容的工作氛围；每年由院长写生日贺卡，为每位职工赠送生日蛋糕，深受职工欢迎。2015 年，刘伟平院长为职工书写《西江月·2015 年生日贺词》：“万水千山走遍，经天纬地筹谋。江山指顾望神州，三纵四横布就。”千载文明历史，一编治水春秋，欣逢盛世谱风流，祝愿河清人寿！

以业立身，打造高层次水利规划设计专业队伍

树立爱岗敬业的职业观念。通过举行“中国梦、总院梦、我的梦”主题党日演讲比赛，激发干部职工把个人追求、总院发展和中华民族伟大复兴紧密联系在一起，树立奉献水利的职业理想、实事求是的职业信念、科学严谨的从业态度。

长江三峡水利枢纽工程

培养技术过硬的职业能力。大力推进知识更新和业务培训，突出高层次人才培养，抓好优秀人才和中青年业务骨干的实践锻炼，着力提升专业技术水平。2014 年，采用多种形式开展了水生态文明建设、筑坝新技术、水足迹评价与管理等 21 次培训活动；为广大干部

职工提供了 172 个学时的自主选学，全院干部职工参训率达到 100%。随着业务能力不断加强，已有近百人获得了注册咨询工程师、注册安全工程师等执业资格。

追求高质量的工作业绩。水规总院在高质量完成规划设计审查任务的同时，高度重视科技创新和成果创优工作，多项成果达到国际和国内领先水平。水功能区划与水资源保护理论技术及应用、中国水资源及其开发利用调查评价、全国水资源综合规划（2010—2030）获得国家科学技术进步奖和全国勘测设计奖。近 3 年来，共有 16 项成果获省部级以上奖项，3 项成果获得国家级奖项，干部职工享受国家级荣誉的有 45 人次。

以法治事，形成用制度管权办事管人的有效机制

领导班子引领精神文明建设工作开展。院领导班子始终与党中央保持高度一致，坚持民主集中制，认真落实“八项规定”，深入开展党的群众路线教育实践活动，专项整治“四风”问题，带头履行“一岗双责”，严格落实“两个责任”。

积极构建精神文明建设工作体系。调整充实院精神文明建设领导小组，制定中长期创建规划和年度工作要点，明确各部门工作职责，把创建工作与业务工作同部署、同检查、同考核，做到“一把手”推动、全院上下联动共建。

以制度建设规范工作流程和行为准则。印发《职工手册》和《保密工作手册》，作为普法教育和院规教育的载体。制定了工作作风要求、审查人员行为准则、职业道德规范和岗位保密要求，制定修订了 70 多项内部管理制度，约束议事决策、党风廉政、综合管理、后勤服务等各个方面，形成了完善的制度体系。

以德润心，加强社会公德和职业道德建设

积极推进行业诚信体系建设。加强水利水电勘测设计市场管理，完善诚信体系建设，启动并推行了行业信用等级评价工作，已有 143 家单位取得了行业信用等级。目前，行业信用等级评价结果已在地方水利项目招标投标中逐步运用，有效规范了勘测设计单位的市场行为。

担当社会责任，大力开展人才技术援助活动。充分发挥技术优势，为水利

勘测设计单位培训技术骨干，为贫困地区、受援地区技术干部提供来京学习交流的平台，认真做好援疆、援藏、援青、扶贫和结对共建工作，每年向定点扶贫县开展献爱心、送温暖活动。

坚持开展学雷锋志愿服务活动。注册成立了学雷锋志愿服务队，每年组织向藏区贫困中小学捐赠图书和衣物，开展义务植树、国防教育、水日水周宣传、关爱山川河流调研、献爱心捐款、社会敏感日执勤、看望生育女职工、慰问老党员等活动，实现学雷锋志愿服务常态化。

加强职业道德修养，改进工作作风。水规总院通过教育培训、设立共产党员示范岗和青年文明岗、公开服务承诺、开展审查文明用语活动等多种方式，弘扬求真唯实、学术平等、文明礼貌、廉洁公正的职业道德，树立尊重群众、服务基层的工作作风。

文明创建只有起点，没有终点，永远在路上。水规总院党委书记、院长刘伟平说："全国文明单位的荣誉来之不易，既得益于'总院精神'的传承，也得益于全体干部职工多年的不懈努力。我们要倍加珍惜荣誉，立足新起点，创建新机制，推进文明创建工作常态发展，向着更高的目标持续迈进。"

链接 1 >>>

水利部水利水电规划设计总院精神文明创建工作体会

水规总院紧紧围绕水利改革发展新形势，加强组织领导，科学周密规划，不断创新工作方法，全面加强精神文明创建工作，努力提升创建质量，连续13 年获得"全国水利系统文明单位"，连续 18 年荣获"首都文明单位"和"中央国家机关文明单位"，2015 年荣获第四届"全国文明单位"称号。在文明创建过程中，我们主要有四点体会：

一、党委高度重视，加强组织领导，是确保创建工作健康有序开展的组织保障。院党委坚持把抓班子建设作为创建工作的龙头工程，着力抓好领导班子思想政治建设，认真落实"八项规定"，专项整治"四风"问题，带头弘扬团结务实、廉洁高效的良好作风；2012 年院第四届党员大会后，及时调整充实院精神文明建设领导小组人员，确保创建活动保持健全的领导机构，及时修订完善中长期创建规划，把创建工作与业务工作同部署、同检查、同考核；广泛开展群众性精神文明创建活动，3 年来表彰先进集体 12 个、先进个人 109 名、先进党支部 5 个、优秀党员 20 名、优秀党务工作者 4 名，有力地推动了创建工作开展。

二、把握时代主题，加强思想熏陶，是深化创建活动的精神动力。院党委坚持把培育和践行社会主义核心价值观作为创建活动的主旋律，开展“总院讲堂”系列活动，院领导坚持每年为全体干部职工讲专题党课，引导干部职工牢固树立共产主义信仰，自觉践行水利行业精神。在水利部组织的社会主义核心价值观答题竞赛活动中，我院获得组织奖和集体奖；结合总院工作实际，动员全体职工参与总院核心价值观的编写与讨论，提炼了“科学、严谨、求实、创新”的价值追求，作为我院凝心聚力、和谐发展的“总院精神”。持续深入推进教育活动，激发了广大干部职工的精神动力，赋予了创建活动的时代内涵。

三、发挥技术优势，创造优良业绩，是提高创建实效的有力举措。作为水利部的技术支撑单位，我们坚持围绕中心抓创建，既注重培养技术过硬的职业能力，又追求高质量的工作业绩。突出高层次人才培养，抓好优秀人才和中青年业务骨干的实践锻炼，着力提升专业技术水平，采用多种形式开展专业培训活动。为广大干部职工提供了 172 个学时的自主选学，已有近百人获得了注册咨询工程师、注册安全工程师等执业资格。在高质量完成规划设计审查任务的同时，多项成果达到国际和国内领先水平。近 3 年来，共有 16 项成果获省部级以上奖项，3 项成果获国家级奖项，干部职工享受国家级荣誉的有 45 人次。

四、积极主动作为，担当社会责任，是提升创建工作影响力的有效途径。我院着眼提升创建活动的社会效益，注重发挥工青妇组织的作用，积极落实社会责任，主动开展志愿服务。积极推进勘测设计行业信用等级评价工作，目前已有 107 家单位取得了行业信用等级；坚持开展共同创建，与北京市水利规划设计院结对开展共建活动，帮助结对共建单位——顺义区张镇厂门口村完成村边洪水灾害频发河流综合整治项目的申报审批；认真做好援疆、援藏、援青、扶贫工作；注册成立了学雷锋志愿服务队，每年组织向藏区贫困中小学捐赠图书和衣物，开展义务植树、国防教育、水日水周宣传、“关爱山川河流”调研、献爱心捐款、社会敏感日执勤等活动，大大提升了创建活动的社会影响力。

我们深知，精神文明建设只有起点，没有终点，永远在路上。我们将认真落实上级部署要求，不断改进创建工作的有效途径，推进精神文明建设创新发展，为水利改革发展提供有力的技术支撑。

链接 2 >>>

水利部水利水电规划设计总院职工创建感言

水规总院结合本单位实际，通过创建“全国文明单位”，坚持以业树人（以工作事业培养职工成长），以文育人（用总院核心价值观引导培育职工敬业精神），以德养人（用明礼崇德理念浸润职工心灵），初步形成了干事创业、积极有为、干群团结、氛围和谐的良好局面，为总院可持续发展奠定了坚实的基础。

——办公室　胡玉强

“科学、严谨、求实、创新”是引领水规总院创建“全国文明单位”的航标灯，处处体现水规总院文明建设的精、气、神！注重文明建设正能量汇聚成向心力，事业发展、再创辉煌！

——办公室　杜崇玲

全国文明，从我做起；投身水利，贡献发展；科学严谨，求实创新；蓬勃总院，美丽中国！

——财务处　王学敏

回望过去，我们倍受鼓舞，展望未来，我们信心满怀。水规总院获得“全国文明单位”后，要求更高，使命更强，我们要以此为新的契机，以更高的要求、更高的标准，坚持不懈地抓好精神文明建设，让文明创建为我院高水平单位建设再添新的动力。

——财务处　张　钰

总院讲堂的开办，使全体职工进一步提高了政治理论水平、思想道德素养和业务工作能力，树立了廉洁从政的观念。

青年拓展活动的开展，为大家提供了一个沟通交流的平台，活跃了青年职工的文化生活，增强了凝聚力，提高了团队协作能力。

在整个创建文明单位过程中，我们拥有共同的目标，通过学习和参加各种形式的团体活动，我们每个人的精神境界都得以升华，工作能力更是得到了提高。

——服务中心　佘会青

“全国文明单位”是中央文明委授予创建单位的最高荣誉，作为总院的一名普通职工，对我院荣获“全国文明单位”称号，感觉非常的骄傲与自豪。这一称号体现了中央和水利部对我院文明建设的肯定和认可，实现了几代总院人为之不懈努力的奋斗目标，这一荣誉来之不易，我们应该倍加珍惜。

通过创建“全国文明单位”，我深切感受到，要建设好一个单位，在加强单位业务能力建设的同时，也要注重单位文明建设。文明建设更重要的体现在精神文明方面，要在全体职工中树立奉献、拼搏的理念。我们全体职工要倍加珍惜这一来之不易的崇高荣誉，从自我做起，从点滴做起，努力把总院建设得更美丽、更文明、更和谐，不断增强全体职工的幸福感、成就感和荣誉感。

——水战略研究二处　赵钟楠

通过总院讲堂等活动的定期举办，院里的文化氛围更浓厚了，大家在搞好专业的同时，也更多地找时间读人文、读历史、读经济，积极地补充精神食粮，提高个人修养。

通过向贫困地区捐书、捐物，向干旱地区“母亲水窖”活动积极捐款，让大家时刻意识到自己的社会责任感，我们每个人都有义务去帮助需要帮助的人，让他们感受到社会的温暖。

通过组织开展登山比赛、运动会等活动，增强了大家的锻炼意识、健康意识，有了好身体，才谈得上把工作做好，为家庭尽责，为社会尽责。

——规划处　张维蓉

我院以创建“全国文明单位”为契机和动力，有力推动了各项事业的科学发展。在开展精神文明创建活动中，全院上下齐心协力，共同推进，既有院领导和有关部门高度重视、深入调研、科学谋划精神文明创建工作，进行科学的顶层设计，又充分发挥广大职工在精神文明创建活动中的主体地位，从而形成创建工作的整体合力。通过一系列工作的推动，全院职工文明素质持续提升，文明单位创建迈上新台阶。展望未来，我院将继续坚持“科学、严谨、求实、创新”的总院精神，以更高的要求、更高的标准，坚持不懈地抓好精神文明建设工作，让文明创建活动为我院建设再添新的动力。

——环境与移民处

我院创建“全国文明单位”是落实社会主义核心价值观的具体体现，是丰富我院物质文明、政治文明、精神文明、生态文明的动力源，通过创建活动，单位组织建设、思想教育、文化建设、综合治理、环境卫生、综合效益成果显著。

——计划处　陈建军

创建文明单位，促进了职工凝聚力、荣誉感的培养，反映在工作中就是审查文件效率有明显提高，各部门专业的沟通、交流更趋主动。

——计划处　任铁军

文明单位称号来之不易，大家一定要好好维护。虽然取得了文明单位称号，但不是我们争创文明的终点，而是一个新的起点。

——计划处　冀建疆

创建精神文明单位以来，我院人人都是文明形象，处处都是和谐环境。在这种氛围中工作效率得到了极大提高，个人素养得到了显著提升，精神文明的创建是深入人心的。

——计划处　王　鹏

创建文明单位，争做文明职工！

——计划处　关春曼

总院的荣誉是大家努力的结果，它证明了我们这个集体是个团结、文明、和谐、奋进、充满朝气的集体，我们应为此感到骄傲！同时也鞭策每一位总院人更加努力地做好本职工作。

——计划处　高　音

求真务实，甘于奉献。

——计划处　靳革新

每个人都是总院文明大家庭的重要一员，是总院事业发展的主力军，也是总院和谐发展的助推器。

——老干部管理处　宋光强

深入扎实地开展精神文明创建活动，要多做得人心、暖人心、稳人心的工作，要从老干部的实际需求出发，从老干部最关心的问题入手，把工作做到老干部的心坎上。

——老干部管理处　王传菲

有一次，在德外街道开会，表彰北京市的文明单位，我和别人说我们单位是“全国文明单位”，听者露出羡慕的表情。在感到骄傲的同时我也意识到自己有责任维护这份荣誉。

——人事处　黄　文

在总院这个大家庭里，我感到特别温暖和幸福，好的环境能够让年轻人更好地成长。

——人事处　顾沁扬

重在创建和谐氛围，爱人以德。

——科技处　任冬勤

积极向上的职工活动，是增强单位凝聚力、促进单位和谐发展、巩固文明成果的有益载体。

——科技处　温立成

领导高度重视，全员积极参加。荣誉而不骄，忧难而不惧。

——科技处　雷兴顺

水利智库实现文明嬗变，华丽转身留下坚定背影。文明创建只有起点，没有终点。循着文明的足音，追随文明的脚步，水规总院永远在路上。

——党办　宋树芳

创建文明单位，明辨价值追求，丰润道德滋养，创造和谐氛围，提升文明素质。

——党办　刘文清

以文明创建成果全力服务水文化繁荣

中国水利水电出版社

中国水利水电出版社（以下简称出版社）是水利部直属的中央级科技出版社，也是中宣部、新闻出版总署表彰的首批15家“全国优秀图书出版单位”之一。该社以践行社会主义核心价值观为根本，以出版精品图书、繁荣社会主义文化市场为己任，紧紧围绕水利改革发展大局，深入开展精神文明建设工作，取得了丰硕成果，获得第四届“全国文明单位”称号。文明之花在有着60年悠久历史和光荣传统的出版社光荣绽放，历久弥新。

水利部部长陈雷亲切看望慰问我社生产经营一线干部职工

武装思想，把组织意志转化为自觉行动

作为“全国优秀出版社”，该社一向注重以思想武装为龙头，上世纪90年代后期提出“服务水电，传播科技，弘扬文化”的办社宗旨和“进取，创新，严谨，团结”的企业精神。2002年确立了出版经营活动和其他各项工

作必须恪守的“四个坚持”即坚持“为社会主义服务，为人民服务”的出版方向，始终在政治上与党中央保持一致，在社会效益第一的前提下，努力追求社会效益与经济效益的最佳结合；坚持维护“全国优秀出版社”的光荣形象，不出坏书，不卖书号，在贯彻国家出版方针政策上保持高度的自觉性，不打折扣；坚持以出版水利水电图书为第一特色，以服务水利水电事业为第一目标，努力以水利为中心工作；坚持出版质量上的高标准、严要求，不以争取时效为借口来降低质量方面的要求，不以牺牲质量为代价来换取经济效益的一时增长。

上述理念融化到机制设计、日常管理和经营实践中，化为干部职工的自觉行动，形成了健康向上的文化追求、规范管用的运营机制、和谐温馨的工作氛围、奋发有为的职工队伍和政治合格的领导班子，保障了精神文明建设扎实有效开展。

彰显特质，融精神文明中心工作于一体

水利出版工作本身就是精神文明建设的重要组成部分，每出版一种图书也就是完建一个文明创建项目。作为文化企业，内容产品是出版社精神文明建设成果的主要载体；为水利事业和文化繁荣服务，是他们的价值追求。

服务水利事业改革发展

出版社坚持“为人民服务，为社会主义服务”的出版方向，始终将社会效益放在第一位，策划出版了《水工设计手册》《中国河湖大典》《中国水利史典》等一大批精品水利出版物，以此为抓手深入推进文明创建。不少图书获得中国出版政府奖、中华优秀出版物奖、“三个一百”原创图书出版工程等多种国家级、省部级奖励。坚持“三贴近”，出版了一大批解读时政、传播知识、传承文明的优秀读物，全力弘扬社会主义先进文化，如2008年、2011年“中央一号文件辅导读本”，《学习实践科学发展观活动专题讲座》光盘、《深入开展党的群众路线教育实践活动专题讲座》光盘等；多种图书入选全国农家书屋重点出版物，多种图书入选向青少年推荐的百种图书、50种音像电子出版物；出版《水利英模风采》《英模风采　时代楷模——谢会贵、崔政权先进事迹》《水利精神文明建设巡礼》《全国水利文明单位典型经验集粹》《中华水文化文集》《首届中国水文化论坛优秀论文集》等出版物，服务了水利行业精神文明建设。秉持“立足水领域，做足水文章，畅游水世界”的经营理念，积极参与水利行业及社会水文化建设实践，如扎实做好水文化著作及音像制品的编辑出版工作，策划实施水文化选题；组织策划大型精品图书《中华水文化书系》及其数字化出版项目，获得中央文化企业国有资本经营预算支出项目资助；策划

第七届世界水论坛暨世界水展（2015年，韩国大邱）

组织大型多媒体项目“中华治水故事”，在美国国际书展的我国主宾国活动上大放异彩，广受好评，获第6届“中国版权最具影响力企业”奖，出版界仅6家单位获此殊荣。

在坚守文化品位的同时，出版社不断提升文化创新发展能力，以自身的改革发展保障精神文明建设工作成效。如：深化水利出版体制改革，打造专业化、国际化的现代出版传媒集团；加快推进数字出版转型，提升服务水利中心工作的数字化水平；作为世界水理事会的中国首家企业成员，以组织参加“世界水展”和相关学术交流活动、开展图书版权输出为契机，积极拓展国际空间，促进中国水利和中国文化走向世界，2014年被世界水理事会授予“五年贡献奖”，成功入选“2013年中国图书世界影响力出版100强”名单（在全国580余家出版社中排名第60位）。

突出创建，不断丰富精神文明建设形式

在创建过程中，出版社始终坚持上下联动、全面统筹，不断丰富精神文明建设的载体、形式，健全了机制，活跃了氛围，取得了实效。比如，着力践行社会主义核心价值观，修订贯彻《精神文明创建考核办法》，制作《社会主义核心价值观职工读本》、展板和电子产品，积极参加全国水利系统社会主义核心价值观知识竞赛和网上答题活动，取得了优异成绩。

又如，为强化职业道德和企业文化建设，把为读者着想、对读者负责作为职工的职业追求，开展了“爱岗敬业学雷锋”活动、出版物质量检查及改进、内部优秀出版物评审表彰、职工技能竞赛、“真学活用‘十八大’，深挖广积‘正能量’”调研、“假如我是社长——为出版社建言献策活动”征文等活动；制定实施了《企业文化建设实施方案》《出版社文明礼仪规范》；坚持举办水文化特色道德讲堂，经常开展廉政道德、传统美德教育，企业与职工家庭普遍和谐，干部职工职业道德水平显著提升。

再如，创新形式传播文明力量，开通“社长微博”，获评“水利部基层党组织学习型党组织建设优秀学习案例”；开展网络文明传播活动，“水电知识网”连获“出版业网站百强”称号；组建网络文明传播志愿服务小组和青年志愿者服务队，宣传水文化知识；以图书为媒体开展文明共建，连续十多年向老少边穷地区捐赠图书，积极开展水利扶贫，重点开展出版支持、文化项目开发等帮扶，开展城乡文明共建，有效推动了企业和社会的和谐发展，营造了文明风尚。

坚守品位，越转企改制越狠抓精神文明

在近60年的发展历程中，出版社经历过4次分合，每每面临困境，水社人的选择都是砥砺前行，奋发图强。1995年春，新生的中国水利水电出版社正式挂牌成立，从此走上全新的发展道路。20年来，部分出版社由于质量不合格、政治上犯错等原因，而被通报批评、扣减书号乃至停业整顿，而出版社每年出版一两千种图书、音像电子读物，却从未受到类似处罚；也没有一名职工因为违法乱纪而受到查处。

2010年底，出版社转制为全民所有制企业。单位性质发生了转变，但社会效益第一、服务水利大局的宗旨一刻也没有动摇。转企前夕，出版社对发展方向和精神面貌进行了再定位：在政治方向上，始终坚持“为社会主义服务，为人民服务”的出版方向，始终坚守出版社的文化品格，始终坚持社会效益第一不动摇，始终保持清白形象，在贯彻国家出版方针政策上不打折扣，不闯红灯；在企业发展中，始终把出版业作为主营领域，把出版物作为主打产品，积极审慎地开展出版以外的经营。

今年伊始，社里又提出：我们是出版、文化力量中的国家队，与祖国文化繁荣和水利改革发展直接相关；我们每做一件事，都要有益于人民的福祉、祖国的强大和水利的发展。通过这样持续不断的自我教育鞭策，出版社一直保持清醒头脑，始终没有走偏方向，不断取得精神文明和出版主业的双丰收。

多年来，出版社先后荣获“全国水利文明单位”“中央国家机关文明单位”“首都文明单位”“首都文明单位标兵”“中央国家机关文明单位标兵”“全国精神文明建设工作先进单位”等荣誉称号，并于今年荣膺“全国文明单位”称号，连续7次蝉联双标兵单位，这些荣誉承载着几代水利出版人的道德品质、文化信念和职业追求，精神文明成果也为出版社转企改制、转型升级、加快发展提供了良好的文化环境和氛围。他们将把荣誉化为促进改革发展创新的信心和动力，进一步强化精神文明建设与水利出版工作的有机结合，不断提升文化品位和价值追求，为水文化大发展大繁荣提供源源不断的文化正能量。

链接 1 >>>

中国水利水电出版社“全国文明单位”创建体会

出版社终于赢得“全国文明单位”称号，我们非常珍视这份荣誉，珍视上级组织的信任和基层群众的支撑，珍视创建过程中我们的成长与收获。我们深知文明创建是坚守信仰的历程，是突破提高的历程，文明创建只有起点，没有终点，将指引着我们砥砺前行。通过多年的创建，我们深深体会到：

思想武装和品位坚守是抓好精神文明创建的前提

作为“全国优秀出版社”，我社以思想武装为龙头，自觉落实党的出版方针，始终坚持社会效益优先，服务于社会主义建设和水利事业发展。在文明创建中践行社会主义核心价值观和“服务水电，传播科技，弘扬文化”的办社宗旨，坚持“为人民服务，为社会主义服务”的出版方向；坚持维护“全国优秀出版社”的光荣形象；坚持以出版水利水电图书为第一特色，以服务水利水电事业为第一目标；坚持出版质量上的高标准、严要求。恪守“四个坚持”成为干部职工的自觉行动，形成了健康向上的文化追求、规范管用的运营机制、和谐温馨的工作氛围，为文明创建活动扎实有效开展打下坚实基础。

围绕中心与突出特色是抓好精神文明创建的核心

出版工作本身就是精神文明建设的重要组成部分。作为中央国有文化企业，我社以体现国家意志和水利行业特点的文化产品彰显文明建设价值：一是策划出版《水工设计手册》《中国河湖大典》《中国水利史典》等一大批精品水利出版物，多次获得中国出版政府奖等国家级及省部级奖励；二是坚持“三贴近”出版大批科普和文化优秀读物，多次入选国家“三个一百”原创图书出版工程和向青少年推荐图书、农家书屋等活动；三是“立足水领域，做足水文章，畅游水世界”，积极参与国内外水利行业科技文化交流及水文化建设实践。同时，我社从集团化改革、数字化转型、多元化经营等多领域的全面改革发展促进了文明创建工作。

全员创建与机制创新是抓好精神文明建设的保障

在创建过程中，我社始终坚持全员参与、上下联动、创新内容、丰富载体，在培育践行社会主义核心价值观、二级机构文明单位评选、举办水文化特色道德讲堂等“五个一”活动、学雷锋志愿服务和岗位建功活动、强化职业道德和企业文化建设、开展城乡文明共建等多个方面创建成效显著，营造了文明风尚，有效推动了企业和谐发展，保障了文明创建成果。

链接 2 >>>

中国水利水电出版社职工创建感言

全体干部职工团结一心，奉献水利精品服务水利两个文明建设，为我们自己点个赞！为水利事业服务，我们永远在路上！

——水利水电出版分社　吴　娟

文明创建青年要先行，大家伙用昂扬热情积极践行核心价值观，志愿服务冲在前，岗位立功争标兵，企业文化做先锋，真正发挥了青年先锋队作用。企业的凝聚力增强了，大家更勤奋敬业，精气神更足啦！

——水利水电出版分社　李忠良

我社在文明创建中发扬“献身、负责、求实”的水利行业精神，结合践行“服务水电、传播科技、弘扬文化”的办社宗旨，充分发挥行业文化主力军作用，做好水文化使者和精神文明建设者，为水利事业的跨越式发展贡献文化力量！

——电力能源出版分社　殷海军

出版社把文明创建和水电出版工作融合起来，用社会主义核心价值观培育编辑人才、以创新的时代精神打造未来的水电传媒航母，大家忙碌而幸福着。加油吧！水电出版人！

——电力能源出版分社　邹　昱

创建“全国文明单位”增强了我的主人翁意识和责任感，做水利行业的教材工作也更有干劲了！相信榜样的力量，更严格要求自己，并把正能量传递给身边的人。

——教育出版分社　隋彩虹

读者关注的不仅是图书产品，出版单位的品牌形象和知名度也是传播文化、聚集人气的关键因素。创建全国文明单位并获得这一殊荣，既凝聚力量鼓舞人心，彰显了时代新风尚，也进一步传播了出版文化，扩大了水利出版品牌影响，有利于社会效益和经济效益的双丰收。

——营销中心　孙　皓

作为参加工作两年的新职工，我积极参加了文明创建活动，践行社会主义核心价值观、志愿服务、文明共建、“五个一”活动、网络文明传播……难忘的创建历程让我更加珍惜这份属于水利职工的荣誉，我倍感光荣和自豪！我要继续为文明创建增光添彩，用勤劳和智慧为水电出版事业奉献青春力量！

——国际合作部　董　君

创建文明单位就是构建一个温馨和谐的大家庭，饱含着我们无限的爱心和义不容辞的责任！光荣并感动着、激励着出版人与水利事业相伴前行！

——出版管理部　孙晓梅

攀文明高峰　步圣洁殿堂

汉江水利水电（集团）有限责任公司

“文明创建工作要再上一个新的台阶……”这是汉江水利水电（集团）有限责任公司（以下简称汉江集团公司）领导班子在2012年部署下一步创建工作时的清晰目标和铮铮决心。3年之间，目标成为现实，汉江集团公司以“两个文明”协调发展的步履书写出文明创建的新篇章。

文明之源：跨越发展写蓝图

汉江集团公司，这个有着57年发展史的国企，站在新的起点，大力突出水利企业、水管单位属性，紧抓南水北调机遇，不断谋求企业经济效益与发展质量的提升。

近几年来，市场形势“雾霾”重重，在企业经营的上空驱之不散。在一次次困局中，汉江集团披荆斩棘，果断出击；围绕“做大做强水电产业，做精做细工业企业，做好做优服务产业，培育发展新兴产业”产业转型升级，书写了

加高工程全面竣工后的丹江口水利枢纽全景

浓墨重彩的华章。

保护开发汉江水资源，发展可持续水利是汉江集团公司存在的根本原因。集团准确定位，突出水利企业属性，坚持管好枢纽兴汉江，确定了“坚定不移、汉江优先、合作开发、争取支持、量力而行、择机而动”的水电开发原则，稳步实施汉江流域水电开发战略。目前，已投运丹江口、自备防汛、王甫洲、潘口、小漩5座水电站，总装机容量达175.9万千瓦，还有汉江流域龙背湾、孤山、新集、碾盘山和广西大藤峡等5座水电站项目正处于有序开发中。

强化市场研判，把握最佳时间节点，锁定了现有工业企业规模，围绕做精做优现有项目，逐步实现工业产业转型发展。电石炉环保及综合节能技术改造项目、铝箔坯料项目、碳化硅深加工项目相继投产，昆山铝业二期工程顺利竣工，标志着集团工业产业转型升级之路迈出了坚实步伐。

根据资金状况，合理确定地产产业开发进度和体量，严控项目投资风险，地产开发取得了阶段性成果。根据市场需求，积极整合内部优势资源，水利旅游、物业管理等服务产业优势逐步显现。

依托自身优势，加快涉水新能源产业布局，努力寻求新的经济增长点，开展了丹江口库区风力发电项目、光伏发电及水光互补项目研究，力求在能源领域开拓新市场、谋求新作为。

以中心工作为轴心，集团公司始终把发展大局作为检验文明创建成效的标准，呈现出两个文明建设齐头并进发展势头。

文明之基：管控机制添动力

向往文明，书写文明，争创文明。这是一场旷日持久的创建攻坚战，更是一项牵动全局，覆盖全员、贯穿全程的系统工程。

集团公司健全文明单位创建机制，成立了由董事长、党委书记胡甲均任主任的精神文明建设委员会，并将创建工作纳入企业一体化管理，确保了文明单位创建工作的稳步推进。

按照水利部、长江委对企业监管方式的新规定和新要求，集团开展经营决策程序和治理结构调整的研究。建立领导班子联席会议事制度，建立了集团信访稳定综治工作联席会议制度和集团公司领导人员经济责任审计联席会议制度，强化沟通效能。

提升管控水平，通过改革释放活力。设立水库管理中心，强化丹江口库区水政水资源监督管理。调整分设房地产管理中心，整合集团旅游、小区物业管理等职能，成立武汉、襄阳物业管理公司，确定汉江医院自主办院发展模式。多年来的信息化建设令集团“耳聪目明”，组建武汉信息科技公司，增强 ERP 系统维护及后续功能开发技术支撑。

文明之基培沃土，积基树本见繁茂。集团公司在“全国精神文明建设工作先进单位”的基础上，连续多年保持“湖北省最佳文明单位”“全国水利系统文明单位”称号。像一块磁石，以文明的力量释放出无穷的能量，掀起了集团所属各单位争创赶超的浪潮。集团所属水力发电厂保持“湖北省最佳文明单位”称号，铝业公司保持了“湖北省文明单位”称号，水电公司、汉江医院保持了“全国水利系统文明单位”称号，电化公司、小水电公司、王甫洲公司保持了“湖北省国资委文明单位”称号，博远置业公司创建了“长江委文明单位”。

文明之本：党建引领激活力

阵阵清风，徐徐而来；为民务实，清廉花开。

坚持“思想建党”，以“三会一课”、中心组学习、远程培训系统为平台，扎实推进学习型党组织建设。认真学习党的十八大和十八届三中、四中全会精神，深刻领会习近平总书记系列重要讲话精神，不断提高集团公司班子成员的政治理论水平和驾驭市场经济的能力。

认真落实两个责任，坚持党风廉政建设与业务工作同部署、同检查、同考核，强化“一岗双责”。坚持把落实“八项规定”与企业实际相结合、与主题实践活动相结合、与党风廉政建设相结合，积极遵守接待新规，勤俭节约新风深入人心，以实际行动节约非生产性开支。

积极落实党风廉政建设主体责任和监督责任

按照长江委党组统一部署，集团公司教育实践活动紧扣为民务实清廉主题，学习教育、听取意见、查摆问题、开展批评、整改落实、建章立制各环节有序衔接、扎实推进。教育实践活动受到长江委党组和督导组的充分肯定。扎实开展了“学习贯彻十八大、争创发展新业绩”主题实践活动。推进集团公司示范基层党组织创建活动。集团公司所属基层党组织结合实际，各自探索共性与个性相互交融、相互补充的特色党建新路。

承办水利部“关爱山川河流·保护水源地”志愿服务暨公益宣传活动

宣传思想工作有的放矢，精神文明创建成果丰硕。充分发挥集团公司宣传平台，强化舆论引导，加强对外宣传管理，以“五个一”建设活动为载体，突出道德内涵，增强企业文化凝聚力和感召力，持续推动集团公司精神文明建设。2014年10月，集团成功承办了由水利部文明办举办的“关爱山川河流·保护水源地”志愿服务暨公益宣传活动启动仪式。利用集团公司内部报、刊、台、网上“道德讲堂”宣讲以及LED屏的形象展示，扎实开展社会公德、职业道德、家庭美德、个人品德教育。2014年，集团12个基层党组织、41名党员、6名党务工作者分别受到长江委党组和省国资委党委表彰。

充分尊重职工知情权、参与权和监督权，推进民主管理、厂务公开、党务公开，凡是涉及集团发展规划、年度计划、财务预决算、改革改制以及涉及职工切身利益的事项，均提交职工代表大会审议后实施，增强了职工的参与感、归属感和维权意识。

团青工作朝气蓬勃有活力。召开第三次团员代表大会，完成换届工作。积极开展团内创先争优、以“书香汉江·践行梦想”为主题的读书演讲竞赛、志愿者服务、扶贫帮困、导师带徒、学雷锋等活动，组织青年职工参加全省技能大赛并获得了良好成绩。集团公司电子图书馆顺利上线运行，为广大职工勤学善用、岗位成才创造了条件。

文明之花：特色文化孕生机

企业文化就像一剂黏合剂，把加强企业管理、打造学习型组织、强化安全生产、提升执行力和提高竞争力粘在一起，发挥出强劲合力。

集团公司提炼出“汉江文化”核心理念，正式颁布集团企业文化管理体系——《汉江之蕴》。集团所属工业企业也大力宣贯以安全生产为重点的行为文化建设。“清风长廊”、《廉洁文化学习手册》、廉政宣传板报比赛等活动让廉洁文化落地生根。2012 年，水电公司、电厂、铝业公司被命名为“湖北省国资委廉洁文化进企业示范点”。

成立长江老年大学汉江分校，大力推进老年教育发展。实施员工带薪休假、免费体检等福利制度，完善困难职工帮扶机制，开展首个全国“扶贫日”公募活动，成立职工服务中心，拓宽职工服务平台。

近年来，汉江集团公司把履行社会责任融入到文明单位创建工作中，进一步彰显了企业的品牌影响力。

南水北调中线一期工程的正式通水圆梦的背后，是汉江集团“家国责任勇担当，不计得失保大局”的无私奉献精神。为保通水，集团牺牲发电效益，压减内部企业产能，全力抬高水库水位，有力保证了通水成功。2014 年夏季，河南省平顶山市遭遇严重旱情，在丹江口水库蓄水不足的情况下，及时开闸放水，全力支持应急调水抗旱。

积极落实水利部、长江委要求，认真开展定点帮扶和援藏、援疆工作。投入资金 230 万元，开展广西田林县、重庆武隆县定点扶贫对口支援工作；选派 1 名副总经理参加了中组部组织的援疆工作；对口帮扶了西藏满拉水利枢纽管理局和西藏旁多水电站；选派多名干部参与了水利部、长江委对口扶贫工作，受到了当地政府和单位的高度评价，展示出集团干部员工的良好风貌。

积极开展新农村建设、“城乡互联、结对共建”以及各项对口帮扶和定点扶贫工作，参与了丹江口市牛河林区凤凰山村、土关垭常家桥村新农村建设，开展了丹赵路毛腊坪村、大坝办事处大坝社区、六里坪镇孙家湾村的对口帮扶，其中六里坪镇孙家湾村被授予“全国文明村镇”称号。投入资金 40 余万元，圆满完成了前四轮“三万”活动任务，现正在开展第五轮“三万”活动。全国首个“扶贫日”，集团职工踊跃捐款，合计捐款 20.4 万元，同时，在公益助学、赈灾救危、扶贫帮困、环境保护等方面积极回馈社会，以实际行动支持企业所在地的经济社会发展。

文明创建就是一根线，串联起千丝万缕的中心工作；文明创建就像一盏灯，照亮集团勇往直前的路。站在新的起点，文明创建的新征程已然开启。

链接 1 >>>

文明创建永远在路上

新春伊始，从中央精神文明建设指导委员会传来好消息：汉江集团公司荣获第四届“全国文明单位”称号！这是公司精神文明发展的重大成果，值得庆贺！

长期以来，汉江集团公司坚持“两手抓、两手都要硬”，不仅创造了物质文明发展的成绩，也创造了精神文明发展的硕果。从“湖北省国资委文明单位”到“全国水利系统文明单位”，从“湖北省最佳文明单位”到“全国精神文明建设工作先进单位”，一步一个脚印、一步一个台阶，今天终于登上“全国文明单位”这个顶峰。

当前，我们的主要任务是确保扭亏为盈、优化水库调度、实施总部搬迁、完善集团管控、深化改革创新，加速汉江集团公司与中线水源公司融合。要保证企业中心工作顺利进行，在坚持“做大做强水电产业、做精做细工业产业、做优做好服务产业、培育发展新兴产业”经营方针不动摇的同时，锲而不舍、一以贯之抓好企业精神文明建设，为企业持续健康发展提供坚强的思想保证、强大的精神力量和丰润的道德滋养。

一是要抓牢理想信念教育。一个企业，一个单位，要同心同德向前进，必须有共同的理想信念做支撑。我们要持续深入开展理想信念宣传教育，倡导什么、反对什么，追求什么、摈弃什么，什么是主旋律、什么是正能量，通过文明创建活动使之清晰化、条理化，入心、入脑，使之成为大家共同接受的核心理念，让理想信念的明灯永远在全体干部职工心中闪亮。

二是要实施企业文化再造。南水北调中线工程供水后，汉江集团公司的水利企业和水管单位职责并重，转型发展、总部搬迁、管控运营模式发生变化，企业使命、企业愿景、企业价值观、企业精神将注入新元素，企业文化建设必须适应这种新形势，实施再造与提升，持续推进企业文化“共知、共识、共行”，充分发挥企业文化的引领和促进作用，切实增强企业发展软实力。

三是要深入推进群众性文明创建工作。精神文明建设，建设的是理想信念，建设的是思想道德，建设的是文明风尚，需要虚功实做，最忌流于形式。要结合企业实际，积极践行社会主义核心价值观，广泛凝聚爱企爱岗、奋发有为的精神力量，倡导文明、健康、科学的工作与生活方式，强化文明单位、文明窗口等文明创建活动，巩固“全国文明单位”创建成果，并不断赋予其新的内涵。

精神文明建设是一项长期的、系统的、复杂的工程，不仅需要各级单位强有力的领导，也需要广大职工的参与和支持，绝非一日之功，更非一蹴而就，需要不断创新、持续改进，使之成为常态化工作。文明创建永远在路上！

链接 2 >>>

汉江水利水电（集团）有限责任公司职工创建感言

看着“全国文明单位”的荣誉，我们有很多骄傲，回首文明积淀的经历，我们有很多感动。企业文明之花，你我共同浇灌，怀着激动的心情，揣着满满的信心，献上最真挚的祝福，祝福集团拥有更美好的明天。

——职工　周　江

汉江集团有着良性向好的经济效益，有着亲善民主的人际关系，有着忠诚奉献的企业人格，有着共同成长的企业精神，生活在集团这个文明的大家庭，让我个人能更好地实现人生的价值。

——职工　沈丽娅

文明就像细雨，可以让集团职工生活得更加滋润；文明就像肥料，可以促进集团公司发展得更加健壮。

——职工　蒋　丽

文明带来幸福，文明产生和谐，这次能够当选“全国文明单位”，是对集团公司每位员工的一种鞭策，我要更加应该严格要求自己，勤以修身，俭以养德，为集团公司的文明之树增添一片绿叶。

——职工　李继红

汉江集团以职工生活健康和谐、社会安康稳定为己任，致力于创造企业价值最大化，这次荣获“全国文明单位”荣誉，除了充分展示了我们企业良好的社会责任感之外，更凝聚了集团公司优秀的企业文化。

——汉江集团公司职工　肖新年

漫漫人生路，我们要勇于担当责任，践行文明，方能不辜负“全国文明单位”的荣誉，不辜负为企业发展殚精竭虑、呕心沥血的创业者对我们的希望。我坚信：文明属于不懈的坚持者！拥有文明，才能够飞得更高；践行文明，才能够走得更远。

——职工　李　刚

人生有涯，文明无边，我们将珍惜“全国文明单位”的这份荣誉，把文明落实到一言一行、一举一动。在此，我们郑重承诺：发扬中华民族的传统美德，让文明诠释我们生命新的定义。

——职工　高绶天

集团公司能获得“全国文明单位”的荣誉，是全体职工努力奋斗精诚合作的结果，是集团领导正确引领与决策的结果，是社会各界支持与帮助的结果，唯有让集团文明之花绽放得更加艳丽，才是对大家最好的回报！

——职工　唐丽娜

“全国文明单位”既是一份崇高的荣誉，也是一份沉甸甸的责任；既是过去努力的结晶，更是未来前行的动力。我们将珍惜这份荣誉，肩负起时代的责任和使命，凝心聚力，为集团的转型发展贡献自己的力量。

——职工　陶　勇

“全国文明单位”的称号既是一份崇高的荣誉，更是一种责任，坚定了我们走中国特色国有企业发展大道的信心和决心。

——职工　罗俊勇

创建凝聚力量，发展承载梦想，成功创建全国文明单位，集团职工为之自豪，倍受鼓舞，满怀信心建设集团更加美好的明天。

——职工　钱淑丽

“全国文明单位”是南水北调中线水源地最响亮的名片，是汉江集团最靓丽的名片，它让我们更有信心和决心不负时代厚望，全力以赴，科学调度，更好地确保一江汉水永续北流，润泽华北大地。

——职工　祁水泉

创建文明单位要以人为本、全员参与，让职工在企业发展中受益。

——职工　闫文娟

创建文明单位过程，也是一个规范单位工作程序、完善科学管理机制的过程，对企业的文化建设具有正面的指引作用。

——职工　严云高

践行“四位一体”凝聚前进力量

黄委河南黄河河务局（机关）

近年来，河南黄河河务局认真践行黄河工程、黄河经济、黄河文化、黄河生态“四位一体”协调发展的工作理念和“基层为本、民生为重”的管理理念，以创建文明单位为抓手，切实加强领导班子和队伍建设，积极培育践行社会主义核心价值观，加强职工道德素质建设，丰富职工精神文化生活，加强基层治黄文化建设，不断提高职工思想道德素质和单位文明程度，成绩斐然。

1988 年河南黄河河务局机关被命名为“河南省文明单位”，至 2013 年连续五届保持省级文明单位称号；2000 年获得“全国水利系统文明单位”；2003

已建成的河南黄河标准化堤防郑州花园口段

年被省委、省政府命名为“河南省创建文明单位工作先进系统”；2015年2月，荣获第四届“全国文明单位”。目前，全局共有全国文明单位2个，全国水利文明单位3个，省级文明单位35个，黄委文明单位19个，省级文明单位创建率达71.2%。2011年，荣获中华全国总工会“全国五一劳动奖状”。2012—2014年，相继荣获“全国内部审计工作先进集体”“河南省政府责任目标考核先进单位”“河南省学习型组织标兵单位”“全省维稳工作先进集体”“爱国拥军模范单位”“黄委经济工作目标考核及供水系统目标管理先进单位”“黄河防汛抗洪先进集体”“‘十一五’人才工作先进集体”“全河离退休工作先进集体”等一系列荣誉称号。

切实加强创建工作组织领导，形成网络化管理机制

河南黄河河务局党组坚持每年定期召开专题会研究部署精神文明建设工作，及时调整文明委成员，加强对创建工作指导，确保人员经费落实。全局普遍建立了“主要领导负责抓，分管领导靠前抓”的创建工作领导机制，形成了由局文明办牵头，基层各级文明办、各基层支部密切配合，全体职工共同参与的创建工作组织网络和“上下联动、齐抓共管、全员参与”的工作格局。

以创建省部级文明单位为重点，把创建工作纳入河南治黄发展大格局，与治黄业务工作同部署、同检查、同落实。实行创建工作目标管理和一把手负责制，层层分解落实创建任务，坚持一级抓一级，层层抓落实，全局文明创建工作不断取得新的突破。

深入创建学习型单位、学习型系统，全局上下蔚然成风

以党组学习为龙头，重点抓好领导干部理论学习。局党组每年集中学习在12次以上，并采取举办学习讲座和专题研修班、召开学习交流会、撰写体会文章等方式，提高学习效果，做到了学用“六个结合”，即把学习习近平总书记系列重要讲话精神与贯彻落实十八届三中、四中全会精神相结合，与贯彻落实中央兴水治水方针、践行“治河为民、人水和谐”治河理念相结合，与深化河南治黄改革相结合，与解决治黄突出矛盾和问题相结合，与教育实践活动深化整改工作相结合，与推进依法治河工作相结合。

深入推进学习型党组织建设，坚持开展“一把手”上党课、向党员干部推

荐学习书目、读书学习交流、知识竞赛、征文比赛等活动，开设学习专栏，建立网络学习交流平台，加强学习考核，形成良好机制。加强职工教育培训和技能训练，积极开展岗位练兵和技能竞赛活动，促进了优秀技能人才脱颖而出。2012 年，河南黄河河务局被评为“河南省学习型组织标兵单位”；2014 年，“加强学习型党组织建设典型案例”被省直工委评为优秀案例。

积极推进民主管理和廉政建设，班子整体效能不断提高

认真贯彻执行民主集中制，制定《河南黄河河务局重大事项决策规则》，坚持重大事项集体讨论决定。坚持党员领导干部民主生活会制度，积极开展批评与自我批评，增进班子团结。广泛实行政务公开和民主理财，促进了民主管理。全面推行会计集中核算制度，有效防范了企业财务风险、资金风险和投资风险。

建立完善党员领导干部工作联系点和调研制度，班子成员广泛深入基层调研。积极开展为职工办实事活动，完善大病救助机制，建立困难职工帮扶机制。认真落实各级领导干部定期接访、信访包案等制度，确保了大局和谐稳定。

2011 年 6 月，时任黄委主任的陈小江夜查河南黄河防汛

扎实开展党的群众路线教育实践活动，“四风”突出问题得到有效遏制，职工群众反映的热点难点问题得以切实解决，影响河南治黄发展的体制机制问题进一步理顺，作风建设的长效机制初步形成，党员干部队伍建设进一步加强。

严格执行中央“八项规定”精神，全面落实党风廉政建设责任制，认真落实“两个责任”。深入开展理想信念、廉洁从政和警示教育，形成了河南黄河廉政文化体系。全面贯彻落实惩防体系实施意见，积极推进廉政风险防控机制建设，实行“廉政阀门机制”，加强对干部提拔全过程监督。加强对重要领域、关键环节监督检查和水利工程建设领域突出问题专项治理，有效预防了腐败行为发生。

广泛开展精神文明创建活动，弘扬彰显新风正气

积极培育践行社会主义核心价值观，参加水利系统社会主义核心价值观网上答题活动以及省直机关培育和践行社会主义核心价值观知识竞赛，分别荣获三等奖和优秀组织奖。利用“世界水日”“中国水周”和法制宣传日，深入开展水法、行政许可、依法行政等宣传教育活动；把诚信建设纳入企业规范管理和河南黄河水利工程建设领域突出问题专项治理；开展优秀公务员评选，推行机关优质服务承诺。制定职工文明行为规范和机关文明办公守则，严肃工作纪律；举办道德讲堂，开展道德模范暨身边好人评选活动，设立善行义举榜，举办先进事迹报告会，营造“崇德向善”氛围。以“三关爱”为主要内容，广泛开展温暖冬天希望工程爱心大动员、慰问看望孤寡老人、义务献血、义务植树及“铭记历史、爱我黄河”等志愿服务和主题活动。开展勤俭节约、文明餐桌行动和文明交通、文明上网、文明旅游等文明有礼培育活动，设立官方微博，传播正能量。坚持开展文明处室、文明职工、文明施工工地、青年文明号及优化基层班组等创建评选活动，立足岗位，建功立业。广泛开展“我们的节日”传统文化活动，组织书法、绘画及摄影图片展，开展拔河、长跑、跳绳、乒乓球及棋类比赛等文体活动。在省直机关第五届职工运动会健步走、广播操、游泳比赛及黄委全河乒乓球、羽毛球等比赛中取得优异成绩。

河南河务局机动抢险队驰援
甘肃舟曲应急抢险

大力加强基层治黄文化建设，机关环境整洁秩序井然

认真贯彻落实水利部《水文化建设规划纲要》，制定《河南黄河文化建设2014—2016年行动计划》，积极推进河南黄河文化建设。在郑州花园口修建了黄河“河韵碑廊”文化景观；在焦作黄河辖区建成了孟州开仪、温县大玉兰、武陟老田庵等融入黄河文化元素和生态元素的精品工程。加强水利风景区建

设，全局已建成郑州花园口、开封柳园口、濮阳渠村分洪闸、范县彭楼、台前将军渡、孟州开仪、孟津铁谢等多处国家水利风景区。开展“企业文化年”活动，提升了河南黄河企业核心竞争力。

加大投入，强化管理，切实改善职工工作生活条件。河南黄河河务局机关大院环境整洁、设施齐全、秩序井然。深入开展法制、安全和计划生育宣传教育，积极推进依法治理工作，实行安全生产联席会、责任追究等制度，职工思想健康向上，遵纪守法，无治安案件和刑事案件，全局无重大责任事故，局机关连续多年被评为“计生达标先进单位”，2015 年获“平安建设工作先进公共单位”。

认真践行“四位一体”工作理念，
河南治黄事业健康快速发展

防汛工作扎实开展，确保了河南黄河防洪安全；水行政管理不断加强，形成良好水事秩序；水资源管理与调度更加严格，引黄供水为粮食核心区建设提供了有力支撑；工程建设与管理水平进一步提高，防洪工程体系进一步完善；经济发展持续向好，多元化经济格局进一步形成；前期与基础研究工作步伐加快，黄河滩区居民迁建试点工作取得突破性进展。探索深化河南黄河水管体制改革，推进水行政审批制度改革，有效转变了水行政管理职能；水资源管理体制、法治建设、科技创新及企业改革等稳步推进，河南治黄事业实现了健康快速发展。

链接 1 >>>

抓创建　聚合力　推动河南治黄事业与精神文明建设协调发展

河南黄河河务局秉承“围绕治黄抓创建，抓好创建促治黄”理念，坚持围绕中心、服务大局，改革创新、务实创建，齐抓共管、全员参与，持续加强职工思想道德建设和群众性精神文明创建工作，着力在提高职工队伍素质、创新活动载体、激发创建活力、建立长效机制上下功夫，持之以恒推进精神文明建设，为河南治黄改革发展提供了强有力的思想保证和精神动力。对搞好创建工作，我们的体会是：开展创建工作必须坚持围绕中心、服务大局；全员参与、

形成合力；以人为本、打牢基础；创新载体、激发活力。

围绕中心、服务大局、凝心聚力、促进发展，是搞好精神文明建设的重要前提。坚持围绕中心、服务大局，突出行业特色，把精神文明建设贯穿于河南治黄改革发展全过程和各领域，主动融入到各项工作中，努力从根本上解决“两张皮”现象，使创建工作既服务于局党组重大工作部署和要求，又体现出精神文明建设自身特点和规律，体现出河南治黄工作特色。

明确目标、完善机制、落实措施、形成合力，是确保精神文明建设持续推进并取得实效的关键所在。坚持“两手抓”“两手都要硬”，把精神文明建设纳入河南治黄发展大格局，与治黄业务工作同部署、同检查、同落实；制定创建规划及方案，实行创建工作目标管理，坚持一级抓一级、层层抓落实，形成创建工作领导机制和网络化管理机制，推动全局创建工作持续深入开展。

以人为本、凝练内功、提升素质、夯实基础，是加强精神文明建设、促进治黄事业发展的根本保障。坚持把各级领导班子和领导干部作为队伍建设的重中之重，积极推进民主管理和廉政建设，不断提高整体效能；切实加强职工思想道德建设，强化职工教育培训和技能训练，注重科技拔尖人才、优秀青年干部及技能人才培养选拔，为河南治黄事业健康快速发展提供了坚实支撑。

创新载体、丰富内容、激发活力、广泛参与，是提高文明创建活动覆盖面的有效途径。坚持贴近实际，找准结合点，精心设计载体，广泛开展“五个一”及志愿服务，文明处室、文明施工工地、优化一线班组及职工文体活动，实行大病救助、困难帮扶，展现创建活动内在活力，赢得职工群众广泛参与，使广大干部职工在快乐进取中努力工作，共同提高，共享创建成果。

链接 2 >>>

河南黄河河务局职工创建感言

在创建文明单位过程中，坚持把依法行政、依法治河作为重要内容，提升了干部职工谙知法律、遵纪守法、维护法律的自觉性和主动性，体现了河务部门依法管控社会事务，依规服务沿黄群众的“便民、惠民、利民”理念。目前，依法行政、依法治河正在成为河南黄河治理开发工作的“新常态”。

——水政处　张伟中

“围绕治黄抓创建，抓好创建促治黄”。文明单位创建工作只要围绕中心、服务大局，就能彰显生机和活力；只要融入治黄各项业务之中，就能保持旺盛的生命力；只要以人为本，贴近实际，就能吸引干部职工的广泛参与。

——文明办　濮华林

文明是一种力量，能够汇聚所有人的热情，文明是一股清风，能净化每个人的心灵。创建的成功，不是终点，而是一个新的起点。我们要戒骄戒躁，继续奋斗，使文明之花常开。

——水务集团　梅　宝

在创建文明单位的过程中，我们心怀同一个梦想，心向同一个目标，在中华民族的优秀文化中熏陶，在榜样的力量中前行。文明的意识在每一个人心中生根发芽，我们的世界需要文明，我们更需要追求文明。

——科技处　司晓云

河南黄河河务局创建文明单位，体现在“以局为家”这四个字中，通过干部职工实实在在的行动，增进了感情，陶冶了情操，职工互帮互助亲如一家，处处体现出团结、和谐、文明的氛围。

——人劳处　马宜飞

凝聚精神力量　绽开文明之花

海河水利委员会（机关）

九河下梢聚津门，兴水利民看今朝。长期以来，作为水利部在海河流域的派驻管理机构，海河水利委员会（以下简称海委）以服务流域经济社会发展、造福人民群众为己任，锐意进取，改革创新，积极建设城乡供水、水生态环境保护与修复、防洪减灾、综合管理水利保障体系，全力保障流域水安全。与此

海河口全景

潘家口水库

漳河第一弯

同时，海委还不断提升精神文明建设水平，围绕中心，服务大局，深化内涵，创新载体，精神文明创建不断取得丰硕成果，为海委各项事业发展作出了积极贡献。截至目前，海委系统全国文明单位 2 个，省（市）、部级双文明单位 5 个，省（市）级文明单位 12 个。

加强组织领导　健全工作机制

团结奋进的领导班子是推进精神文明建设的领路人。海委党组始终把精神文明建设纳入全委工作的中长期发展规划，全方位开展精神文明建设工作。成立由主要负责人任组长的领导小组，明确办事机构，形成党组织统一领导、党政群齐抓共管、文明委组织协调、有关部门各负其责、全体职工积极参与的领导体制和工作机制。制定了《“十二五”精神文明建设规划》《贯彻落实水利部〈水文化建设规划纲要〉实施意见》《深入推进和谐海委建设实施方案》，明确了工作目标、主要任务和保障措施。提出年度精神文明建设工作要点、《海委机关创建文明单位实施方案》和《海委道德讲堂、学雷锋志愿服务队、遵德守礼提示牌、文明餐桌、网络文明传播小组建设活动方案》，召开精神文明建设工作推进会，细化分解工作任务，并纳入考核管理体系，一同部署和检查考核，保证了精神文明建设的顺利推进。

水利部部长陈雷、山东省省长姜大明、天津市市长黄兴国、河北省副省长张和共同启动穿漳卫新河倒虹吸进口闸通水按钮

凝聚思想共识　培育核心价值

思想是行动的先导，海委把思想建设作为推动水利改革发展的重要保障，围绕社会主义核心价值观，创新教育方法，着力打造一支思想过硬、作风优良的高素质干部队伍。

海委党组带领全委干部职工认真贯彻落实中央和水利部党组《关于培育和践行社会主义核心价值观的意见》，广泛开展核心价值观宣传学习活动，举办海委社会主义核心价值体系知识竞赛；组织参加水利系统社会主义核心价值观网络知识竞赛，海委系统 2996 名职工参与网上答题，荣获优秀组织奖和集体奖。承办中国水利政研会第三学组 2014 年年会，以培育践行社会主义核心价值观为主题，进行工作交流。深入开展道德讲堂、文明餐桌、网络文明传播、遵德守礼提示牌创建活动。利用宣传栏、电子显示屏、提示牌、网站等开展社会主义核心价值观、公民道德建设纲要、水文化、文明餐桌等宣传，扩大覆盖面。长期开展“不剩饭、不剩菜”文明餐桌行动，开展“携手节能低碳　共建碧水蓝天”节能宣传活动，低碳环保理念深入人心。各单位组建学雷锋志愿服务队，以“宣传雷锋精神”“关爱山川河流”等内容为主题，坚持开展保护海河、节水宣传、义务植树、义务献血、文明出行等志愿服务活动并取得了良好效果。

海河流域水环境监测中心等 3 个集体被评为 2014 年度天津市“青年文明号”，2 名职工获得当地见义勇为协会表彰，1 名职工被评为 2013 年天津市“优秀志愿者”。

加强细胞建设　深化文明创建

文明创建贵在参与。海委力争把文明创建覆盖到机关的每一个角落、每一名职工，全面加强细胞建设，提升创建水平。连续多年开展文明处室、文明单位、文明职工、廉政文化示范单位、工程管理示范单位等文明细胞创建活动，促进职工思想道德水平不断提高，创建活动形成了广泛的群众基础。近年来，3 家管理单位荣获“国家级水管单位”，12 家管理单位获“海委水利工程管理示范单位”；8 家单位被评为“2012—2014 年海委廉政文化建设示范单位”。海委机关 26 个部门和单位被评为“海委机关文明处室（单位）”。

榜样的力量是无穷的。海委还积极组织开展学习先进典型活动，组织开展了向汶川地震、云南昭通鲁甸地震抗震救灾先进人物学习活动，以身边典型的先进事迹教育广大职工；积极推动劳动模范的培养、选树、宣传和管理工作，先后 7 名职工荣获“省部级劳动模范”，4 个集体获得“天津市五一劳动奖状”先进集体，2 个集体获得“天津市工人先锋号”，11 名职工获得“天津市五一劳动奖章”。举办了以“学习劳模先进、岗位建功立业”为主题的劳模代表、职工代表座谈会。弘扬劳模精神，引领时代风尚，在全系统营造了尊重劳动、尊重劳动者的良好氛围。

同时，还利用多种形式，广泛开展水利行业规范和职业道德教育。制定《海委工作平台》，形成完整规范的服务流程和工作标准体系。稳步推进各业务领域的廉政风险防控体系全覆盖，推进党风廉政建设与业务工作深度融合。

强化服务基层　推进和谐建设

在精神文明创建工作中，海委积极倡导和谐发展理念，全面加强自身建设，建立了专业齐全、结构合理的人才队伍，形成了协调规范、运转有序的管理氛围，营造了优美怡人、设施健全的办公环境，精神文明创建和群众性文化体育活动蓬勃发展，献身、负责、求实的水利行业精神深入人心。

持续推进和谐海委建设，倡导“共谋、共担、共进、共享”理念，实施“优化环境、改善条件、提升能力”服务基层三项行动。近年来，通过小基建、房屋修缮等多渠道筹集资金，解决基层单位在生产生活方面存在的实际问题。

深入开展结对共建活动，增添基层活力。海委机关与漳卫南运河四女寺局结对共建，投入资金 260 余万元，帮助落实职工饮水工程等 4 个项目，并促其迈入山东省“省级文明单位”行列。

每年元旦、春节期间，海委坚持对困难职工、劳动模范、一线职工进行慰问。每年暑期，对工作在急难险重一线的基层职工进行“送清凉”慰问。积极开展对口援建工作，以项目援助、人才援助、智力援助为重点，开展了对口援助西藏自治区水利厅、新疆乌鲁瓦提水库建管局工作，2013 年获水利援藏工作先进集体称号。作为水利部第一扶贫小组的成员单位，在 2014 年首个“国家扶贫日”开展了对口帮扶云南省广南县的募捐活动，海委系统干部职工共捐款 76090 元。

加强水文化建设　弘扬水利文化精神

文化是一种力量，它深深地熔铸在经济社会发展的生命力、创造力和凝聚力之中。海委把弘扬水文化作为扎实推动水利精神文明创建的重要抓手，积极贯彻落实《海委贯彻落实水利〈水文化建设规划纲要〉实施意见》，把水文化理念融入水工程规划建设和管理中，推进水利风景区建设，不断提升水工程与水环境的文化内涵和品位。近年来，海委组织编纂《中国河湖大典·海河卷》等书籍，参加治水与中华文明暨李仪祉水利思想研讨会征文活动并获优秀组织奖。漳卫南局结合水利工程特点，开展水文化节点建设；引滦局挖掘滦河流域、引滦枢纽工程特色文化；海河下游局着力打造“河流、合力、和谐”“三he文化”并开展系列活动；漳河上游局开展徒步漳河行动，深入考察沿河两岸的水文化，阶段性完成了流域水文化书籍编纂工作。

大力开展文体活动。近年来，海委先后举办了系统职工运动会、羽毛球比赛、篮球比赛、青年演讲比赛等活动，丰富了职工文化生活；开展了“我们的节日”系列活动，通过组织联欢会、座谈会、知识讲座、参观参展、节日民俗

北京门头沟区韭园沟生态清洁小流域建设

和体育健身等活动，营造喜庆祥和、团结稳定的浓厚节日氛围。海委职工文化体育活动的开展蔚然成风，机关先后获得全国水利系统“群众体育先进单位”和“职工文化工作先进集体”称号，海委系统先后有4个单位被评为“全国水利行业群众体育先进单位”，5个单位获得“天津市职工文化体育示范基地”称号，3个基层单位被评为“天津市职工文化体育示范基地”。

当前，我们正迎来水利改革发展新的春天，海委将以获得“全国文明单位”为契机，继续深化文明创建，积极投身流域水利改革发展工作，为推进流域经济社会发展，保障人民安居乐业做出新的贡献。

链接1 >>>

立足根本　创新载体　服务海河流域水利改革发展

近年来，海委党组始终坚持“两手抓，两手都要硬”的方针，强化组织领导，明确建设规划，创新创建载体，精神文明创建活动取得新成效，海委机关成功创建“全国文明单位”。回顾创建全国文明单位的工作历程，主要有以下三点体会：

一、必须立足根本，深化文明创建内涵

要把培育干部职工的核心价值理念作为文明创建的根本，通过多种途径引导广大干部职工积极践行社会主义核心价值观。一方面，立足党的建设，广泛开展学习型和服务型党组织建设，强化集体决策和民主管理，持续改善干部作风。同时，推进诚信建设，利用多种形式，开展水利行业规范和职业道德教育，稳步推进党风廉政建设与业务工作深度融合，深入推进政务事务公开，有效发挥流域机构管理职能。另一方面，持续推进和谐海委建设，倡导“共谋、共担、共进、共享”理念，实施“优化环境、改善条件、提升能力”服务基层三项行动，积极开展与基层单位的结对共建工作，解决基层单位在生产生活方面存在的实际问题。

二、坚持创新载体，形成浓厚创建氛围

要以创新精神引导创建工作，不断丰富文明创建形式，引导干部职工积极主动参与文明创建，形成良好的文明气象。深入推进文明细胞建设，积极开展创建机关文明处室、争做合格公务员活动，使职工的思想道德水平不断提高。不断深化志愿服务，组建机关学雷锋志愿服务队，通过开展义务植树、水资源保护、节水宣传等志愿服务活动，加强文明实践。全面加强干部职工法制教育，认真实施普法规划，全面落实社会治安综合治理措施和安全生产责任制。不断提升机关文化建设水平，践行文明理念，传播文明风尚，倡导勤俭节约，实践文明有礼，提高海委机关干部职工的道德素质，丰富精神生活。

三、融入水利工作，助推事业改革发展

精神文明建设要找准服务大局的着力点，成为推动业务工作开展的重要抓手，实现精神文明建设与业务工作的良好融合和相互促进。海委积极践行“节水优先、空间均衡、系统治理、两手发力”的新时期治水思路，着力构建与流域全面建成小康社会相适应的水安全保障体系。引导水利干部职工自觉遵法学法守法用法，不断提高运用法治思维和法治方式的能力，切实把依法治国基本方略贯彻到流域依法治水管水全过程和各方面，确保海河流域防洪安全、供水安全、生态安全和水事稳定。

链接 2 >>>

海河水利委员会（机关）职工创建感言

履行好岗位职责，干好本职工作，按照更高的标准、更严的要求做好流域水利规划计划工作。

——规划计划处　陈太文

一手京津冀，一手晋鲁豫；服务全流域，造福心腹地；大水可安澜，水少有抗旱；争做螺丝钉，文明人人献。

——防汛抗旱办公室　马新杰

文明是一种习惯，体现在工作生活的每个细节，只要我们稍加留意，文明之花就能处处盛开。

——办公室　黄　诚

从我做起弘扬新作风，凝心聚力开创新气象，推动事业再上新水平。

——人事处　郭胜利

扬精神文明新风，兴中华民族之魂。展炎黄子孙辉煌，望祖国复兴圆梦。

——离退休职工管理处　刘　伟

培育和践行社会主义核心价值观，从我做起，从身边的小事做起；文明创建工作要抓平常、抓经常、常抓不懈常创常新。

——直属机关党委、工会　曹盛军

文明水利，文明海委，文明每个人。

——水土保持处　夏　青

文明单位是荣誉，是鼓舞，更是一份责任和力量。让我们从言行举止、点滴出发，以饱满的工作热情、良好的精神风貌，踏实践行文明风尚，谱写海河文明新篇章。

——技外事处　杨　婷

文明单位创建过程中，每个人都在同一目标的指引下一起努力，不断地提升自己、关爱他人、营造氛围。整个机关工作呈现了一个全新的面貌，一派和谐上进的景象。感谢文明创建活动，让我们更主动、更团结，并因此收获更多。

——水政水资源处　邹洁玉

时代召唤坚定信仰，历史重任强化担当；勤学实干增长本领，清正廉洁砥砺品质；文明和谐助力发展，团结友爱共创辉煌。

——建设与管理处　徐丹婷

文明体现在我们的一言一行中，体现在我们的日常生活中，严于律己，宽以待人，文明礼貌，谨言慎行，做好单位文明的宣传者和践行者。

——安全监督处　许树芳

保障资金安全，心系文明创建。

——财务处　王永刚

“全国文明单位”是一项值得自豪的荣誉。作为单位的一员，继续立足岗位献身负责求实，继续鞭策自己忠诚干净担当，为海河水利事业尽心尽力，才能无愧这一光荣称号。

——监察处、审计处　白世超

文明单位创建为海委形象和干部素养树立了新标杆，通过文明单位创建活动，内心实实在在地感受到了精神文明带来的强大能量，这种能量既有生活的势能，又有工作的动能。

——农村水利处　郭文哲

以创建文明单位为动力，全面推进科学发展

内蒙古自治区水利水电勘测设计院

内蒙古水利水电勘测设计院自1999年获“呼和浩特市级文明单位”荣誉称号以来，始终坚持把精神文明建设作为推进全院可持续发展的基础性工作来抓。近年来，我们始终把切实加强党的基层组织建设，增强基层党组织凝聚力、战斗力作为文明单位建设的基础性工作来抓，以党建带团建、工建、妇建，党员先锋模范作用日益突显，广大职工政治和文明素养不断提升，民族团结硕果累累，全院呈现出文明、进步、和谐、创新、健康向上的良好局面。同时积极参与社会活动，在义务献血、抗震救灾、对口扶贫、捐资助学等社会公益事业和辖区主管单位精神文明建设活动中都做出了突出贡献，多次被中山东路街道党工委、办事处评为“社会治安综合治理先进单位”“爱国卫生先进集体”“计划生育工作先进单位”。2008年被评为“全国水利文明单位”，2009年被评为呼和浩特市“国土绿化先进单位”、自治区“公益之星单位”和“自治区文明单位”，2011年被评为“全区文明单位标兵”，2015年被中央文明委评为“全国文明单位”。我们创建文明单位的主要做法是：

组织领导到位，为文明单位创建提供保证

我院党政领导高度重视，始终把文明单位创建工作放在重要议事日程来抓，成立了院文明创建工作办公室，结合单位实际，明确文明创建目标、创建要求、具体措施，做到文明创建与经济工作同计划、同部署。党政领导齐抓共管，为文明单位创建提供了组织保障。通过文明创建活动、创先争优和党的群众路线教育实践等活动，增强了党支部战斗堡垒作用和党员干部先锋模范作用，树立了自治区甲级水利设计院的良好形象，为自治区水利建设前期工作的较好完成奠定了思想基础，提供了精神动力和智力支持。

抓好生产经营，为文明单位创建奠定物质基础

我院在文明单位创建过程中，始终把完成好全区水利建设前期工作和促进内部生产经营、技术质量、管理水平上台阶作为立足点和落脚点。近五年来，先后完成了1000余项水利工程前期工作。许多项目均是关系自治区水利事业和全区经济与社会发展的民生工程和公益性项目，为自治区民生工程的建设和发展提供了强有力的技术支持和保障。

在落实习近平总书记视察内蒙古讲话精神和自治区“8337”发展思路方面，我院充分发挥承担前期工作的自身优势，完成了《内蒙古2013—2017年重点水生态治理与水安全保障工程规划》等40余项水利规划项目的编制工作，为自治区“十二五”及今后一个时期谋划水利工程建设，提供了科学有效的技术支撑，受到了自治区党委、政府和水利厅的充分肯定。

积极开拓蒙古国水利勘测设计市场——
贝尔湖项目中蒙双方合作洽谈

近三年来，全院经济效益连创历史新高。生产合同总值年均保持在3亿多元，每年为自治区财政上缴企业所得税、营业税约4000万元。职工的收入水平逐年提高，职工的工作、生活条件得到明显改善，单位的整体实力明显提升，在全国少数民族地区省区院中名列前茅。全面实现了水利厅考核规定的共性目标、安全生产管理目标、经济指标的要求。2007、2008、2009、2010、2011年及2014年被内蒙古自治区水利厅评为“实绩考核先进单位”，2012年

荣获内蒙古自治区水利厅“2011 年度水利前期工作突出贡献奖”。

始终把加强基层党的建设作为文明单位创建的核心紧抓不放

始终把夯实基层党建工作基础、加强基层党的建设作为精神文明建设的核心工作来认真抓好，党员领导干部认真履行“一岗双责”，以“围绕生产抓党建，抓好党建促发展”为指导，在推动全院科学发展和两个文明建设中，充分发挥了基层党组织的政治核心和战斗堡垒作用。

近年来，认真开展了深入实践科学发展观，创建学习型党组织，创先争优，学习贯彻党的十八大、十八届三中、四中全会和习近平总书记的系列重要讲话精神、党的群众路线教育实践等活动，带动支部和党员发挥战斗堡垒和先锋模范作用，取得明显实效；全院干部职工领会、贯彻党中央战略部署的主动性积极性大大提高，与以习近平同志为总书记的党中央保持高度一致的自觉性显著增强；所属党支部（支部）抓党建工作的作用、地位和责任感不断增强。

近年来，我们坚持开展以“让群众知道我是共产党员”为主题的创先争优活动，使党员在最困难的工作中，能够充分发扬能吃苦、不怕累、肯奉献的水利人传统精神，用实际行动诠释创先争优的精神实质。活动得到自治区创先争优活动第五指导组的高度赞扬和肯定，认为我院的创先争优活动有章法、有思路、有创新、有特点、有督查、有时效。党的群众路线教育实践活动，做到了组织领导有力、保障措施到位、活动效果明显，受到了自治区水利厅党组、群教办和督导组的充分肯定，走在了全厅的前列。2009 年院环境移民处党支部被中国农林水利工会全国委员会评为“全国水利系统学习型组织先进集体”。2011 年 5 月被水利厅机关党委评为“先进基层党组织”。近年来，院党委连续被自治区党委组织部、直属机关工委表彰为“先进基层党组织”。

始终把思想道德建设作为文明单位创建的重要任务

始终把提高干部职工的思想道德水平作为全院精神文明建设的重要任务，编制了《内蒙古水利水电勘测设计院创建全国文明单位手册》，还专门聘请全国知名的培训师对全院干部职工进行了两次团队建设与职业化主题培训。在全院干部职工中广泛深入开展了“道德讲堂”活动，全院 12 个处室和党支部（总支）开展了“道德讲堂”活动。以培养和树立社会主义核心价值观为重点，以文明素质教育为主线，在干部职工中大力弘扬以“八荣八耻”为主要内容的社会主义荣辱观，扎实推进思想道德建设。大力选树和培育先进典型，围绕社会主义核心价值观体系教育，积极参与所在地道德模范评选等活动，挖掘身边典型，全院涌现出了一大批“献身、负责、求实”的先进典型。如：周诚同志入党25载，一直扎根在生产一线，他以共产党员的理想信念，始终诠释着一心为民的公仆情怀，时刻把“生命需要有意义的事情来支撑”作为自己的铮铮誓言，在对理想信念的坚守和执着追求中，立场坚定、意志坚强，始终保持共产党员的政治本色。30多年如一日保质保量地完成了各项任务，即使在左眼视网膜脱落、右眼眼底出血并伴发偶然性失明的情况下，仍坚守在工作岗位上。他的事迹虽然平凡，可他爱岗敬业，无私奉献，在点点滴滴的琐事、小事中彰显了不平凡的道德情操。院党委选树周诚同志为先进典型人物，首先在院内进行广泛宣传学习，院各处室、党支部纷纷邀请他进行典型事迹宣讲。其次，院党委积极向自治区水利厅和全区推荐宣传，自治区水利厅对周诚同志的先进典型事迹给予高度评价，厅党组批示：周诚同志是全区水利系统党员干部学习的楷模，是我区水利职工的优秀代表，厅机关各处室和直属各单位广大干部群众要学习周诚同志“献身、负责、求实”的先进典型事迹。内蒙古日报以“周诚：黄河上的老黄牛”为题在全区范围进行宣传报道，引起社会广泛认同，发挥了引领社会的正能量，体现了我院文明创建工作的良好社会效果。2009年，周诚同志被自治区党委、政府命名为“深入生产第一线作出突出贡献的科技人员”。

2010年，共产党员张浩杰和青年职工吴成群深夜赶往内蒙古医院无偿献血，及时挽救了一位产后大出血孕妇的生命，家属为单位赠送了锦旗表示感谢。2010年，李新民同志被国家人力资源和社会保障部、水利部评为“全国水利系统先进工作者”，2011年，他又获得自治区“五一劳动奖章”。同年孙高升、郝林同志获“全国水利系统勘测设计先进个人”荣誉称号。2014年王亚东同志被评为自治区“五一劳动奖章”获得者，2015年，被党中央、国务院表彰为“全国先进工作者”。

大唐卓资风电场

打造优美环境，提升文明单位创建的硬件水平

把注重打造优美环境、改善职工工作生活条件、提升文明建设硬件作为文明单位创建的主要内容来抓。随着全院综合实力的稳步提升，2011 年以来实施了 25 项工程，对院容院貌建设和办公条件进行改善，配置了先进快捷的现代化办公设备，为办公室安装了空调，更换了密封性好的优质门窗、照明灯具以及舒适的办公桌椅等，办公室的保暖性和舒适度大为改善。体贴关心职工，对职工食堂、篮球排球场地、职工室内活动中心进行升级改造，职工就餐质量进一步提高，文体活动设施和场地均得到优化。对几个家属区的环境进行了整治，整修了破损路面，安装了路灯。居住区的路面平坦了、明亮了，居民生活方便了。如今，院容院貌可谓焕然一新，真正体现出了自治区甲级水利水电设计院和中央、自治区文明单位应有的形象。

群体性精神文明创建活动蓬勃开展、丰富多彩为文明单位创建注入活力

我院大力支持工青妇群团组织开展群众性精神文明创建活动，既丰富了职工文化生活，活跃了氛围，也增强了职工的向心力、凝聚力。一是每年组织院内文体活动，愉悦职工身心；二是积极参加自治区、市、区、办事处社区组织的文体活动，支持和谐社会建设；三是积极参加和承办系统、行业内的文体活动。

全院全民健身和精神文明建设活动蓬勃开展、硕果累累。近年来组织职工参加了中山东路地区的乒乓球友谊赛、全区水利系统“健身杯”乒乓球赛、自治区第三届直属机关职工运动会篮球赛、第四届全国水利系统乒乓球赛，还参加了呼市举办的万人登山活动、2011 年新城区运动会、2008 年北京奥运会火炬传递活动等。此外，院职工还组建了“水之梦”蒙古族合唱团、足球协会、乒乓球协会、羽毛球协会、自行车协会等 16 个文体协会。

近年来，我院被中国水利体协评为“2007—2008 年度全民健身活动先进单位”“2006—2010 年度全国水利行业群众体育先进单位”“2011—2012 年度全国水利行业群众体育先进单位”。

积极开展关心爱护职工的暖人心活动

我院始终把职工群众的利益和要求作为文明创建工作的出发点和落脚点，注重人文关怀，经常性地了解掌握职工的工作状况、身体状态及家庭情况。凡遇到职工生病住院、亲人去世、女职工怀孕生产的情况，各处室党支部都会派人前去探望慰问。每年都对家庭困难职工进行慰问补助、对职工子女考上大学的职工家庭进行奖励，对身患重症或因病住院治疗的职工、遗属进行看望并给予补助。每年出资让职工自己进行体检。每年春节前夕，看望慰问离退休的老专家及生活困难的老党员、老职工。近年来，离退休党支部每年为 80 岁以上的老党员、老职工送鲜花和生日蛋糕表示慰问，组织离退休职工赴海南旅游，受到了离退休老同志的一致赞誉。

主动承担社会责任，积极参加各种公益活动

我院积极开展献爱心活动，为四川、甘肃舟曲、玉树地震灾区捐款 30 多

西山湾水库

万元，为患重病需要肝移植职工王文义同志捐款20多万元，环境移民处党支部为山区5位贫困大学生捐资助学5万元。院党委还组织党员干部开展了“结对帮扶献爱心捐款”“博爱一日捐”活动等。近年来，单位和职工个人参加公益慈善活动累计捐资160余万元，全院每年都超额完成献血任务。2009年，慰问属地派出所和办事处，赠送中山社区居委会台式和笔记本电脑各1台，赞助社区文体活动7000元（两次）。给呼市西菜园办事处四里营东社区赠送了办公用品。我院组织成立了志愿者服务队，注册人数157名。2009年，院被自治区党委宣传部等六部门命名为“公益之星”单位。

在打造祖国北疆民族团结亮丽风景线中充分发挥“全国文明单位”的引领示范作用

我院作为内蒙古自治区唯一的国家级甲级水利水电勘测设计院，是一个由蒙古族、汉族、回族、满族、达斡尔族、朝鲜族等多民族组成的一个大家庭。在文明创建工作中，我院始终高举民族团结大旗坚定不移地贯彻执行党的民族政策，以高度的责任感和使命感确保党的民族政策落到实处，大力弘扬少数民族文化，积极开展民族团结进步创建活动，不断巩固和发展平等团结互助和谐的社会主义民族关系，筑牢民族团结基础，全院各民族同志团结互助，亲如一家，在全院形成了维护民族团结进步的良好氛围。

我院始终把民族团结作为推动全院持续健康发展的基础保障工作抓实抓好，深入开展民族团结进步创建活动，在打造祖国北部边疆民族团结亮丽风景线方面，充分发挥全国水利文明单位的引领示范作用。

一是采取多种形式，在职工中广泛开展马克思主义民族观、党的民族政策和民族法规、民族知识的形成教育，不断增强各族干部群众对伟大祖国、中华民族、中国特色社会主义道路的文化认同。

二是大力宣传少数民族干部的先进典型事迹，营造民族团结的良好氛围。2011年，我院蒙古族干部白宝林同志被授予“全区民族团结进步模范个人”。我院蒙古族干部王亚东同志2014年被自治区总工会授予“五一劳动奖章”，2015年被党中央、国务院表彰为“全国先进工作者”。

三是为弘扬民族文化，我院组建了全部由蒙古族职工组成的“水之梦”合唱队，并多次参加自治区水利厅等部门举办的文艺演出。如今，“水之梦”合唱队已成为自治区水设院和水利厅的一道亮丽风景。

四是把结对帮扶工作当作促进民族团结进步工作来抓，成效显著，帮扶工作成为促进民族团结的“连心桥”。在结对帮扶工作中，院注重发挥水利行业优势，为帮扶对象兴安盟科右中旗巴彦淖尔纯蒙古族嘎查（村），建成万亩高效节水灌区；购置了农业生产机械设备，支持嘎查（村）建成4000平方米的现代化养殖车间；共产党员捐款为贫困农牧民购买了基础母畜用来发展养殖业；在兴安盟遭受30年不遇的特大雪灾后，全院共产党员和职工群众，积极献爱心捐款、捐物，给予慰问，使嘎查（村）农牧民充分感受到了党和政府的关怀。

通过几年的帮扶工作，嘎查（村）的干部和农牧民群众与内蒙古水设院的帮扶干部建立了深厚的感情，亲如兄弟。嘎查（村）干部说：“我们现在是内蒙古水利水电勘测设计院的亲戚。”

由于思路和措施得当，嘎查农牧业经济基础、基层组织建设、农牧民的思想意识均发生了巨大变化，受到当地党委、政府和农牧民群众的赞扬，得到了自治区党委、政府、水利厅的肯定和表彰。2011年3月，我院被自治区党委、政府授予“帮扶兴安盟工作先进单位”。帮扶工作队长白宝林同志被评为“感动兴安人物”。

充分发挥区位优势，走出国门求发展，让文明之花开在国内，香在国外

我院充分发挥自身的区位优势和民族优势，积极贯彻落实习近平总书记视察内蒙古讲话精神和自治区“北开南联”战略部署，发挥了全国水利文明单位的引领示范作用。早在2008年，我院便借助民族相同、语言相通的优势和全国水利文明单位之誉，积极向蒙古国拓展水利经营市场和发展领域。初次与蒙古国自然环境部水务局接触时，对方得知我院是全国水利文明单位后，水务局领导高度重视，并大加赞赏。我院在蒙古国注册成立的全资子公司黄河有限责任公司在申领勘测设计资质过程中，蒙方有关部门给予了大力支持。目前，我院的黄河有限责任公司是在蒙古国注册的公司中资质最全的外国水利勘测设计企业。近年来，我院先后与国电鲁能、中化集团、中铝集团、山东黄金集团、中国石化长城能源化工有限公司等大型国企在蒙古国项目进行深入合作，为其提供了有力的水利前期工作支持，也为我院开拓蒙古国水利勘测设计市场奠定了坚实基础。

链接1 >>>

内蒙古自治区水利水电勘测设计院“全国文明单位”创建工作体会

2015年2月，内蒙古自治区水利水电勘测设计院被中央文明委评为“全国文明单位”，表明我院在加强企业核心竞争力和践行社会主义核心价值观方面又上了一个新的台阶，进入了一个新的发展阶段。我院在文明单位创建工作中的几点体会如下：

一是文明创建活动使我院广大职工思想道德素养有了明显提高，爱岗敬业、甘于奉献、优质服务已成为全院职工的共同努力方向，服务能力大大增强，单位的社会影响力不断提高，市场占有份额不断加大，极大地推动了我院的健康可持续发展，有力地促进了我院生产经营业绩、技术质量水平、经济效益不断提高，行业地位和形象不断提升。

二是党政领导齐抓共管，特别是单位法人代表高度重视文明创建工作，这是搞好文明单位创建活动的重要基础。

三是通过创建活动和创先争优活动，全面加强了基层党的建设，增强了党支部战斗堡垒作用和党员干部先锋模范作用的发挥，提高了全院干部职工的凝聚力，树立了自治区甲级水利设计院的良好形象，为自治区水利建设前期工作地较好完成奠定了坚实的思想基础，提供了精神动力和智力支持。

四是通过开展文明创建活动，带动了群团工作的开展，激发了群团工作的活力，开展了许多凝聚人心、增加团结的创建活动，极大地丰富了职工的文化生活，有力地促进了全院物质文明、精神文明、政治文明的协调发展。

“全国文明单位称号”既是对我们的鼓励，也是对我们的鞭策。我们将继续深入学习贯彻党的十八大，十八届三中、四中全会精神和习近平总书记系列重要讲话精神，积极培育和践行社会主义核心价值观，不断加强、创新两个文明建设工作，继续深入开展“做文明职工、创文明设计院”活动，为把我院建成一流水利规划设计研究单位而努力奋斗！

链接 2 >>>

内蒙古自治区水利水电勘测设计院职工创建感言

能够荣获“全国文明单位”称号，说明我们单位职工的素质较高，单位注重职工精神文明建设，我感觉在这样的单位工作很自豪。

——设计处　梁　栋

获得“全国文明单位”称号，作为单位的一员，我感到十分自豪，希望我院能继续在改善工作环境、职工生活、开展文体活动等方面继续开展扎实的工作；当然，个人也要发挥能量，树立新风尚。

——计划财务处　黄晓东

获得“全国文明单位”称号，对于提升单位整体形象和社会影响力，具有很好的促进作用，也标志着单位的进步和发展。

——计财处　敖文忠

作为单位的一员，文明行为要坚持从每件小事做起，坚持从每一天做起，养成自然而然的习惯，才有资格成为文明集体中的一员。

——环境移民处　郝　林

我院荣获“全国文明单位”称号，我个人感到有巨大的责任感，今后我要更加注重我的言行举止。

——设计处　丁　峰

文明是一个单位极其重要的软实力。我院能获“全国文明单位”殊荣，作为设计院一份子，我觉得非常自豪，我一定会做文明的传播者，守护这份来之不易的荣誉。

——环移处　王　静

欣闻我院喜获“全国文明单位”荣誉称号，作为设计院的一份子，我们从心底里感到骄傲与自豪，这是全体职工用努力与汗水换来的，我们将更加严格的要求自己，将这个荣誉继续留在我们设计院。

——规划处　武向博

“全国文明单位”是精神文明建设领域的最高荣誉，能够得到这一殊荣，说明我们设计院职工具备昂扬的精神风貌与高度的凝聚力，我们要倍加珍惜这一来之不易的荣誉，用实际行动践行文明单位的标准与要求。

——规划处　赵　倩

文明创建工作只有起点，没有终点，我们要坚持创建工作目标不移、力度不减。

——经营处　郝　伟

创建文明单位激发了职工的干劲，鼓舞了士气。我将从自己做起，以实际行动为我院“全国文明单位”增光添彩。

——经营处　马　岩

用一言一行展示文明，用点滴工作维护荣誉。

——经营处　潘文宇

要化荣誉为动力，严格要求自己，让我院“全国文明单位”称号一直保持下去。

——设计处　刘朔馨

继续保持好的势头，多为职工谋福利。

——计财处　刘　芳

感到非常光荣，自豪。

——计财处　高　炜

只要每个人都牢记从我做起、从点滴做起，创建文明单位自然会水到渠成。

——环移处　谢玉平

让“文明之水”润泽大地

江苏省张家港市水政监察大队

江苏省张家港市水政监察大队10年来，累计制止纠正各类水事违章违规行为4000多起，立案查处100多起、结案率100%，案件查处正确率100%，群众满意度100%，无一例行政复议和行政诉讼，这是张家港市水政监察大队向党和人民群众交出的一份优秀答卷。“三个100%”让人民群众不仅看到了法律的威严，更真切感受到了法律的公平公正，为现代法治文明作出了生动的注脚。张家港水政监察大队靠什么法宝创造了行政执法的“三个100%”？

持续创新——为全国水利文明执法探路

在中国的水行政执法条线上实施的《水行政执法从业人员专业行为准则》，为文明、公正执法提供了程序上的保障。而这个指导全国水政执法的规范性文件，是水利部委托张家港市水政执法监察大队起草制定的。

一个最基层的水利执法单位为全国水利执法系统“立规矩”，张家港水政监察大队为何有如此大的能量？原来，早在10多年前他们就不断创新、探索出了一套文明执法规范体系，水利部希望把张家港的经验在全国推广。

打击长江非法采砂，拆除非法采砂设备

在现代社会，公平、公正是依法行政的生命，而公平、公正必须有严格的程序来保障。早在2004年，张家港市水政监察大队面对日益复杂的执法形势，苦苦探索保障公平公正的“秘笈”。他们在张家港市水利局的指导下，创造性地把ISO9001质量管理体系引入行政执法工作，在全国水政条线开了先河。

按照质量管理体系的要求，大队对行政管理过程和办事程序根据法律法规要求进行流程再造，对每项工作的内容、流程、标准、责任主体等方面，进行设置和规范，确保每项工作有法可依。2010 年，按照 ISO9001：2008 标准，水政大队顺利完成换版工作。新版本将 14 个中队纳入体系管理，中队也由此戴上了 ISO 的“帽子”。

张家港市水政监察大队的负责人认为：政府与企业是不同性质的社会组织，却有一件相同的社会产品，即服务。因此，导入 ISO9001 后实现对执法流程再造，其特有的“痕迹管理”，要求程序执行的流程、步骤都留下详尽的记录，使可追溯性得到真正体现，以此确保执法办案有理有据，公平正义，且能遏制执法办案的随意性甚至是个别执法者的腐败行为，使权力的运行更加阳光和透明，更有利于提高执法质量，保障公平公正。

“三先工作法”是张家港市水政监察大队理念创新的又一重要成果。多年前，他们在实践中发现，不少已发生的违法违规水事行为，是由于当事人缺乏必要的水法律法规知识，受到查处时只能喊冤叫屈。同时发现，一些违法行为如能在萌芽状态得到制止，可最大限度减少损失。为此，他们推出了“水法律法规知识普及为先、主动巡查预防为先、上门问需服务为先”的“三先工作法”，提高了广大群众水法意识，最大限度减少违法行为的发生。

执法有礼——让威严的法律闪烁人性光辉

一瓶矿泉水浇灭了行政执法相对人的怒火。这是张家港水政监察大队大队长杨耀文经常对同事们念叨的“故事”。

事情是这样的，一艘非法采砂船的船户与执法人员在现场发生冲突，到大队后情绪仍十分激动，再加上当时正值酷暑，苏南的“桑拿天”让人愈发烦躁。一旁的事主在怒火冲冲地发牢骚，杨耀文却不声不响地把倒好的热茶换成了矿泉水，递给了事主夫妻俩。然而，杨耀文这不经意的举动使原本还怒气不减的船户突然大哭起来，一把拉着杨耀文的手说：“在江面上行走多少年，第一次有人这么尊重我们。”一瓶普通的矿泉水，折射出执法者的人文关怀，让行政执法相对人感到了一份平等的尊重，打开了当事人的心扉，化解了他们的敌对心理，接下来的问题自然迎刃而解。

柔性执法、文明执法，是张家港市水政监察大队一直倡导的。他们的理念是“执法先服务、服务保执法”的柔性执法。为了将这一理念更好地落实到实践中，大队专门开展礼仪培训，从着装、语言、行为等做了详细的规定，让广大群众在威严的法律中，看到执法者柔情的一面，大大缓解了执法相对人的对立情绪甚至是过激行为。许多被处罚过的执法相对人，不仅都严格地遵守水法，而且有的还成为了义务水法宣传员。

江苏保江建设有限公司董事长陆国才清楚地记得，2006 年，因为非法采砂，他被水政大队罚了 10 万元。可是这一罚，却让他跟水政大队交上了朋友。“当时罚的时候肯定是不开心的啊！”陆国才说，“后来看着他们忙前忙后地给我跑手续，填表格，还自费带我去省水利厅办理采砂行政许可手续，就打心底里服了。现在我的那些档案、资料，还是他们帮我保管着呢。”

对相关船只进行笔录询问

“一些力所能及的事我们会帮着做。”杨耀文说，“执法不是最终目的，维护水事和谐才是最重要的。”

对人民群众热情服务，对黑恶势力则严厉打击。2011—2012 年，南通二号锚地长江非法采砂背后，有一伙黑恶势力介入，主事者寸步不离地“跟”了杨耀文三天，软硬皆施，但杨耀文依然坚持依法办事。经过连续多年的打击，现在这片非法采砂活动最频繁的区域已基本可控。为防死灰复燃，大队始终保持高压打击长江非法采砂，认真制定落实巡查计划，提高巡查频率，全境水域每周巡查不少于 3 次，在节假日期间每天组织人员巡江，真正做到了不分昼夜，不分假日。通过持续不断的巡江打击，震慑了非法采砂行为，维护了全市长江水域的正常秩序。

道德讲堂——浸润水利人的精神家园

2015 年 4 月 2 日，水政大队举行“缅怀烈士、感恩生活”为主题的道德讲堂活动。大队希望通过本次讲堂，让全体人员重温革命精神，培养爱国情操，缅怀革命先烈，学习他们为祖国奉献、为人民谋幸福的牺牲精神。

像这样的道德讲堂，在张家港市水政监察大队已经开设多年，并实现常态化，每年都要举办 4～6 次。

用中华民族优秀传统文化来浸润行政执法人员的心灵、汲取奋进的力量，是张家港市水政监察大队在文明创建中的又一特色。走进大队办公场所，会发现墙上贴着许多廉政教育宣传画，“淡泊明志，宁静志远”等一句句耳熟能详的警示句，每天都会映入张家港水政监察大队人员的脑海。

多年来，张家港市水政监察大队将中华民族的优秀文化转化为实际行动，通过志愿者服务队的形式，弘扬优秀文化，践行社会主义价值观。早在几年前，大队就成立了志愿者队伍，注册志愿者多达 63 人。目前，志愿者活动形成常态化，近 3 年来，大队以“节约保护水资源，大力建设生态文明”和“青少年成长空间”为常态化志愿服务项目，开展“保护母亲河”“生命之水”“花季护航”“教你学礼仪”“文明交通周周行”“爱在港城”等“三关爱”志愿服务活动 50 余次，参与志愿者 787 人次，志愿服务活动蔚然成风。

水政人员对一干河市级河道清障

扶贫帮困献爱心是志愿活动的一项重要内容。近 3 年来，向社会弱势群体累计捐款捐物 20 余万元。同时涌现出一批先进典型，治江中队监察员徐光被评为 2013 年度张家港市“十佳身边好人”“2014 年苏州道德模范”，并入围“2014 年央视中国公益榜样”。治江中队、河道中队等 3 名监察员分别评为“2013 年度苏州市水利系统技术能手”“服务之星”“群众贴心人”，水资源中队指导员卫臻当选 2014 年江苏省“最美水利人”。

10 多年来，张家港市水政监察大队在文明创建的道路上留下一串串闪光的足迹——从“张家港市文明单位标兵”到“苏州市文明单位”“江苏省文明单位”，从水利部表彰的“全国水政工作先进集体”“全国水利文明单位”到中央文明委表彰的“全国创建文明行业先进单位”，再到“全国文明单位”。每个奖牌都是他们文明执法、无私奉献的见证，更是他们拼搏奋进、勇争一流的闪光丰碑！

链接 1 >>>

文明创建只有起点没有终点

今年 2 月，我们作为全国水利战线上最基层的单位，获得“全国文明单位”称号，这一巨大的荣誉不仅是对我们过去工作的肯定，更是对未来的鼓舞和激励。回首近 20 年的创建历程，我们心潮澎湃。

20 年来，我们始终以文明创建为抓手，推动各项工作不断迈向新水平。在水利执法工作中，将 ISO9001 质量管理体系引入工作中，实行目标数量化、任务流程化、考核清晰化，促进了各项工作上新台阶。同时，坚持“执法先服务、服务保执法”的履职理念，在工作中逐步探索总结出以水法律法规知识普及为先、主动巡查预防为先、上门问需服务为先的“三先工作法”文明服务品牌。行政执法的创新，以公平、公正赢得了广大执法相对人的认可。

20 年如一日的创建工作，不仅获得丰硕的成果，也给我们许多重要的启示：

一是文明创建必须站在大的时代背景下思考、规划。近几年来，我们把培育践行社会主义核心价值观作为文明创建的重要核心，让全体同志的思想与时俱进。

二是文明创建必须以丰富多彩的活动作为创建载体。在创建中，我们认真开展“我们的节日”等主题活动，积极传承传统文化；设立道德大讲堂、举办好人好事报告会、开展“书香水政”等系列活动，丰富了我们的精神家园。

三是必须不断创新思路和理念，破解工作中的难题。针对执法相对人对工作不配合、不理解、不支持，我们把 ISO9001 质量管理体系引入工作中并提出“三先工作法”，提高了执法效能，大大减少了各类矛盾。

四是必须始终坚持以人为本、强化队伍建设。多年来，我们充分利用公务员远程教育网、党校大讲堂、菜单式讲座和业务培训等途径，提高监察员综合素质。在思想建设方面，以创建全市廉政文化建设示范点为抓手，积极开展廉政文化宣传教育，造就了一支政治坚定、作风顽强、业务过硬的水政监察队伍。

获得“全国文明单位”，只是万里长征走完第一步，未来的道路更长、更艰苦、更伟大。我们将以此为新起点，再扬风帆、再启征程，驶向更远、更新、更辉煌的彼岸！

链接 2 >>>

江苏省张家港市水政监察大队职工创建感言

文明创建只有起点没有终点，未来的道路更长、更艰苦、更伟大！我们将扬起风帆，再次起航，驶向更远、更新、更辉煌的彼岸！

——大队长　杨耀文

获得“全国文明单位”，是我们始终坚持文明执法、规范管理，始终坚持热情服务、奉献社会，始终坚持踏实工作、敢于创新的结果。我很骄傲，我是张家港水政一员。

——副大队长　沈　琳

总以为“全国文明单位”遥不可及，也没想过自己能够成为“全国文明单位”中的一员，但事实证明，只要我们努力去做，就有可能实现，最终我们做到了。

——副大队长　徐惠忠

在创建“全国文明单位”的过程中，我明白了怎样做自己孩子的榜样，怎样让自己的孩子为我感到骄傲。

——水政监察员　陈　盛

评上“全国文明单位”，让我觉得特别光荣，这是大家一起努力的结果，一定要倍加珍惜。评上“全国文明单位”，也让我觉得很有压力，更多的是责任，今后在工作中有责任更加认真、细致，有责任把文明真正落在自己言行举止中，有责任为社会贡献更多的正能量。

——副大队长　夏霄峰

水润校园　文明同济

浙江同济科技职业学院

钱江潮涌竞风流，文明新风满校园。

新年伊始，捷报传来，位于钱塘江畔的浙江同济科技职业学院荣膺“全国文明单位”称号。这是浙江省第一家获得“全国文明单位”称号的高职院校，也是学院历年来所获的规格最高、创建难度最大、综合评价最高的一项殊荣。

传唱大禹之歌　铭记治水精神——学院开展《大禹纪念歌》传唱系列活动

“育人为本”提升文明素质

“我思古人，伊彼大禹，洪水滔天……”。一首悠扬的《大禹纪念歌》萦绕在浙江同济科技职业学院校园里，也把该院师生“传唱大禹之歌，继承大禹精神”活动推向了高潮。组织《大禹纪念歌》传唱活动，这是同济职院结合水利办学特色，以“传统文化教育”为抓手，弘扬“大禹”“鲁班”等先贤伟大精神，点亮师生人文情怀的重要举措。

浙江同济科技职业学院紧紧抓住“立德树人”这一根本目标，抓学习、搭平台，提升师生素质，培养生产、建设、管理一线需要的高端技术技能型专门人才。

以“社会主义核心价值体系‘三进’”为重点，构建课堂、校园和校外“三合一”思政教学模式。举办“道德讲堂”，把曲高和寡的大道理讲得深入人心；建“红色”网站、微博微信等媒体平台；弘扬和传播“最美精神”，涌现出了省优秀教师徐跃增、优秀学生陆晓旺等一批先进典型，把思政教育“拉”到身边，接上“地气”。

以“职业核心能力教育”为抓手，将教学与专业教育、职业人培育相结合，形成以职业核心能力培育为目标的教学特色，学院被评为“全国职业核心能力工作优秀单位”。人才培养质量不断提高，毕业生“双证”获取率达到100%，初次就业率达98.13%，省教育厅组织的人才培养质量调查中学院的各项指标均居于浙江省前列。

以“文明寝室”建设为载体，打造学生公寓管理模式的升级版。通过推进“大学生生活指导和生活教育”改革、教师联系寝室、公寓学生记实考评、党团组织进公寓、营造寝室文化氛围、驿站测素质、三亮比高低等创新举措，把公寓建成为学子生活的家园、文化的花园、成长的田园，学生的总体满意率从86%提高到95%。

以“德育导师制”为平台，完善全员育人德育工作体系。中层以上干部及高职称教师联系一个班级担当德育导师，坚持业务指导和育人相结合，对学生进行针对性的思想道德教育服务，将“思想引导、学业辅导、生活指导、心理疏导”等工作真正落实到位。

“一系一品”建设文化校园

学院秉持“厚德、笃学、修能”的校训，深化实施“文化铸校”战略，提炼出以弘扬伟人精神的“人”文化和体验亲水之旅的“水”文化为核心、构建“省级有精品、院级有重点、系级有特色”的校园文化建设格局。

学院每年评出的“周恩来班”“邓颖超班”已成为一道亮丽的风景线，创建活动已连续举办了七届，并获得了全国高校校园文化建设优秀成果。周总理身边工作人员曾来院指导。通过创建活动，追寻伟人足迹，继承榜样力量，使“人文化”成为学院文化育人的核心力量。

“水”文化的开发和研究也是学院的特色，走进校园到处都是“水”的符号：亲水广场、历代治水浮雕、大禹等水利名人像等。自2005年起，学院开展了亲水之旅系列活动，以水文化教育实践为载体，亲近水文化，宣传水知识，举办“水文化与水利科学发展”研讨会，编印水文化研究专辑，为水利事业培养具有人文关怀的高素质人才。

通过几年的实践，校园文化建设形成“3+5”格局。建设三项省（部）级校园文化品牌，包括扬伟人精神、树厚德之人——“周恩来班”“邓颖超班”创建工作、“亲水之旅”水文化教育、情感育人文化，在全国同类高校中形成特色。培育五项系级校园文化特色项目，各系根据专业特点形成“一系一品”，发挥文化育人作用。此外校园文化设施建设已成规模，大学生创业园、学生事务中心等“一园四中心”、校园标识系统等均已建成；精心打造了“五节二会”节日文化、典礼文化、墙宇文化、校友文化、名师文化。丰富浓厚的文化成了校园里师生呼吸汲取的“文明氧吧”。

“志愿服务”传递文明能量

4月10日，水利系教师张晨辰带领青年志愿者来到彩虹城小学，为小朋友们带来一堂别开生面的“五水共治”专题课。这是学院紧密结合省委“五水共治”战略部署，开展“小手拉大手　共创美好家园”的一项活动。

学院在志愿服务中做足“水”文章，彰显水利特色。根据任务需要，把学雷锋志愿者服务队分成多支小队，根据不同的主题开展对应活动，仅2014年就组织参加校内外志愿者活动130余场次，总参与人数4021人次，达到学院人数的60%以上。

学生参加社会实践活动赴学院结对的丰家源村支教

围绕“五水共治”中心工作，学院还积极组织力量送教下基层，选派专家参加省“五水共治”专家组，完善“一智库三平台”，组织完成“台州市水库管理培训”“淳安县小水利培训”以及水利建设企业资质考试等 180 余场次培训考试，总人数达 6.3 万人。

设立共产党员先锋岗，突出党员在志愿服务中的先锋作用。艺术系宋杨老师结合自身在园林景观设计专业上的特长为小区景观河道治理制订方案；魏争驰老师在社区宣传“五水共治”和生活中的节水妙招；章卉老师利用节假日照看托管儿童……广大党员纷纷进社区、下工地，“亮身份、树形象、展风采、比奉献”。

“创新文化”打造创新人才

学院以造就高素质创新创业人才为目标，弘扬创新文化，积极鼓励和支持大学生创新创业实践，及时提供创新创业政策指导与帮助，形成了“学院助推学生创业、学生个人自主创业”的生动局面。建成 1500 平方米的大学生创业园，把创业园作为创业实践基地，充分发挥其孵化器作用。学院对入园项目完善资金支持、场租减免等优惠政策，通过“创业园”着力实施体验式素质训练，探索了一条在市场经济发达地区提升高职学生创业创新能力的新路子。学生的创业热情高涨，自主创业的学生越来越多，他们中有新产品开发申报专利的豆鑫帆、在水利建筑行业初露头角的肖昌平、扎根山区做大百合产业的周龙斌、一路前闯的纺织企业掌门少帅王宇轩、追寻设计梦的设计总监糜敏……

“结对联姻”共育文明之花

2005 年学院与丰家源村结对共建。10 年来，共为丰家源村解决建设资金 60 多万元，支持环境整治、公厕改造、村民活动中心以及水利设施建设，发展村级经济。该村被评为县文明村，学院被评为“双百结对　共创文明”先进单位。

几年来，学院积极响应上级号召，主动参与结对共创、城乡共建、扶弱帮困等文明共建共创活动。

江山市贺村镇想把 2000 多平方米的在建工地围墙绘上墙体画，一时找不到合适的施工单位。学院闻讯后，主动上门对接，组织环境艺术专业师生前往贺村进行创作，一幅幅精美的墙体彩绘，展示在贺村的街头巷尾，老百姓交口相赞。贺村镇现已成为学院“百校联百镇”的社会实践基地，双方约定将基地建设成为师生了解社情民意、增强实践意识、推动理论学习的重要平台。利用学院技术力量，为贺村镇理论学习、“五水共治”“三改一拆”和现代农业发展等方面开展针对性的服务，特别是利用“全国文明单位”的创建经验带动贺村镇创建文明村镇。

学院发挥优势与甘肃、云南和吉林等地水利学校结对，成立工作组，派教师赴各结对学校开展学术交流，教学指导，安排干部来院挂职学习。学院被评为“全国东西部学校结对帮扶工作先进单位”。

学院还与杭州仁爱托管中心共建思想教育基地。该中心由学院退休党员、省“最美老干部”邵在田创办，师生利用节假日和寒暑假到中心开展手工劳动、义务支教、文化宣传等志愿服务，为托管中心及残障事业的发展做出了积极的努力。

几年来，学院坚持立足水利办教育，在水文化的浸润下，一路与文明同行，实现文明创建与学院事业发展“同频共振”。相继获得了“全国水利职教示范院校”“国家技能人才培育突出贡献奖”“全国水利职教先进集体”“中国教育改革创新示范院校”“全国职业核心能力工作优秀单位”“省教育教学成果一等奖”……

鲲鹏水击三千里，争舞潮头意气豪。我院将以获得“全国文明单位”为新的起点，以更加清晰的创建思路、更加务实的工作作风，巩固深化创建成果，为水利事业的发展培养更多的高素质技术技能人才。

链接 1 >>>

浙江同济科技职业学院创建“全国文明单位”体会

学院以创建“全国文明单位”为契机，凝心聚力，在立德树人、文化铸校、志愿服务等方面取得了明显成效：

一是提振了信心。创建成果既激励了人心，又增强了建设有影响的高职院校的信心与决心，对促进学院的全面发展发挥了巨大作用。

二是推动了发展。学院围绕水利事业大发展这个中心，实现文明创建与学院事业发展“同频共振”，完成从中专升格高职直至建设成为全国水利示范高职院校的飞跃，近年来社会影响力不断提升。

三是提升了素质。学院通过塑造典型、健全制度、开展活动等措施，将社会主义核心价值观内化于心、外化为行，深化实施“文化铸校”战略，为社会传播了强大正能量。

四是创设了氛围。学院积极营造优美的校园生态环境，33%的绿化率基本实现“春有花、夏有阴、秋有果、冬有绿”的良好生态格局。凸显“水”文化特色，通过亲水之旅、水文化研讨等活动提升校园文化内涵。

回顾创建过程，我们深刻体会到，精神文明建设要取得实效，必须把握和处理好以下四个方面的关系：

一是远与近的关系。必须坚持把建成广大师生员工的精神家园作为文明建设的长远目标。把解决师生员工最关心、反映最突出的问题作为精神文明创建的主要任务，不断实现近期目标，不断推进精神文明建设。

二是上与下的关系。必须上下齐心，形成合力，既需要领导班子和职能部门高度重视、科学谋划创建工作，又需要充分发挥广大师生员工在创建活动中的主体地位；既有科学的顶层设计，又能热在基层、热在群众。

三是标与本的关系。必须统筹兼顾、标本兼治，把精神文明建设渗透到师生喜闻乐见的主题校园文化活动中，努力营造力争上游、和谐共进的校园文化氛围。同时，健全完善体制机制，建立党委统一领导、党政齐抓共管、各部门各司其职、群团组织紧密配合、全院师生积极参与的领导机制和工作机制。

四是魂与体的关系。必须把大学精神作为精神文明建设的核心内容，将之贯穿到人才培养、教育教学、社会服务等各个方面。同时，积极探索文化之“魂”的丰富载体，提升文化精神价值的传播力和影响力。除了“五节二会”、讲座等常规活动外，还积极运用微博、微信等新媒体推动精神文明建设，弘扬正能量。

链接 2 >>>

浙江同济科技职业学院职工创建感言

执着奋斗，扎实工作，众志一心，互帮、互促、互学、互进，共建“全国文明单位”，为实现学院跨越式发展做出新的更大贡献！

——院党委副书记　郑贞宝

此次学院从各角度多方面以“全国文明单位”创建为目标不断进取，全院工作人员及师生员工齐心向上，在这样的氛围中，我感受到文明的力量。创建“全国文明单位”，我们在路上。

——院团委副书记　叶　乐

学院在创建“全国文明单位”过程中，我切身体会到学院的努力，无论从卫生还是同学们的言行举止都有很大的提高，文明卫生不是一朝一夕，而是时时刻刻。我相信文明就在我们身边，同济的明天更美好！

——后勤服务中心　乐一方

大学校园是育人成才的园地，为优良文化传承提供了沃土，学院创建文明单位是一种荣耀，也是一种使命和责任，要不断传承好五千年上下的璀璨文明，为实现中华民族伟大复兴中国梦助力前行。

——建筑系教职工　傅鑫杰

文明单位创建不仅是攻坚战，更是持久战，我们要一如既往地把创建工作深入到日常工作中去，凝心聚力，把这项工作坚持下去。

——信息系教职工　徐　刚

“上善若水，水善利万物而不争。”我们要弘扬水文化，如同水一样可以造化万物，奉献社会，一路与文明同行。

——建设1302班　罗　涛

“全国文明单位”的荣誉对我们学生来说是一种鞭策，无形中，我们会注意自己的言行举止，让更多的文明现象在校园中璀璨发光。

——水利1302班　董涵斌

对学院获得“全国文明单位”感到由衷的骄傲和自豪，这不仅是学院整体实力提升的体现，也为我们今后的就业提升了形象。

——水工1301班　储巧月

我觉得学校在各方面都有所改变，特别是校纪校风方面比以往更加严格了，我很期待学校变化后的新面貌。

——建管 1401 班　徐瑞泽

为学生营造了更好的学习和生活条件，也让我们感受到了文明其实离我们很近，让文明常伴我们身边。

——电艺 1302 班　陶潘婷

文明花开　源泽八闽

福建省水利水电勘测设计研究院

2012 年以来，福建省水利水电勘测设计研究院（以下简称福建院）在水利部、福建省水利厅的正确领导下，把创建全国文明单位工作放在重要位置，常抓不懈，深入开展文明创建工作形成新常态，2015 年 2 月荣获第四届“全国文明单位”光荣称号。其创建工作主要成效和经验介绍如下：

抓住关键，扎实推进创建工作

福建院注重在“三个努力”上下功夫：一是努力在带头表率上下功夫，领导班子在创建活动中以身作则，发挥模范带头作用，始终以求真务实的精神推动创建工作，用以人为本的理念指导创建工作，用改革创新的方法推进创建工

福鼎桑园水库大坝泄洪

作；二是努力在创建机制上下功夫，确定了党委书记为第一责任人、分管院领导为主要责任人、部门领导为直接责任人的三级责任体系，认真履行“一岗双责”并签订责任状，形成了统一领导、齐抓共管、分工负责的创建机制；三是努力在目标激励上下功夫，围绕《关于开展创建文明单位的实施意见》，分年将创建工作列入院长年度工作目标，纳入年度工作目标管理考核，把文明创建作为一项硬任务，贯穿于各项生产工作当中，与勘测设计生产工作同部署、同考核、同总结、同奖罚。

多头发力，稳步提升创建工作

坚持理论学习。福建院长期以来认真制定年度理论学习计划，认真组织教育培训、专题报告、辅导讲座、观看专题片等。开展政研活动，组织读书活动，如“我的梦、中国梦”新党员宣誓活动、“一本好书，开启一个梦想”读书活动、“书摘与感悟”交流、离退休鼓岭暑期读书班等。

推进“三学”活动。深化“学雷锋、真情服务为人民”活动，普及了“学习雷锋、奉献他人、提升自己”的理念；深化“学厦航、打造优质软环境作表率”活动，围绕“提升效能”和“马上就办”，联系勘测设计工作的实际，持续学习厦航“精、尊、细、美”优质服务精神实质，强化干部职工为勘测设计项目业主、工程施工现场服务意识；深化“学长汀、推进生态省建设”献策助力活动，围绕人与水、社会与水、经济与水、生态与水的关系，引导党员干部强化生态文明和生态理念，融入民生水利工程的勘测设计之中，创勘测设计生态精品工程。

开展“五个一”活动。以诚信建设、职业道德建设为重点，坚持开展道德讲堂、学雷锋志愿服务队、遵德守礼提示牌、文明餐桌、网络文明传播小组建设活动（即一堂、一队、一牌、一桌、一传播建设）。如道德讲堂以“我听、我看、我讲、我议、我选、我行”的自我教育的主要方式收到良好效果，提高了干部职工的道德素养和文明程度，营造人人争当文明人、人人争做文明事、人人共倡好风尚的良好氛围。

深化道德模范宣传活动。组织干部职工积极学习和践行社会主义核心价值观，参加水利系统社会主义核心价值观网上答题活动，评比专题宣传板报；开展社会公德、职业道德、家庭美德和个人品德教育，倡导尊老爱幼、夫妻和睦的家庭风气；重视树先进典型、发挥榜样示范作用，始终坚持开展评比表彰工作，每年表彰十佳文明职工、文明处室；积极组织参与“我推荐、我评议身边好人”活动，引导学习先进典型事迹，宣传身边的凡人善举，挖掘身边的感人故事。

推动“讲文明、树新风”活动。开展“文明大行动”，做文明有礼福建人，围绕共创全国文明城市，与东大社区开展六大共建活动，内容包含文明出行、文明旅游、法律咨询、健康咨询、电脑维修、生态水利知识宣传、计生咨询等；积极参与文明交通行动，联合东大社区组织“文明交通，文明出行，珍爱生命、远离事故”安全知识讲座。

投身扶贫帮困献爱心和社会公益活动。多年来福建院与东大社区开展共建，与4户特困户结对帮扶，每月按时将帮扶款送到特困户手上；开展与福鼎市水利局结对共建活动，组织专家和业务技术骨干对福鼎市生态水利建设、水资源配置及项目规划等方面开展技术交流和服务，对福鼎市桐山溪流域治理及生态修复工程和龙安供水工程进行技术帮扶，为建设福鼎“美丽农村”发挥技术优势；广泛开展志愿服务活动，成立巾帼志愿者服务队、水利工作服务队、青年突击队、“关爱母亲河”志愿服务队等，开展了结对帮扶活动，分批向建宁县武调小学、永春县南阳小学捐赠图书、电脑和提供助学金，还组织无偿献血、义务植树等活动；“关爱母亲河”志愿服务队组织了闽江口湿地公园观鸟活动和闽江源考察保护活动。

向永泰希望小学捐赠图书

结合实际，持续深化创建工作

持续创先争优，打造优质服务。为了促进干部职工改进作风，以良好作风服务发展、服务基层、服务群众，以优质服务打造优质软环境，在生产部门开展评选表彰“优秀项目经理、优秀设计代表、优秀指导老师”活动，其中优秀指导老师评选活动结合项目、对应到人、三年帮助、年年考核；在后勤职能管理部门开展创优质服务活动，通过内网投票评选，每年评选出十余项院优质服务项目。开展优秀设计代表服务评选，围绕“提升效能”和“马上就办”，联系勘测设计工作的实际，以水工处党支部为试点，以“学厦航、转作风、促设代”为主题，推动党员干部深入生产一线服务现场，强化现场服务意识，评选表彰先进设计代表组、先进项目负责人、先进设计代表，持续学习厦航“精、尊、细、美”优质服务精神实质。院青年突击队践行创先争优，凸显“想业主之所想、急业主之所急、急工程之所急”的服务理念，结合民生水利工程“多、急、难”的特点进行攻坚克难，像福建省闽江防洪工程突击队、平潭“一闸三线”工程突击队、罗源霍口水库工程突击队等 3 支青年突击队，在时间紧、任务重的情况下，克服重重难关，连续数月加班加点，有效地确保了省民生水利重点项目有序推进与实施。

以水为媒，推进水文化建设。福建院贯彻落实水利部《水文化建设规划纲要（2011—2020 年）》，大力提升水利工程的文化内涵和文化品位，体现先进设计理念，展示建筑美学，营造生态水利，承载文化传承功能，把当地人文风情、河流历史、传统文化等元素融合到水利工程设计中，提升水利工程的文化内涵。运用景观水利、生态水利的理念精心设计水利工程，实现水利与园林、防洪与生态、亲水与安全的有机结合，使一条条绵延的河道成为人们陶冶性情的好去处，一座座匠心独具的水利工程成为人们赏心悦目的好风景，一处处清新靓丽的水利风景区成为人们休闲娱乐的好场所。例如，闽江防洪工程、仙游仙榜段防洪景观工程、建瓯水南堤段防洪景观工程等获得业主好评。此外，加强理念创新，提升其水工程水动力研究中心平台建设水平，把闽江基地和九龙江基地打造成集科研、科普、旅游为一体的水文化教育基地。

齐抓共管，不断拓展创建工作

福建院坚持发挥工青妇群团组织的桥梁和纽带作用，在广泛开展全民健身运动和群众性文化活动的同时，以三八妇女节、五一劳动节、五四青年节、七一建党节、国庆节、元旦等重大节日为契机，特别是春节、端午节、中秋节等传统民俗节日，注重开展“我们的节日”文化活动，如“浓情端午粽香飘”“庆国庆、迎中秋”“迎春游园”等主题活动。以“教育人、鼓舞人、启迪人、激励人、提高人”为出发点，精心设计载体，以生动活泼、形式多样的活动载体，组织开展喜闻乐见、寓教于乐的文体活动，倡导科学、健康、文明的生活

国家科技进步一等奖——大田坑口水库大坝

方式。组织了羽毛球、乒乓球、足球、健身操、瑜伽、太极拳兴趣小组，每周定期安排活动，广大职工踊跃参加。2013年建院55周年系列活动之一“我与设计院共成长”主题活动别具特色，老中青三代人讲述成长经历，激励青年职工成长成才，深受好评。

一分耕耘，一分收获。文明创建工作有力推进了福建院的改革和发展，创建工作喜结硕果：2011年荣获“全国农林水系统劳动关系和谐企业”“全国水利系统和谐企事业单位”；2013年荣获“全国优秀水利企业”；2014年经福建省总工会复查验收保持了“省模范职工之家”；2014年荣获“2012—2014年度全国水利系统职工文化建设先进集体”；2014年荣获“福建省第十二届（2012—2014年）文明单位”；2015年2月荣获“第四届全国文明单位”。科技成果显著，三年来获省部级奖有30多项，其中“泉州市金鸡拦河闸重建工程”荣获“2011—2012年度中国水利工程优质（大禹）奖”。

链接1 >>>

福建省水利水电勘测设计研究院创建文明单位体会

回顾我院创建工作的全过程，有以下三点体会：

一、加强组织领导、明确创建目标建立好机制是基础

我院高度重视创建工作，成立了领导小组和工作小组，确立了三级责任体系，党政技工青妇六个轮子一起转，形成了统一领导、齐抓共管的创建机制；划拨专门的创建经费，从各方面为创建工作大开绿色通道，为文明单位创建提供强有力的保障和支持；将创建文明单位列入院年度工作目标，与生产工作同部署、同考核、同总结、同奖罚，贯穿于各项生产工作当中。

二、结合单位实际、突出创建特色取得实效是关键

多年来，我院始终注重把握好创建工作与勘测设计工作的关系，做好两者相结合，具体实效有以下三点：

一是持续开展创先争优活动。评选表彰创“品牌工程”“优秀勘测设计项目”等主题实践活动，不断增强创建工作的实效性；评选表彰文明处室、文明职工、“五好”文明家庭等，广泛发动群众参与，营造“敬业、勤业、创业、乐业”的良好氛围。

二是推进“三学”活动。深化“学雷锋、真情服务为人民”方面，普及

“学习雷锋、奉献他人、提升自己”的理念，积极参与送温暖、献爱心、结对帮扶等社会公益活动；深化“学厦航、打造优质软环境作表率”方面，学习厦航“精、尊、细、美”优质服务精神实质，强化干部职工为勘测设计项目业主、工程施工现场服务意识；深化“学长汀、推进生态省建设”方面，围绕人与水、社会与水、经济与水、生态与水的关系，引导干部职工强化生态文明和生态理念，使之融入民生水利工程的勘测设计之中。

三是不断探索水文化建设。引导专业技术人员理念创新，在勘察设计中关注文化元素，结合所在区域的自然人文特色建设富有地域个性的勘察设计项目，积极将文化元素融入到水利规划和工程设计之中，大力提升水利工程设计文化内涵和文化品位。

三、精心设计载体、丰富创建内涵彰显活力是保证

我院广泛开展全民健身运动和群众性文化活动，以“教育人、鼓舞人、启迪人、激励人、提高人”为出发点，精心设计载体，每周组织瑜伽、太极、健美操活动，组建羽毛球、乒乓球协会，在“妇女节”“母亲节”开展各项关爱妇女职工的活动；在“青年节”“劳动节”团结教育青年职工建功立业；在“儿童节”关爱社会贫困儿童，形成常态化的志愿服务；在“清明”“端午”“中秋”的传统民俗节日，也开展各种喜闻乐见的活动，在潜移默化中影响职工，寓教于乐，引导职工自觉传播文明风尚，营造和谐团结的企业氛围。

链接 2 >>>

福建省水利水电勘测设计研究院职工创建感言

推己及人，行胜于言。

——环境与市政工程院　王世场

春风细雨润无声，文明和谐创繁荣。

——环境与市政工程院　谭洪波

文明从一点一滴做起，文明从你我他做起；创建文明单位，共建设计院温馨家园！

——工程管理中心　林炉源

立足岗位做贡献、争创文明当先锋。

——电算中心　刘秀萍

集体荣誉需要每个人的努力付出，人人都做好自己的本职工作，人人都重视办公环境卫生，人人都有良好的精神面貌，人人都努力向文明公民迈进一小步，集体则会向文明单位迈进一大步。

——规划设计处　柳煦颖

我们扬诚信之帆，用一流的技术和精确的尺寸打造全国文明单位。这份荣誉铭刻着前行的脚步与汗水，闪烁着智慧之光。

——工程管理中心　薛泷辉

喜创文明单位，誓做勤勤恳恳、兢兢业业的文明职工。

——试验中心　梁　越

当文明成为每一个水电人的自我追求时，文明之风将吹遍水电院，也将唤起水电人蕴藏的巨大热情。

——试验中心　王新强

让文明之光照耀水电院前进之路，让文明之火点燃水电人奋进激情。

——试验中心　胡朝阳

“三位一体”抓创建　水育文明更灿烂

山东省德州市水利局（机关）

山东省德州市水利局党委书记、局长马文喜说：“德州发展的文明史，也是一部治水史”；“水润生机，水育文明。精神是水利发展之魂，工程是水利建设之体。离开水利发展抓文明单位创建是‘缘木求鱼’，而脱离文明一味追求水利发展也不会行走太远”。明确方向，围绕主线，突出根本，“三位一体”抓创建，取得精神文明和物质文明双丰收。

国家重点工程南水北调大屯水库建成蓄水

以学习贯彻习近平总书记系列重要讲话精神为指引，让文明创建成为新常态

党的十八大以来，德州市水利局党委深刻认识到大力推进单位精神文明建设是新常态下打造德州水利升级版的新引擎，自觉以习近平总书记系列重要讲

话精神为指引，掷地有声地提出了“精神文明建设也是生产力”，把文明单位创建作为全局“头号工程”来抓。

一是建机构建机制强领导。局党委高度重视精神文明建设工作，成立专门机构，做到有方案、有经费，有检查、有落实。完善“一岗双责”制度，使每位干部职工把精神文明创建和业务工作两副担子一肩挑，两项责任一起负，形成上下联动、齐抓共管的良好局面。把精神文明建设的理念和目标融入水利建设、水文化建设和党的建设等各个方面，建立健全考核和责任追究机制。

二是建制度抓队伍抓创建。坚持以人为本，制定出台了《德州市水利局文明单位管理办法》《关于进一步加强领导班子和干部队伍建设的意见》。喊破嗓子，不如做出样子。局党委领导班子始终保持创先争优、干事创业的高昂斗志，走在前列，成为有坚强凝聚力和战斗力的领导集体，发挥了模范带头作用。扎实推进机关学习型党组织建设，充分发挥了基层党组织战斗堡垒作用和党员的先锋模范作用，让局党委成为创建文明单位的责任主体，让党员干部成为创建文明单位的主力。针对德州水利专业人才断档的客观现实，实施人才强水战略，近几年引进大学本科以上毕业生 208 人，为德州水利发展注入了活力，干部职工队伍有了朝气，创建文明单位多了生气。

三是转作风反“四风”提效能。结合群众路线教育实践活动，精简会议、文件 20%以上，检查评比项目精简 60%，压缩“三公”经费 16%。涉水审批事项同步并联审批、联审联办，实行“一次告知”“一站式”服务；减少行政许可审批 26 项，精简 74%，行政许可审批时限在法定时间内全部压减 50%，群众来德州水利办事更简单方便。全局制定完善了两大类 190 项管理制度，形成了横到边、纵到底的制度体系，在全局干部职工中形成了遵守制度、严于律己、勤奋敬业、文明光荣的良好风尚。

以培育践行社会主义核心价值观为主线，打造水利精神文化新高地

在文明单位创建中，德州市水利局党委始终抓牢社会主义核心价值观这条主线，以“四德工程”建设为载体，健全完善“五个一”活动平台。

一是弘扬优秀传统文化，提高思想道德建设水平。建立了可容纳 160 人的道德讲堂，并设立了 9 个分讲堂，650 人可同时听课。开展了为期 2 年的“构建和谐水利，弘扬传统文化”主题教育活动，邀请原民政部副部长李宝库同志

作《孝道》专题讲座，集中观看传统文化教育专题片 8 次，参加学习人员 4500 人次，用传统文化的正能量提高职工精神境界、培育文明风尚，有 4 人获省级劳模，2 人获省“富民兴鲁劳动奖章”，2 人被评为“德州市见义勇为道德模范”。

二是让文明之花美艳水利，让文明行动惠泽职工。开展“学雷锋”、敬老院做义工、义务献血、“慈心一日捐”等社会公益活动。建立 25 个雷锋志愿服务队，组织义务植树、关爱山川河流宣传、扶贫帮困等活动，累计植树 12.5 万株，帮扶贫困人口 210 多人，全局 1200 多名干部职工捐助救助资金 24 万元。科级干部尚成刚十余年累计献血达 8200 毫升，让更多生命得到救助，受到中国红十字会、解放军总后勤部等无偿献血奉献奖表彰。成立网络文明传播志愿服务小组，建立 QQ 群、微博群，用网络传播文明；在办公和集中居住场所建立遵纪守礼宣传提示牌；在职工餐厅设立节约用餐、文明就餐宣传牌，倡导勤俭节约风尚。德州水利在全省第一个创办了水利老年大学，创建了水利博物馆，成立了“水龙吟”京剧俱乐部等 5 支文体活动骨干队伍，开展社会主义核心价值观知识竞赛、网上答题等文体活动 1800 人次，制作《勇立潮头》《节水在行动》等电视专题片 10 部，在德州电视台播放，宣传了水利工作，弘扬了水利精神。

三是开展诚信主题实践活动，构筑水利诚信体系。在山东省内，德州率先建立了水利建设市场主体信用信息管理平台。在招标投标、市场准入、资质审核、日常监管等工作中，实行守信激励、失信惩戒，建设诚信水利。开展水利工程建设领域突出问题专项治理，检查建设项目 83 个，整改率 100%。如今，无论是离退休老干部还是在职干部职工，每当有人提起德州水利，脸上都会流露出一种幸福和自豪。

以推动水利事业发展为根本，
文明创建取得丰硕成果

创建文明单位的目的是推动行业发展进步，提升单位形象和干部职工的精神境界。德州市水利局党委以文明单位创建为动力，全面落实《关于深化水利改革的指导意见》，推动德州水利工作跨越发展。

一是加强河道治理，建设大水网。在全省率先启动大水网建设，自筹资金 6 亿元，对境内的 102 条中小河道全部治理一遍，打通了全市灌排“主脉络”，

农业高效节水灌溉示范引领

灌排面积扩大25%。使得一些千年望天田变为旱能浇涝能排的万亩方田。

二是城乡供水一体化，确保饮水安全。率先在全国率先整建制实现“农村供水城市化，城乡供水一体化”，全市建成平原水库17座，万吨以上集中供水水厂19座，铺设供水主管道2.6万公里，城乡供水一体化率由38%提高到95%，结束了德州几千年喝苦咸水的历史。

三是抓好小农水项目，改善农业灌溉条件。小农水重点县建设累计完成投资17亿元，180万亩农田实现刷卡灌溉，在全省绩效考核中连续五年取得优秀等次，2014年全国中央财政小农水重点县建设现场会在德州召开。

四是建设节水型社会，提高用水效益。全市用水总量连续五年负增长，德州市成为全国节水型社会建设示范区。近几年，德州市以占山东省3.8%的水资源总量，灌溉了全省8.2%的耕地面积，生产了全省17%的粮食，支撑了占全省4.5%的经济总量，在大旱大涝的不利年景下，保障了粮食生产“十二连增”。推动行业发展，惠泽民生是德州市水利局文明创建的又一亮点。

春风执着化雨，怒放生如夏花。德州市水利局连续5年山东省水利系统考核第一，连续10年保持“全国水利文明单位”荣誉称号，连续8年保持“山东省文明单位”荣誉称号，先后获得“全国防汛抗旱先进集体”“全国法制宣传教育先进单位”“全国水利系统职工文化建设先进单位”等省部级以上表彰32项。在成绩面前，德州水利人没有骄傲，而是把目光投向远方，去追寻新的梦想。

链接1 >>>

山东省德州市水利局（机关）创建“全国文明单位”之我见

发展水利事业，要以创建文明单位为动力，勇担当、站位高、长期抓、抓长效。

一是党委切实肩负起创建全国文明单位工作的主体责任。各级党委主要负责同志是各级领导班子的“班长”，必须增强抓文明单位创建工作的积极性和主动性，种好创建文明单位这块“责任田”。要主动上肩、及时研究，靠前指挥，履行好第一责任人的职责，带头分析研判文明单位创建的重大问题。要总揽全局、协调各方，既要密切配合、协力推进，又要按照谁主管谁负责原则，落实责任分工，充分依靠局党委一班人各负其责，共同做好“全国文明单位”创建工作。

二是必须以“四个全面”引领文明单位创建工作。“四个全面”是新一届党中央治国理政方略的顶层设计，要牢牢把握“四个全面”总框架，站在全局和战略的高度，深刻领会和把握精神文明建设的主心骨，坚定中国特色社会主义的道路自信、理论自信、制度自信。进一步深化精神文明建设的目标内涵，更大力度培育和践行社会主义核心价值观，在融入、贯穿、结合、落细、落小、落实上下功夫。

三是建立创建活动的长效机制。文明单位创建活动是一项系统工程，必须全局上下齐抓共管，特别是主要领导和党委一班人，要坚持重大问题亲自研究、难点事项亲自协调、任务落实亲自过问，切实把文明单位创建放在心上，抓在手上。要建立健全考核和责任追究机制，把“全国文明单位”创建工作纳入重要议事日程，纳入党建工作责任制，与水利建设、水文化建设、水生态文明建设和党的建设工作紧密结合，一起部署、一起落实、一起检查、一起考核。建立起体现文明单位创建要求的目标体系、考核办法、奖惩机制，为实现文明单位创建活动永续健康发展提供强大制度保障。

链接 2 >>>

德州市水利局职工创建感言

创建“全国文明单位”没有过路客，没有局外人，需要大家团结一致，群策群力，最重要的是都把自己的本职工作做好。

——丁东水库副主任　潘皋正

创建文明单位党委重视是前提，队伍建设是保证，措施得力是根本，落实到位是关键。

——离退休科主任　孟宝石

文明单位的创建，让干部职工有了荣誉感，同时需要跟上时代的步伐，举止行为更加文明。具体到自己要爱车守纪，安全节约，开文明车，做文明人。

——建设科科员　何光成

创建“全国文明单位”，职工整体素质有了提高，机关建设更加和谐。

——工会职工　刘冬梅

水润信阳千般秀　文明花开别样红

河南省信阳市水利局（机关）

2015 年 2 月 28 日，全国精神文明建设工作表彰暨学雷锋志愿服务大会在京召开，信阳市水利局被正式授予第四届“全国文明单位”荣誉称号。

回首创建之路，自 2001 年至今，信阳市水利局一步一个脚印，已蝉联三届“省级文明单位”、两届“全国水利文明单位”。在全局 10 个直属二级单位中，目前已成功创建省级文明单位 4 个、省级水利文明单位 4 个、市级文明单位 5 个。我局先后获得“河南省先进基层党组织”“河南省扶贫开发工作先进集体”“水利部信访工作先进单位”“全国渔业文明执法窗口单位”“河南省水土保持工作先进单位”等荣誉称号。

南湾水库灌区

上下同心谋创建

“从起步到打基础再到迈向全国文明单位，上下联动形成合力，把文明单位创建与水利改革发展融为一体同步推进，是我们一直以来的优良传统。”局党组高度重视精神文明建设，把精神文明创建工作摆上重要议事日程，纳入年度考核目标，与业务工作同部署、同考核、同落实。局党组书记、局长叶长青亲自担任创建“全国文明单位”工作领导小组组长，其他党组成员也按照责任分工明确了创建职责，制定了《信阳市水利局创建“全国文明单位”工作实施方案》，定期召开专题会议，研究部署创建工作，形成了主要领导负总责，分管领导具体抓，一级抓一级、层层抓落实的创建工作责任体系。坚持把文明创建和水利建设相结合，大力弘扬“献身、负责、求实”的水利行业精神，领导班子成员率先垂范，干部职工积极参与，形成了全员参与、上下联动、真抓实干、齐心协力的浓厚创建氛围。

教育培训固根基

文明创建，以人为本。全局积极推进学习型机关建设，突出加强职工思想道德建设，着力提升职工素质和单位整体文明程度。通过开展中心组学习、交流讨论、专家辅导、观看录像、警示教育等方式，深入学习党的十八大，十八届三中、四中全会精神和习近平总书记系列重要讲话精神，不断提高干部职工的政治理论水平。采取集中培训、技术比武、岗位竞赛等形式，开展水利建设管理、法律法规、安全生产、防汛通信等业务培训，进行科学文化知识和国情水情教育，努力提升干部职工的科学素养和业务能力。以“道德讲堂”为载体，引导教育广大职工和家属树立正确的人生观、价值观，自觉遵守社会公德，维护公共秩序，爱岗敬业，自觉为社会、为单位、为家庭多做奉献。结合水利工作实际，经常性开展水利职业道德、文明有礼教育活动。制定了文明服务行为规范，强化服务意识，推行首问负责制、服务承诺制等规章制度，局机关工作人员实行挂牌上岗，公开姓名、职务、岗位职责，便于群众监督，树立了新时期信阳水利人的良好形象。

除险加固后的南湾水库

强化管理树形象

我局依法规范水行政许可审批行为，积极推进党务、政务公开，加强政府信息公开。3 年来，利用信阳水利信息网和市政府信息公开网，主动公开政府信息两千多条。坚持和完善民主管理制度，保障职工的合法权益。设立公示栏、意见箱，开通局长信箱、在线留言，畅通与群众沟通的渠道。落实社会治安综合治理责任，人防、技防措施完善，防范网络健全。单位内部治安状况良好，工作纪律严明，各项安全制度落实，无重大安全质量责任事故。干部职工自觉遵纪守法，无违法违纪案件，无“黄、赌、毒”等丑恶现象，无邪教活动，无重大失误、泄密事件，无刑事案件，无群体性事件。落实人口与计划生育政策，计划生育率 100%，各项指标符合规定。落实机关管理制度，加强公务接待、公务用车管理，大力倡导勤俭节约，着力推进节能减排，从“节约一滴水、一度电、一升油、一张纸”做起，效果明显。落实卫生管理制度，积极投身信阳市“创建国家卫生城市”活动，认真落实“门前五包、门内达标”，坚持每日清扫、每周检查评比，办公区环境优美，办公室窗明几净，全日保洁，无脏、乱、差现象。落实卫生防疫制度，工作区生活区定期进行消毒，无传染疾病发生。宣传普及卫生健康知识，职工每年体检一次。

创新载体倡新风

开展精神文明创建，关键在职工，活力也在职工。为此，创建活动突出重点，创新载体，以开展各项具体活动为创建亮点，凝聚职工力量。争创文明科室、文明家庭，争当文明市民、文明职工，局机关每年评出 2 个文明科室、3 个文明家庭、2 名文明市民和 3 名文明职工，加强对直属单位精神文明创建工作的指导检查，带动系统创建提档升级。评选信阳市水利系统先进人物，组成先进人物事迹报告团巡讲，仅 2014 年就在全市各县区水利系统开展巡回报告 13 场，3000 多名水利系统干部职工接受了一次深刻又生动的教育。组织青年志愿者和党员志愿者服务队到社区报到，开展便民利民、交通安全、保护环境等志愿活动，向贵州贫困地区自愿捐款捐物，积极参加信阳市公益慈善联合行动月活动，捐款 28171 元，成立网络文明传播志愿小组，志愿服务奉献社会。扎实开展结对帮扶，帮助对口帮扶村——淮滨县楠杆镇东乡村争取农村饮水安全项目，解决了村民饮水问题，并筹集 15 万元硬化了村庄道路。坚持在重要节日开展群众性文体活动，注重在每年的五四青年节、七一建党纪念日、国庆节等重要节日，开展爱国主义教育活动；利用植树节、“世界水日”等开展实践宣传教育；利用元旦、春节、妇女节、儿童节、重阳节等传统节日开展献爱心、走访慰问活动。经常举办文体娱乐活动。利用节假日组织开展登山、环浉河自行车比赛、拔河、棋类、猜灯谜等活动，丰富职工的文化生活。先后组织参加了河南省水利系统职工乒乓球比赛、“中国梦劳动情我与改革创新”演讲比赛，取得了优异成绩。

履职尽责促发展

近年来，信阳市水利局坚持服务大局，争创一流业绩，近 3 年全市水利项目总投资 48.42 亿元，是该市历史上水利投资规模最大、发展目标实现最好、人民群众受益最多、行业能力提升最快的时期。农村安全饮水、病险水库水闸除险加固、中小河流治理、灌区技改、水土保持、水库移民等，一大批惠及民生的水利重点工程建成并发挥效益。防汛抗旱成效显著，战胜了 2008 年以来连续六年的干旱。特别是 2013 年，全市旱情严重，58 条小型河流断流，102 座小型水库干涸，农作物受旱面积 277.4 万亩。旱情就是命令，我局认真履职尽责，迅速动员组织全市水利系统，科学调水，打井取水，泵站提水，库塘蓄水，渠道引水，强化节水，多措并举抗大旱，各类水利工程充分发挥了抗旱骨干作用，累计灌溉供水 9.41 亿立方米，灌溉面积 687 万亩，实现抗旱效益 32.5 亿元。扎实开展农田水利基本建设，全市粮食核心区内实现了旱能浇、涝能排，旱涝保收田面积逐年扩大，抗灾减灾能力不断提高，为信阳粮食生产实现"十一连增"和获得"全国产粮大市"殊荣作出了突出贡献。落实最严格水资源管理制度，严格水资源论证、取水许可、用水定额等制度，加强计划用水节约用水管理。强化河道采砂管理，科学划定禁采区和禁采期，严厉打击非法采砂行为。大力推进水生态文明建设，加快水土保持重点工程建设，治理水土流失，平桥区郝堂小流域成为全国第一个通过水利部专家评审的"国家水土保持生态文明清洁小流域建设工程"，新县两次获得"全国水土保持先进县"

香山水库

称号。

同心掬得满庭芳，文明花开别样红。一个个亮点，一幕幕图景，是我局丰富内容形式、创新方法手段的结果，也是每位信阳水利人合力创建的历史见证。荣誉面前，信阳市水利局精神文明创建的脚步并未停息。“精神文明建设只有起点，没有终点。我们将以成功创建‘全国文明单位’为起点，强化措施，狠抓落实，推进局直系统文明创建工作再迈新台阶，实现从创建文明单位到建设单位文明的新跨越。”信阳市水利局局长、党组书记叶长青又为全系统的文明创建工作立下新的目标。

链接 1 >>>

加强文明建设　给力水利发展

信阳市水利局成功创建第四届“全国文明单位”，既是水利部文明办对我局创建工作的肯定，也是对我们的鞭策和激励。通过多年的创建工作，我们有以下几点体会：

一是文明重在建设贵在坚持。做好文明单位创建工作，认识到位是前提，领导到位是关键，措施到位是重点，投入到位是保障。多年来，我局始终坚持“两手抓、两手都要硬”的方针，把精神文明建设和水利中心工作摆在同等重要的位置，同部署、同落实、同检查，持之以恒地抓好精神文明建设。成立了由局主要领导担任组长的精神文明建设领导小组，形成了主要领导负总责，分管领导具体抓，一级抓一级、层层抓落实的创建工作责任体系。制订了局创建工作长期规划、年度计划和实施方案，完善了文明服务承诺、文明行为规范、创建工作制度等近 20 项规章制度。加大精神文明建设经费投入力度，美化、绿化、亮化环境，健全卫生设施，增添健身器材，不断改善职工工作生活环境。

二是文明重在提升贵在创新。提升干部职工思想道德水平和文明素养是创建的目的，全员参与和创新载体是做好创建工作的核心。2012 年以来，我局按照水利部和省、市文明办的部署，结合水利工作特点，不断创新载体，引领全员积极参与文明创建，着力提升干部职工文明素质和全市水利行业文明程度。开设了水利行业“道德讲堂”，开展文明礼仪、健康教育、百家讲坛等专题讲座和“诵读中华经典，提升文明素养”活动。以信阳水利信息网为主阵地，开通文明微博、微信，利用新媒体开展网络文明传播活动。2014 年，我局成功举办了全市水利系统先进人物事迹巡回报告会，为3000多名水利干部职工进行了13场巡回报告，使大家受到了一次深刻的思想教育。

三是文明重在实效贵在行动。我局把文明单位创建作为提升干部职工素质的有效载体、展示信阳水利形象的关键途径、推动水利事业发展的有力抓手，突出行动，注重实效。“大家都文明才是真文明”。我们坚持从每个人、每件事抓起，成立了学雷锋志愿者服务队，组织青年志愿者和党员志愿者经常性开展文明交通劝导、卫生整治、义务献血、植树、环保等志愿服务活动，争当文明市民、文明职工。积极参加信阳市公益慈善联合行动月活动，向贵州贫困地区和留守儿童捐款捐物。全局上下形成了“单位树正气、班子讲团结、做人讲诚信、做事讲原则”的优良风气，激发了干部职工积极投身水利改革发展实践、争创一流业绩、推动信阳水利事业持续快速发展的热情，展示了新时期信阳水利人的良好形象。

链接2 >>>

河南省信阳市水利局（机关）职工创建感言

文明单位的创建绝不仅仅是某个人某个科室的工作，“文明单位”也绝不是一个称呼一句口号，“文明”字字重万钧，映照着每个人的一言一行，凝聚着全体干部职工的努力和责任。

——党组成员、副局长　胡传银

成功创建“全国文明单位”，实现了多年夙愿，同时也感到压力很大。文明创建只有起点没有终点，贵在精细，难在持之以恒，建设单位文明还有很长的路。

——文明办主任　文贤凤

文明理念靠教育，文明习惯靠养成，在今后的工作中我们更要注重教育引导。

——人事科科长　张克钰

创建文明单位，是大家的事。我们作为单位的一份子，一定要做个文明人，给全国文明单位的牌子增光添彩，不能给它抹黑。

——办公室科员　苏立友

文明创建百花盛开　争先创优硕果累累

湖北省水利水电规划勘测设计院

2015 年 2 月 28 日，中央文明委揭晓第四届“全国文明单位”，湖北省水利水电规划勘测设计院（以下简称湖北水院）在激烈竞争中脱颖而出，摘取文明建设的最高桂冠。消息传来，全院上下一片欢欣鼓舞。

10 余年来，湖北水院始终坚持“以文明促发展，以文明促和谐”的发展理念，在省水利厅党组的领导下，在部、省文明办的指导帮助下，从创建所在区文明单位起步，到历获创建文明行业工作先进单位、湖北省行业文明示范点，全国水利文明单位、省文明单位、省最佳文明单位，全国文明单位，逐步提升了创建水平和成绩，实现了文明创建“大满贯”。

拾桥河枢纽

心血浇灌文明之花

湖北水院高度重视全国文明单位创建工作，将争创“全国文明单位”写入院“十二五”发展规划，修订了《创建文明单位实施细则》，将文明创建纳入了院年度目标管理和绩效考核，完善了“一岗两责”的创建模式，形成了党委统一领导，党政一把手负总责，各部门齐抓共管，全体干部职工积极参与的创建格局。

建设文明班子。湖北水院党委以党的群众路线教育实践活动为抓手，以习近平总书记好干部“五条标准”为对照，严格履行党委主体责任和纪委监督责任，严格遵守中央“八项规定”，坚持“三重一大”事项集体决策，坚持党务、政务公开，团结共事、办好实事，引领全院各项事业全面发展，连续多年被水利厅考核为优秀，赢得了广大职工的普遍信赖，被授予省直机关“先进基层党组织”、厅党建工作先进单位。

锻造文明队伍。讲学习，组织对“三个倡导”内容进行了深入学习，制作了展板、宣传标语，购买了图册，观看了展览，听取了蒋志刚先进事迹宣讲，丰富学习内容，开展了征文、演讲、网上在线答题、知识竞赛活动检验学习效果，用社会主义核心价值观筑牢队伍思想基柱。讲民主，通过党委联系日、职代会、党建工团工作会和民主党派、离退休职工座谈会广泛听取职工意见，100％落实了职代会所提建议。讲和谐，严格落实带薪休假制度，定期组织体检，对新入职职工提供租房补助，大力支持老协、老科协开展活动，划拨数十万元支持立志济困协会对困难职工进行帮扶。讲文明，制定了职工文明公约，设立了示范岗和示范窗口。讲法治，开展了六五普法教育，安全生产、机要保密、社会治安综合治理人防、物防、技防措施完善，连续多年被评为普法、综治先进集体，计划生育无一例违规。讲廉政，开展了党风廉政宣传月活动，廉政风险防控无盲点、全覆盖，开展了水利工程建设领域突出问题专项治理。讲敬业，开展了立足岗位做贡献，争做“圆梦”局中人，比业绩比贡献活动。讲诚信，制定从业人员行为准则，签订廉政承诺，发放“现场服务卡”，对技术服务进行跟踪记录和反馈。

树立文明品牌。组建了“以团结互助为荣”的志愿服务队。拥有以220名青年团员、党员为固定成员，其余干部职工为有益补充的“学雷锋”志愿服务队。3年来，服务队进社区，为抗灾救灾、助弱助贫捐款捐物百万余元，组织献血、文明过马路、清洁环境近 20 次。入村组，捐赠图书百余本、电脑 30 余台、爱心书包 50 个；全程服务“挖万塘”塘堰整治活动，获赠“三万活动暖人心，挖塘建库惠民生”锦旗。助行业，与市（州）水利局、地区水利设计院结对共建，参加了“水利专家县乡行”，对口联系湖北咸安等 7 个县（市、区），选送多名技术骨干对新疆博州、西藏山南地区水利设计院，提供技术、人才、资金支援。开展了以“艰苦奋斗为荣”的节能增效活动。提出了建设节约环保型单位意见，实行办公自动化，用纸同比下降 40%，启动“文明餐桌”，开展“光盘”活动，大幅减少了粮食浪费。提高设备利用，规范用车行为，固定空调温度区间，年度用油用电量 5%递减。塑造了以“关爱山川河流”为荣的水文化。扩大社会公众对水生态水文化的关注，把文化元素融入到承担的水利规划和工程设计中，参加了“爱我千湖”“关爱山川河流、保护水源地”“水润荆楚·走进水利风景区”活动，开展了湖泊现状调研、知识竞赛。开展护水宣传，组织了征文、书画创作、摄影活动。培养健康环保生活方式，组织开展了排舞、广播体操、徒步走、球类、拔河、骑行等丰富多彩的文体活动。创办了水文学期刊《写意江河》，成立了羽毛球、篮球、足球协会，代表水利厅参加全国水利系统羽毛球比赛，多次获省书画、摄影、读书征文奖。组织了以“热爱祖国为荣”的“圆梦”行动。弘扬传统美德，开设道德讲堂，布置崇德修身宣传牌，开展了唱歌曲、学模范、诵经典、送吉祥活动。积极组织“我们的节日”活动，开展了迎新春座谈会、参观革命先烈纪念馆、慰问老干部、老党员、老专家活动。学习身边好人，开展了“榜样在我身边”和“身边好人”先进典型选树活动。传递正能量，组建网络文明传播志愿服务小组，采用 QQ 群、微信公共账号和网络对精神文明建设重点工作、重大活动进行了广泛宣传，传播正能量。

文明花开春满园

谱写了服务湖北水利发展新篇章。把习近平总书记关于“节水优先、空间均衡、系统治理、两手发力”的治水思路，水利部《关于深化水利改革的指导意见》贯彻落实到规划勘察设计各环节，提出了湖北水利改革发展“十三五”思路报告，开展了江汉平原发展战略规划、“大东湖”生态水网构建工程研究，加大了鄂北地区水资源配置工程、荆江大堤综合整治、荆江荆南四河堤防加固、杜家台等 5 个蓄滞洪区建设工程等大型民生及水生态文明项目前期工作力度，设计打造了现代最大人工运河——引江济汉工程，华中地区最现代的泵站——白马泾泵站，世界已建厚薄比最小的碾压混凝土拱坝——招徕河水电站，圆满完成了历年汛期技术咨询和防汛抢险技术援助任务，在推进湖北水利又好又快发展中发挥了骨干、引领、示范作用。特别是鄂北地区水资源配置工程规划，从启动编制到获部省联合批复仅一年，创造了全国同类工程新纪录。湖北水院获水利厅通报嘉奖，6 位职工记三等功，14 位职工受嘉奖。

开创了“一业为主、多业并进，立足中部、连贯南北、辐射东西”新格局。坚持“一业为主”与“多业并进”紧密结合。抢占水利发展新常态先机。中标鄂北地区水资源配置工程生产性试验项目 EPC 总承包，承担了付家河水库代建任务。目前，鄂北工程 2014 年生产性试验项目施工图全部提交。投建的管厂仅半年就完成建设任务取得生产许可证，生产管材 500 多根。代建的付家河水库已建成 2 个副坝，得到水利厅及业主的高度评价。积极推动勘察向岩土工程、监测检验，设计向工程咨询、工程监理、项目代建延伸和工程总承包，水保、移民、环评、地质灾害治理工作在建筑、市政、交通行业扩大了业务范围。坚持“立足中部”和“连贯南北、辐射东西”有机统一。珠海、北京、成都 3 个分院稳步发展。院经济发展指标居厅直单位首位，综合竞争力跨入省级水利规划勘测设计院第一方阵。

我院管厂为鄂北水资源配置工程生产的 PCCP 管

实现了管理创新新突破。委托专业顾问公司进行了内部管理咨询，健全了管理运行机制，完善了管理制度，内部管理规范有序。技术质量管理方面，贯标外审每次获评优秀，未出现一例因勘察设计成果质量造成的工程事故。培育了碾压混凝土高薄拱坝、深覆盖层混凝土面板坝、大型泵站工程、大型跨流域调水工程、湖泊水源综合调度、病险工程除险加固、气垫式调压室、卫星影像测图、三维设计与CAD计算机辅助设计等多项技术优势。屡获全国勘察设计奖和省科技进步奖。项目管理方面，全面实行OA系统精细化管理，项目推进协调有序。人力资源管理方面，培养注册工程师近200人，全院正高职高级工程师人数占全省水利行业56.8%，享受国家津贴、省政府津贴的专家，水利部“5151人才工程”，湖北省有突出贡献的中青年专家，湖北省水利拔尖人才，湖北省水利科技英才20余人。

培育文明之花永续绽放

创建“全国文明单位”的过程，也是湖北水院不断完善、实现自我发展的过程。“全国文明单位”奖牌是湖北水院广大干部职工奋力拼搏的结晶，饱含着每一位干部职工的心血和汗水，湖北水院人倍加珍惜这来之不易的荣誉。清醒地认识到，文明创建没有休止符，精神文明建设始终在路上。

青年职工“重走大别山，建功十二五”活动

院党委班子第一时间组织全院职工深入学习习近平总书记在会见第四届全国文明城市、文明村镇、文明单位和未成年人思想道德建设工作先进代表时的重要讲话精神，以及全国水利精神文明建设工作会议精神。要求全院干部职工再接再厉，锲而不舍地抓好精神文明建设，使每一项工作都与“全国文明单位”考评细则“对标”，从思想、行动上提升全体干部职工的文明意识和水平。

有关职能部门要继续组织策划一批文明主题活动，用丰富多彩的活动引导职工，提振精神，规范行为，提升能力。通过文明建设，促推生产经营多元化、人才培养集成化、管理平台精细化、运作模式现代化、品牌形象知名化，形成健康良好的发展态势，为湖北水院持续快速发展提供精神动力。

在文明建设奋进的征程上，湖北水院全体干部职工将充分发挥“全国文明单位”标杆模范带头作用，以精神文明建设促进各项工作全面发展，为服务湖北水利发展提供更加坚实的技术支撑，谱写更加壮丽的发展新篇。

链接 1 >>>

湖北省水利水电规划勘测设计院创建“全国文明单位”体会

一、文明创建，匹夫有责

世界需要文明，我们需要追求文明。我们是自然人，也是社会人，更是单位人。我们是单位肢体上的一个细胞，在单位这个舞台上扮演不同的角色，但拥有同一个目标。我们被文明这首经典的乐曲贯穿，被文明这种璀璨的文化熏陶。在文明单位创建过程中，我们的境界得以升华，精神为之一振，视野开阔，追求完美，步调一致，与时俱进；在文明单位创建过程中，培育了一种执着，形成了一种期盼，我们希望与世上最美、最好、最善的东西为伍，并与其相媲美。其实，努力一下并不难，文明创建，既可望，也可即。文明创建，匹夫有责。

二、文明创建，踏石留印

文明创建，是凤凰在烈火中涅槃重生；文明创建，是好钢在烈焰中锻打淬火；文明创建，是剥去表面的浮华与热闹后的真、善、美。设计院抓创建工作，抓铁有痕，踏石留印。领导班子以身作则，激发全院干部职工的积极性、主动性和创造性，同频共振，营造干事创业、求真务实的良好环境。不断探索党建工作新思路，建立目标管理机制，制定总体规划，层层分解任务，建立考核和奖励机制。坚持与中心工作同布置、同落实、同检查、同考核。开展形式多样的读书活动，坚持把加强理论学习作为提高职工政治素质的重要途径，自觉把思想行动统一到全国、全省系列重大决策部署上来，打造出一支政治过硬、素质优良、力争上游、和谐共进的职工队伍，为文明创建工作营造良好顺畅的工作环境。

三、文明创建，永恒追求

设计院通过文明创建活动，弘扬真、善、美，传播正能量。补理想信念之“钙”，铸价值引领之“魂”，强道德建设之“基”。通过全院干部职工的努力，荣获第四届“全国文明单位”称号，这既是对我们的鼓励，也是对我们的鞭策。成绩来之不易，荣誉弥足珍贵，传承更需努力。要克服“牌子到头，创建到头”的思想，抓好巩固促发展，不断提高创建水平，始终保持创建工作的积极性、连贯性和持续性。要坚持不断改革创新，深入学习贯彻党的十八大，十八届三中、四中全会精神及习总书记系列讲话精神，积极培育和践行社会主义核心价值观，不断巩固文明创建的成果，不断总结创建工作的经验。让文明单位这个崇高荣誉，这个美丽光环，不断激发出每个职工积极进取的昂扬斗志。

链接 2 >>>

湖北省水利水电规划勘测设计院职工创建感言

“全国文明单位”是我们全体职工的崇高荣誉，这是对我们前期工作成绩的肯定，更是将来再创佳绩的不竭动力！

——水工设计二处　余　晖

我院荣获“全国文明单位”极大提升了我们普通职工的自豪感和使命感，我们决心立足岗位，多做贡献！

——水工生态党支部　崔金秀

文明单位涉及许多方面，和我们每个人有密切的联系，大家应该为此做出贡献，应该从个人做起，从小事做起。

——防洪设计处　李　军

要守住“全国文明单位”这个牌子，我们也要不断提高自身素质，对自己的言行举止开展约束，要做到语言礼貌、举止文明、尊老爱幼、爱护公物，保证公共卫生，积极参与公益活动等，在举手投足间展现出文明单位的精神风貌。

——规划设计处　彭习渊

抓大谋远谱新篇，开拓创新结硕果。

——地质试验党支部　熊友平

“全国文明单位”绝不是表面上的称呼，我们每一个人都得行动起来，共同努力，维护这个荣誉。

——规划设计处　雷新华

我文明，单位文明；我诚信，单位诚信；我美丽，单位美丽。

——工程测绘处　周胜洁

荣誉化作动力，奋斗成就梦想！

——综合管理处　刘　源

文明创建只有起点，没有终点。

——综合管理处　曹家和

在文明的土壤上播种希望

湖南省双牌水电站

青山巍巍，潇水悠悠，湖南省双牌水电站（以下简称双电）镶嵌在这青山绿水之中。虽然隐居山林，但“全国水利文明单位”“全国水利优秀企业”“全国厂务公开民主管理工作先进单位”“湖南省五一劳动奖状”等诸多荣誉，让这个年过半百的国有水电企业青春焕发，声名远播。

2015 年 2 月 28 日，双电再获殊荣，被授予“全国文明单位”称号。辛勤播撒的文明种子终于茁壮成林，绿色葱茏不负春意，古老的潇水河伴随双电人愉快的歌声荡起了新的涟漪，老一辈无产阶级革命家陶铸亲笔题写的“双牌水库”四个大字在阳光下愈发熠熠生辉！

库区

用品行铸造文明之魂

镜头一：2010 年 7 月 1 日，双电在明珠花园篮球场召开建党 89 周年庆祝大会暨先进集体和先进个人表彰大会。一位女职工宣讲双电职工冯满红舍己救人的感人故事，赢得了职工们经久不息的掌声……

这是双电开展道德教育的一个缩影。长期以来，无论是专题讲座还是理论研讨，文艺演出还是演讲比赛，技术比武还是体育活动……双电总能将社会主义核心价值观、职业道德、家庭美德和个人品德的内容巧妙地渗透其中，善于选树身边的典型，以“春风化雨”“润物无声”的方式，实现“道德大塑形”，多次被湖南省水利厅评为“思想道德教育先进单位”。

文明无处不在，须从细节入手。双电先后制定了《职工文明手册》《企业文化手册》和《岗位行为规范》，对劳动纪律、言谈举止、规范着装、诚实守信、文明礼仪、环境卫生、勤俭节约等日常行为细节进行了详细规定，并制定《绩效考核办法》进行严格考核，逐渐形成了行为细节管理的常态长效机制。正是通过对这些细节的严格管理，双电人的文明素养得到了有效提升。在双电，你看不到乱扔垃圾的行为，听不到脏话痞话……文明的春风吹遍了每个角落。

双电站长、党委书记杨勇在总结“细节管理”的经验时曾经说过：“点点滴滴的细节是内心世界的真实流露，是长期锤炼而成的素养。只有对于细节的不懈敲打，我们的整体文明才经得起考验。”

用发展夯实文明之基

镜头二：2011 年 5 月 16 日，在双牌县霞灯村的一个山坡上，彩球高悬，彩旗飘扬，机器轰鸣，上百人齐聚一堂，整装待发……

这是双电合资兴办的金属锰深加工项目的开工现场。创业发展的集结号再次在山清水秀的潇水河畔吹响。

文明必须以经济为基础，没有经济作为依托，文明就会“缺钙”，注定飞不远。这是双电人对文明与经济内在关系的理解。

大发展、小困难，小发展、大困难，不发展、最困难，这是双电人对发展的共识。

“加快发展创文明，创建文明促发展”，文明建设必须与经济发展有机结合，这是双电人的工作思路。

“一业为主，多业并举，内引外联，滚动发展”，这是双电人的创业之路。

双电人发扬延安精神，凝心聚力，艰苦奋斗，不知克服了多少困难，攻破了多少难题，尽最大努力把企业做大做强。2009 年 9 月至 2013 年 1 月，双电积极挖潜增效，投入 6900 多万元，成功对发电机组进行增容改造，装机容量增加了 1.5 万千瓦，年增发电量 6000 万度，年增电费收入达 1500 万元；多年来，双电大力开展多元经营，采取自办、联营等方式，先后创办了电解铝、氯酸钠、高氯酸钾等 7 家联营企业，并利用自身的人才与技术优势，主动走出去承接小水电代维代管业务。

辛勤的付出终于得到了丰厚的回报，双电经济效益实现了新突破：2012—2014 年，双电累计发电 19.6 亿千瓦时，创产值 6.91 亿元，实现利税 2.67 亿元；多元经营创产值 3 亿多元，上交国家税收 1.05 亿元。双电各项经济指标都走在了同行业的前列。

大河涨水小河满。企业的跨越发展，让职工的平均年收入翻了一番又一番，幸福指数大幅提升，他们真真切切地感受到文明创建所带来的实惠，参与文明创建的热情空前高涨。

用责任编织文明之梦

镜头三：2009 年 6 月 9 日，双电办公楼前，几十名来自水淹区的村民敲锣打鼓，将一面绣有“用责任扛起库区的希望用爱心编织幸福的生活”两行大字的锦旗送到了双电。他们紧握着双电领导的手激动地说：“感谢双牌水电站，是你们让我们告别了煤油灯，用上了电灯，你们就是我们库区老百姓最亲的亲人！”

2007 年，为解决双牌库区农网改造资金短缺问题，双电采取向银行贷款和职工借款等方式，筹措资金 2500 多万元，经过 3 年的艰苦努力，农网改造成功，解决了库区 20 多个无电村的通电问题。这是水淹区的村民自发感谢双电无私援助的情景。

水淹厂房应急预案演练

建站 50 多年来，这样的好戏上演了一场又一场：2008 年，湖南遭遇 50 年一遇的冰冻天气，永州电网全部失压，双电在水库水位偏低的情况之下，紧急黑启动，开机顶替永州电网负荷，基本保证了永州北部电网的正常运行，确保了党政机关、银行、学校、医院、监狱、自来水厂等重要单位的供电；每当双牌库区遭遇特大洪水，双电总能科学调度，确保了防汛安全和人民生命财产安全；每当遭遇大旱，双电总是主动牺牲企业利益，停机蓄水保灌溉，确保了32万亩农田丰收……发电服从防汛抗旱，经济效益服从社会效益，这是双电人多年坚守的责任，也是双电人对“文明”内涵的独特解读。

每当听到社会各界那些发自肺腑的赞美和感激之言，双电人总是微笑着说：“这是我们应该做的。”从这句朴实无华的话语中，我们仿佛看到了一种勇于担当的精神，一颗服务社会、回馈社会、奉献社会的坚强决心！

用爱心传递文明之炬

镜头四：2015年3月5日学雷锋纪念日，双牌县社会福利院内欢歌笑语，其乐融融。大树下，“祖孙俩”正在开心地交谈；花丛旁，老奶奶正陶醉在“孙女们”的歌声中；棋盘上，一对“父子”正在聚精会神地对弈；卧室里，“外孙女”正在给“外婆”洗脚、梳头、剪指甲……

这是双电学雷锋志愿服务队到社会福利院开展爱心服务的情景。

没有豪言壮语，没有惊天动地的壮举，双电人就是用这些平平凡凡的爱心行动，点燃并传递文明的火炬，让人们真切地感受到人间的美好。

2011年，双电一名职工身患重病须做手术，但医院库存血量告急。得知此消息后，56名职工自发赶赴距双电200多公里的衡阳市献血，成功将这名职工从死神手里救了回来，上演了爱心大接力的感人一幕；2014年6月，一名职工身患多发性恶性骨髓瘤，生命垂危，双电人一天内紧急捐款数万元，为他送去生的希望……这些特例还不足以说明什么，事实上，双电人都是注册的“志愿者”，他们随时随地自愿为需要帮助的人们提供力所能及的帮助；事实上，双电几十年不间断开展爱心助学和留守儿童帮扶活动，一份份善款点燃了无数的希望；事实上，双电多年坚持与水滝区贫困村“结对扶贫”，与周边单位、村庄开展“文明共建”，尽一己之力促进了社会的和谐稳定、共同进步……

“赠人玫瑰，手有余香”，在帮助别人的同时，双电人的灵魂得到了升华。爱心在不经意的善举中传递，文明在爱心的映照下发扬光大。

用环境塑造文明之形

镜头五：2012年9月28日，往日平静的山谷里突然响起了几声沉闷的爆破声，一栋大楼轰然垮塌，遍地瓦砾，尘土飞扬。紧接着几台挖土机轰隆隆开进了站区……

这是双电拆除一栋破旧楼房的情景。

多年前，陈旧的发电厂房，破烂的办公场所，泥泞的羊肠小道……这一切都是双电人的心头之痛。建设“园林式生产区”和“花园式生活小区”成了双电人孜孜以求的梦想。为了实现这个梦想，双电加大资金投入，按照生态化、园林化、花园化、智能化的理念，强化规划设计，注重“建、改、管”同步，打响了站容站貌“美容整形战役”。

几度春秋，几度风雨，双电发生了翻天覆地的变化。你看，一排排整齐的职工宿舍拔地而起，设计新颖实用的防汛调度中心参天耸立，大坝、发电厂房、检修大楼、职工食堂、俱乐部、招待所焕然一新；一棵棵树木郁郁葱葱，一朵朵鲜花含苞待放，一片片草地绿意盎然，鸟儿们纵情歌唱这块秀美的土地；你再看，门球场上，老人们自由自在地挥动球棒；篮球场上，后生们欢快熟练地演绎精彩；广场上，女士们伴着优美的旋律，舞动美满的生活；林荫道上，恋人们一边散步，一边说着悄悄话……在整洁优美、管理有序、人水和谐的极具现代化气息的双电工作生活，尽情享受看得见、摸得着的文明成果，双电人惬意极了，文明的能量从他们内心深处释放出来。

“我们是光荣的双电职工，为祖国发电忙，发电忙。迎来朝阳送走晚霞，我们意气风发。呼唤南国雨，调遣潇湘水……”双电人高唱雄浑激越的《双牌水电站之歌》，在文明的土壤里播种新的希望！

链接 1 >>>

强化道德修养　提升企业文化

继承和弘扬中华优秀传统文化和传统美德，广泛开展道德教育实践活动，大力普及基本道德规范，增强人们的价值判断力和道德责任感，不断提高人们的道德水平、提升人们的道德境界，是培育和践行社会主义核心价值观的重要途径。企业价值观是企业文化的精髓，优秀的企业文化，能够为员工树立共同的价值观，激发员工爱岗敬业、奋发向上的工作热情，能最大限度地发挥员工的积极性、主动性和创造性，推动企业创新发展，从而为社会创造更大更多物质财富和精神财富。如何加强企业员工道德修养，建设具有企业自身特色的企业文化，将培育和践行社会主义核心价值观与加强企业文化建设有机融合，笔者结合双牌水电站的实际，对这个课题进行初步探讨。

一、道德修养与企业文化的基本内涵和内在联系

道德修养是人的道德行为，是指人在意识和行为方面进行的道德上的自我锻炼。道德修养也是公民道德教育、培育和践行社会主义核心价值观的重要内容。加强道德修养就是要努力提升公民的社会公德、职业道德、家庭美德、个人品德，就是按公民基本道德规范要求，做到爱国守法、明礼诚信、团结友善、勤俭自强、敬业奉献。

企业文化是企业生产经营和管理活动中所创造的具有该企业特色的精神财富和物质形态。包括文化观念、价值观念、企业精神、道德规范、行为准则等。作为企业灵魂和精神支柱的企业文化，是企业全体员工在企业的发展过程中思维方式与行为规范日积月累的沉淀和提炼。企业员工道德修养与企业文化有着必然的内在联系。

（一）企业员工道德修养与企业文化内在一致。一个企业是企业全体员工共同建设的集体，企业员工是企业发展最大的生产力。认同和秉承共同企业理念的员工才能为企业创造更多更大的价值。加强企业员工道德修养就是要培育企业员工树立共同的企业价值观，追求共同的企业理念，从而提升企业员工的生产力和创造力。企业员工的道德修养不仅是完善自身道德活动的需要，也是个人发展与企业发展共同价值的基本取向。企业文化建设也要以人为本，在企业行为中体现公平公正、倡导诚信友善，就是要员工之间团结友爱，员工与企业之间互惠互利、和谐共处、融为一体，增强员工的归属感和安全感。企业员工个体道德修养与企业整体文化互生，内在一致。

（二）企业文化是企业员工道德修养不断积累的价值体现。企业文化体现的是企业的“公德”，是企业每一个员工都认可并积极创造共同维护的企业经营理念、经营目标、经营方针、价值观念和社会责任。企业的每一个员工必须自觉加强个人的道德修养，只有每一个员工都拥有了优良的道德情操，企业道德与价值理念才会有坚实的基础。企业文化是企业员工道德修养建设与精神文明建设的成果，是企业员工道德修养不断积累后上升为企业共同价值观的精神体现。

（三）企业员工道德修养与企业文化相互作用、相辅相成。企业员工文化素质和道德素质的提高，间接地推动企业的发展，员工道德修养的培育和提高可以提升企业的美誉度，促进企业健康有序发展。在企业行为中，把道德修养

的培育落实在具体实践中，把员工敬业爱岗、无私奉献、团结友爱、遵纪守法的理念和精神凸现出来，就会逐步营造一种良好的企业文化氛围。同时，企业文化其实就是企业员工必须遵守的企业公德，企业文化建设旨在通过建立共同的价值观、信念和行为规范来统一员工的思想，形成“上下同欲”的共识。企业员工在企业活动中，就必定会受到企业文化的潜移默化，而任何一家企业文化宣扬的都是一种正面的价值观，长此以往，员工的道德修养自然就会得到提升。

二、以人为本是双牌水电站企业文化建设的核心内容

双牌水电站于1963年建成，是一个典型的年龄老、地域偏、员工多的国有水力发电企业。长期以来，双牌水电站立足本身，紧紧围绕电站稳定发展这个大局，一手抓生产、一手抓党建，各项工作稳步推进，有效发挥了防洪、灌溉、发电、航运等诸多功能，为地方经济社会发展做出了巨大贡献。在发展过程中，电站始终坚持以人为本的理念，逐步形成具有双牌水电站自身特色的企业文化理念。

（一）安全文化。双牌水电站始终把安全生产摆在首要位置。近些年来，电站先后完成了大坝枢纽除险加固、机组增效扩容、厂房综合改造、监控系统改造等重大项目建设，有效消除了安全隐患，提升了生产自动化水平，夯实了安全生产基础。电站不断建立健全“标本兼治、治防结合”的长效机制，加强安全生产培训教育、完善安全生产管理系统、创新安全管理体制，切实实行安全科学化、规范化、精细化管理，把安全目标细化到每一个环节、每一个岗位、每一个员工身上，树立“月月都是安全月、人人都是安监员”的理念，做到事事以安全为重、事事服从安全、事事服务安全，形成“千斤重担千人挑、人人头上有指标”的良好的安全氛围。

（二）人才文化。人才是企业发展的宝贵资源，企业必须把人才队伍建设作为企业文化建设的重要组成部分。电站在技术队伍培养上，采取内部提高与外部锻炼相结合的方式，以实战检验和提高队伍素质。对内强化培训，特别近年来启动的机组改造等项目，有效地提升了职工的技能水平。同时，采取走出去的方式，对外开展电站运行代维代管、安装任务承包等项目，输送了人才，锻炼了队伍。在人才素质培养上，在开展内部教育培训的同时，采用“送出去、请进来”的做法，对职工进行培训教育，让职工切身感受治企管企方略，不断拓宽思维，鼓励员工自我“加压充电”，不断更新自己的知识结构，掌握过硬的业务技能。

（三）契约文化。企业的成功，5%在战略，95%在执行。近年来，电站大力加强契约文化建设，努力解决过去存在的规章制度执行不到位、工作作风不过硬、表率作用不突出等现象与问题。先后开展了“三比三看”“电站大发展，我该做什么、我能做什么、我做了什么”大讨论等活动，通过实施岗位行为规范、绩效考核等措施，加强执行力建设，确保政令畅通，切实把嘴上说的、纸上写的、会上定的落实到具体的工作中和行动上。

（四）创业文化。企业要以经济建设为中心，以科学发展为主题，其他一切工作必须服从这个主题，服务这个主题。长期以来，电站积极开展多元经营，在创业发展方面做了不少有益的尝试。既锻炼了队伍，培养了经营人才，也让广大干部职工共享了创业发展的成果。

（五）廉洁文化。电站高度重视党风廉政建设工作，着重完善全面落实“两个责任”的实施方案，对党风廉政建设和反腐倡廉工作层层分解、层层落实，把主体责任落实到站领导班子、各党支部、各职责部门、各班组履职尽责的全过程，形成横向到边、纵向到底的责任体系，形成党风廉政建设和反腐倡廉工作齐抓共管的态势，在全站上下形成不敢腐、不想腐、不能腐的氛围。在工作中严格办事程序，对职工群众普遍关心的重点、热点和焦点问题，积极推行“阳光工程”，自觉接受职工群众的监督，通过制度的完善建立健全常态长效机制。

（六）和谐文化。和谐的人际关系是企业长足发展的必要条件，电站充分发挥党委与行政、工会、共青团、女工委的联动机制，通过开设道德讲堂、志愿者服务、爱心助学、互助医疗等活动，极力打造电站和谐氛围，努力营造员工之间相互平等、相互尊重、相互帮助的人际关系，引导员工自觉把个人价值追求融入到电站创新发展实践之中。

三、强化员工道德修养是提升双牌水电站企业文化的重要途径

企业文化以企业的共同价值观为核心，是职工员工世界观、人生观、价值观在企业行为中的聚合，在企业文化结构的每个层面上，都含有企业员工道德修养的因素，并发挥着重要作用。强化企业员工道德修养是提升双牌水电站企业文化的重要途径。

（一）以社会主义核心价值观为根本，营造员工道德修养氛围，提高职工素质。积极培育和践行社会主义核心价值观，加强企业员工道德修养建设，是实现企业可持续发展的精神力量，是提升企业文化软实力的根本支撑。企业员工道德修养建设只有坚持社会主义核心价值观的引领和指导，才能不断扩展广

度和深度，取得理想的效果。构建和提升双牌水电站和谐企业文化，要坚持把员工道德修养建设融入并贯穿到职工思想教育和价值观教育中，必须坚持以人为本，广泛开展了“富强、民主、文明、和谐，自由、平等、公正、法治，爱国、敬业、诚信、友善”的社会主义核心价值教育，使广大职工深刻领会社会主义核心价值和公民道德的内涵，自觉规范自己的行为，引导员工知荣辱、讲正气、尽义务，提高职工素质，展现企业形象，形成良好的企业文化氛围。

（二）以岗位行为规范为抓手，强化员工道德修养力度，规范内部管理。企业管理文化是企业文化的重要内容，企业所制定的工作标准和规程规范也是一种企业文化，而企业员工具体工作行为反映出企业职业精神，两者有机地结合后，才能体现出企业文化价值。在企业经营管理的实际中，要培育员工从职业道德等方面建立管理标准，规范职工行为，在充分发挥道德修养“引导”功能的同时，依靠严格的管理制度和严明的组织纪律来规范和约束员工的个人行为。双牌水电站作为老国有企业，在管理上与现代企业还存在较大差距，要以实施岗位行为规范为抓手，进一步完善管理制度，强化绩效考核，逐步建立符合现代企业的管理体系。要强化站领导班子示范引领作用，坚持党组中心组学习制度，完善站务会制度，严格执行站领导班子集体议事规则，使班子的整体效能得到有效发挥；要进一步完善中层管理人员管理办法，健全中层管理人员考核管理办法；要完善班组建设，规范员工行为规范，培植职工个人良好的道德修养与职业操守。

（三）以精神文明建设为载体，夯实员工道德修养基础，推动企业文化建设。加强企业文化建设，要通过文化育人，全面提高企业员工的文化素质、思想素质和职业道德素质，这也是企业精神文明建设的重要内容。双牌水电站作为“全国文明单位”，要进一步积极研究和探索企业精神文明建设的新思路、新方法，夯实道德修养基础，推进企业文化建设。要编制完善《湖南省双牌水电站企业文化手册》《湖南省双牌水电站员工手册》，进一步提炼企业核心价值观、企业精神、管理理念，形成完整的企业文化体系。要继续组织开展道德讲堂、技术比武、知识竞赛、志愿服务等活动，唱响主旋律，弘扬正能量，为电站发展凝心聚力，提升企业发展软实力。要大力教育宣传，多角度、多渠道、多层次宣贯电站核心价值观、管理理念等，使之渗透到生产经营建设和发展、队伍稳定的各个环节。要持续开展互爱互助、文化娱乐活动，营造和谐氛围，让电站职工共享电站文明建设成果。

（四）以员工职业价值为动力，培养员工道德修养自觉，凝聚企业文化力量。企业员工个人职业价值的实现要以正确的价值观为基础，而价值观的形成需要长期积累和强化引导，因此企业要建立内部激励和约束机制，要把精神激励与物质激励结合起来，培养企业员工形成道德修养自觉。同时，企业核心价值观直接引导员工道德目标意识，只有体现员工职业价值目标与企业目标的一致性，才能使员工在潜移默化中形成与企业目标一致的价值目标，并使员工在实现职业价值的行为过程中反过来进一步提升企业文化。双牌水电站职工队伍存在人员偏多、年龄老化等诸多问题，电站在发展过程中，要结合电站实际，切实考虑职工现实需求和电站发展需求，以实现职工自身价值为引导，培养道德修养自觉，逐步形成体现双牌水电站自身特点并可持续的企业共同价值观。同时，要解决一些关系职工切身利益的问题，进一步完善人才培养机制和薪酬职务激励机制，努力创造职工实现自身价值的平台，保障职工自我职业价值的实现。

链接 2 >>>

湖南省双牌水电站职工创建感言

一举一动展双电形象，一言一行树文明新风。

——检修车间　李文英

在文明的双电工作和生活，你会觉得很踏实。它除了给你物质上的保障，还会给你精神上的享受。它会告诉你应该做什么，怎么做，不会让你迷茫。

——工会　杨小华

“知止常止，终身不止”。文明不仅是一种素质，是一种义务，更是一种社会责任。

——退管办　盘利华

鸟儿因翅膀而自由翱翔，双电因文明而更加进步。插上文明的翅膀，我们在双电文明的蓝天放飞希望！

——行政科　石　蔚

文明无处不在，须从细节入手。

——办公室　唐　康

创建文明单位是推进双电改革发展最具丰富内涵的载体，是双电职工参与最广泛、最大限度展示职工风貌的平台。

——运行车间　何灵奇

徜徉于双电生产生活区，干净整治的环境，彼此脸上的笑容，和谐文明的举止，无不印证了这句话，“文明创建美化了生活，提升了管理水平，塑造了和谐的人际关系”，也表明共建文明之“魂”，共享生活之美，永远是我们追求的主题。

——办公室　邓黎明

花儿用美丽装扮世界，我们用文明美化双电。

——运行车间　刘嫦娥

从现在起，立说立行，争当双电文明整治的执行者；义不容辞，争当双电文明整治的监督者；积极主动，争当双电文明整治的倡导者。

——华瑞公司　张晓峰

推进企业文明建设纵深发展，营造员工和谐温馨幸福家园。

——党委办　李建林

人虽老，心未老，双电获“全国文明单位”是我们大家共同的心愿，创建美好的未来仍靠大家一起奉献。

——蒋运志

我愿像一株默默的小草，扎根在潇水河畔，用生命的绿色和无悔的青春，让“全国文明单位”的奖牌更闪亮！

——党委办　何富根

一点一滴凝聚你我之力，一言一行彰显双电文明，一草一木折射双电品位，一举一动弘扬时代精神，一来一往谱写和谐之歌，一心一意推动双电奋进。

——供应科　阮　芳

礼貌能使你变得高雅，助人能使你得到快乐，谦让能使你增添美德。

——工会　侯辉陵

文明之花需要浇灌，文明单位需要维护；文明创建要“滴水成冰”，而不能“一曝十寒”。

——运行车间　谢爱军

内强素质，外树形象，荣誉实至名归；喜上眉梢，忧在心头，文明建设永远在路上。

——检修车间　唐长明

一点一滴汇聚你我之力，一心一意铸就双电文明。

——办公室　赵艳萍

文明创建我参与，文明发展我受益。让双电人的文明素质展现在一言一行中。

——运行车间　许向阳

文明系于心，践于行，率于人。

——工会　李荣君

面对“全国文明单位”荣誉，每一位双电人必须做到荣誉面前不自满，创建征程不歇脚，成果巩固不懈怠。

——党委办　何富根

锐意进取　科学发展　深入推进文明单位建设

广东水利电力职业技术学院

广东水利电力职业技术学院（以下简称学院）创建于1952年，是广东省唯一以水利电力类专业为主的公办全日制高等职业院校。2015年，学院被中央文明委评为第四届“全国文明单位”。

学院在上级党组织的正确领导下，自2011年成立创建全国文明单位领导小组以来，扎实推进文明创建工作，在创建文明单位工作中，主要做好以下八个方面工作：

一、领导高度重视，强化组织保障

学院党委始终把精神文明建设工作与学院中心工作同步规划、同步实施。一是成立机构，形成全体师生员工共同参与的领导机制和工作格局，扎实推进文明创建工作；二是健全机制，完善考核，积极开展文明细胞创建活动；三是加强监督，确保创建工作有序开展；四是将创建经费列入年度预算，逐年增加，为创文工作提供有力保障。

二、加强党建工作，营造廉政文化

一是结合学习贯彻《关于深化水利改革的指导意见》，多形式、多层次、多举措组织学习贯彻总书记讲话，贯彻落实十八大精神；二是以党建工作为龙头，开展“创骨干、重实干，讲奉献、比贡献”主题教育实践活动，创建学习型党组织；三是以考评促建设，学院连续14年坚持对基层党组织进行评比考核，切实加强基层党建工作；四是结合中心工作，以党委书记和各部门负责人“一起部署，一起落实，一起检查，一起考核”的“四个一”工作为重点，全方位抓好党风廉政建设，落实党委主体责任和纪委监督责任。

三、强化思想教育，营造良好风尚

学院坚持“育人为本、德育为先”的教育理念，切实加强思想政治道德建设。一是着力开展诚信教育，建设诚信校园；二是着力开展“师德、社会公德、家庭美德”和“教风、学风、校风”等“三德三风”建设，内树品牌，外展形象；三是着力推进载体建设，大力提升文明素养，通过“两个课堂”（课内、课外）、校园电视、校园网络、移动 APP 等多样性载体，实现文明建设校园全覆盖。

四、严格依法治校，规范民主管理

一是建章立制，规范管理，落实党委领导下的校长负责制；二是依法治校，民主管理，健全完善民主管理制度，规范管理行为，坚持和完善职工代表大会制度，依法办学；三是高度重视社会治安综合治理工作，安全工作深入人心；四是开展普法教育，强化法制观念，学院荣获广东省首批“依法治校示范校”称号。

校外实验实训基地

五、营造学习氛围，提升职工素质

一是抓好集中学习，引导教职工牢固树立终身学习的理念；二是发挥政研会作用，推进研究实践工作，研究实践成果屡获水利部和广东省表彰；三是不断改进学习方式，努力创新学习载体，激发学习兴趣。

六、提升业务水平，增强社会影响

目前，学院全日制在校生12800人，教职工800余人。设有10系44个专业，与本科院校合作开设本科专业；与澳大利亚合作培养双文凭专科生和本科生。与美国、加拿大、德国、新加坡等国家开展了广泛的交流与合作。获广东省教育厅、水利厅批准成立“广东省水利人才教育基地”，成为广东省首批单独招生考试制度改革试点单位和广东省首批专本联合培养高等技术技能人才单位。学院人才培养质量和办学水平进一步提高，近3年，有500多人次获得全国水利高等职业院校技能大赛等国家级、省级技能竞赛奖励。服务现代产业体系建设和区域经济社会发展的能力进一步增强，赢得了良好的社会声誉。

七、推进示范引领，传播文明风尚

以“内树品牌，外展形象；示范引领，共同进步”为目标，与社会各方互助共建文明单位，共同发展进步。一是强化项目驱动，铸就学院志愿服务社会的“五大品牌活动”，即：乡镇社区的特色服务、专业技术服务、行业特色服务、文化特色服务和综合服务，多次获团中央、广东省、广州市表彰；二是文明结对共建，传递时代正能量，学院与多个单位签订协议共建文明单位，对口支援宁夏水利等4所院校，扶贫济困成效显著，获得广东省扶贫开发“双到”工作“优秀单位”称号；三是开设道德讲堂，传道授业解惑，鼓励师生做讲文明讲道德的模范；四是通过开展“清明忆先烈，网上祭英魂”和“吃粽子、话屈原”等主题活动，弘扬传统文化，传承民族精神；五是开展以“科技文化艺术节”为龙头的“五个一”系列活动，每月举办一次大学生论坛、专题讲座，每学期一次社团活动月，每学年一次科技文化艺术节活动，每学年至少一场文艺演出，形成了具有鲜明特色的校园文化；六是开展“节能减排”，形成节俭风尚，学院“节水校园示范建设项目”获省水利厅立项建设；七是重视环境育人，传播文明新风，结合校区建设，发挥校园环境的育人功效，向师生传递文明元素。

学院合唱队参加广东省水利厅直属系统“学好十八大精神，唱响水利之歌”演唱比赛

八、优化校园环境，提高优质服务

水文化研究推广落到实处，人文素质、服务质量和环境建设特色凸显，校园服务优质、环境优美。一是依托“广东水文化研究推广中心”和“广东水文化教育培训基地”，大力开展富有岭南特色的水文化研究和推广；二是突出水文化元素，优化校园环境。投入700多万元用于校园文化设施和绿化环境建设，着力打造水文化元素鲜明的优美校园；三是转变管理理念，制定《首问责任制》《限时办结制》《责任追究制》等相关制度，提升服务质量。

一直以来，学院党委在上级党组织的正确领导下，积极培育和践行社会主义核心价值观，坚持物质文明建设和精神文明建设两手抓，在办人民满意教育的过程中，人才培养、文明建设取得了显著成绩，先后荣获“国家骨干高职院校建设示范单位”“教育部高职高专人才培养工作水平评估优秀院校”“全国水利职业教育示范院校”“广东省首批示范性高等职业院校”“全国毕业生就业

50强院校”等荣誉，荣获“广东省职业教育先进单位 ”和“广东省五四红旗团委”等称号。2015年，学院被中央文明委评为第四届“全国文明单位”，这不仅是对学院长期努力的肯定，更是一种激励与鞭策。

学院将发扬成绩，再接再厉，继续沿着党的十八大指引的方向奋勇前进，以巩固扩大创建“全国文明单位”成果为重点，全面提升人才培养质量，为实现中国梦做出更大贡献。

链接1 >>>

文明无止境　创建无句号

2月28日，广东水利电力职业技术学院被中央文明委评为第四届“全国文明单位”，这是中央文明委、水利部文明办对学院多年来坚持不懈创建“全国文明单位”工作的充分肯定，更是一种鼓励和鞭策。

一直以来，学院党委在上级党组织的正确领导下，积极培育和践行社会主义核心价值观，坚持物质文明建设和精神文明建设两手抓，在办人民满意教育的过程中，人才培养和文明建设都取得了显著成绩，先后被广东省、水利部、教育部确定为“广东省文明单位”“全国水利文明单位”“国家骨干高职院校”。

在创建文明单位工作中，我们始终认为，领导高度重视、全员参与，组织健全、措施得力是顺利开展精神文明建设创建活动的有力保证。精神文明建设作为一项基础性、综合性的工作，要切实把维护和实现广大师生的根本利益结合起来，需要广泛动员、凝聚力量、汇聚资源、全员参与、全域覆盖、全方位推进。

“文明无止境，创建无句号”。在今后的工作中，我们将以荣获第四届“全国文明单位”为契机，继承和发扬创建期间积累的好经验、形成的好做法、制订的好制度，并针对新形势下出现的新问题，研究新对策、采取新措施，进一步查漏补缺，从严、从细、从实地抓好文明建设工作，巩固文明建设成果，不断总结经验，再接再厉，继续探索精神文明建设新做法，搭建新载体、创造新成果、形成新经验，以实际行动把社会主义核心价值观的要求进一步与全院师生员工的教学、工作、生活紧密结合起来，不断提高学院人才培养质量和办学水平，为现代职业教育体系建设提供坚定正确的思想保证和精神力量，为精神文明建设、民生水利建设、水利职业教育发展和实现中华民族伟大复兴的中国梦做出应有的贡献。

“潮平两岸阔，风正一帆悬”。而今，学院正站在新的起点上，紧紧围绕全面启动高水平建设国内一流高职院校中心工作，以教育教学改革为动力，以创新强校工程为抓手，沿着办人民满意教育的道路阔步前进！

链接 2 >>>

广东水利电力职业技术学院职工创建感言

文明单位的创建不是单靠个别系部或机关就能完成的，需要我们每一个人行动起来，带着同一个追求，一同努力奋斗。

——经济管理系　王　纯

在整个创建文明单位的过程中，我们拥有着共同的目标，在工作上我们各司其职、各尽所能；在社会中表现积极、努力上进、追求完美；在精神上相互监督、互相学习；在人与人之间，我们更是相处融洽、互帮互助、诚信礼貌。

——自动化工程系　冯荣阳

春有花、夏有阴、秋有果、冬有绿，回望过去，我们倍受鼓舞，展望未来，我们信心满怀。

——机械工程系　陈斯贝

水院文明共发展，增强实力谱华章。

——总务处　苏　鸽

看到水院的今天，自己作为水院人，感到无比的自豪。

——市政工程系　杨　阳

学校获得“全国文明单位”后，要求更高，使命更强，我们要以此为新的契机，以更高的要求、更高的标准，坚持不懈地抓好精神文明建设。

——机械工程系　王邦特

创建文明单位，贵在坚持，重在细节。

——计算机信息工程系　李沛荣

创建的是文明，提高的是水平；文明是一种意识习惯，在工作生活中点滴体现。

——电力工程系　曾　鸣

领导重视，思想引领；行动跟上，齐抓共管；围绕中心，全面开花；真抓实干，坚持不懈；各显神通，方式多样；多彩纷呈，注重积累。

——思想政治理论课教学部　林冬妹

开创文明新时代　谱写水利新篇章

重庆市梁平县水务局

梁平县水务局内设6个科室和11个直属事业单位，下辖12个水利水保片站、5个国管水库管理单位、14个乡镇供水公司，1个水利施工企业，现有职工418人。近年来，在国家水利部、重庆市委、市政府、市水利局和相关部门的亲切关怀和大力支持下，该局大力弘扬“献身、负责、求实”的水利行业精神，推进水利工作与文明创建工作的深度融合，为梁平县的生态环境、经济发展发挥了积极的作用。

思想为先——把控“总开关”

思想是行动的先导，为补足精神之钙，梁平县水务局大力开展教育培训，着力解决“总开关”的问题。开展理论教育，3年来，共开展专题讲座15次，上党课36次，召开学习会议70余次，并将学习转化为全面深化水利改革的实际行动，提升为推动科学发展和依法行政的能力。实施学习培训，我局坚持以学法为重点，坚持开展“六五”普法和“中国水周、世界水日”教育活动；建

2014年通过竣工验收的蓼叶水库　新增蓄水能力1629万立方米

立健全干部职工学法制度，系统公务员及行政执法人员集中学法或自学法律时间不少于 40 小时，组织行政执法人员参加各种法律知识培训班、业务培训班等 560 余人次；同时建立职工教育培训计划，经常性开展岗位技能培训，系统干部职工参加各类培训 900 余人次。狠抓廉政教育，我局以开展“党性党风党纪教育月”活动和正风肃纪专项行动为契机，共举办专题活动 15 次，上廉政宣教课 5 次，观看警示教育片 79 碟次，发放“水务廉政文化手册”470 本、“水务勤廉日志”200 本，向职工家属代表发出“助廉倡议书”430 份。开展水利廉政风险防控，排查风险点 947 个，逐项落实廉政风险防控措施 1378 条，修改完善、建立廉政风险防控制度 40 个，水务系统无违纪违法事件发生，同时“三公”经费逐年下降。

载体为重——搭建“新平台”

为培养文明意识，丰富文明单位建设内容，不断搭建文明创建活动新平台，开展形式多样、丰富多彩的活动，收到良好效果。开展“三个一”活动，先后就水利人职业道德、法制教育、社会主义核心价值观等十多个专题开展讨论交流 13 次。在春节、元宵节、中秋节等传统节日，先后举办了“碧水映党旗，经典颂祖国”文艺晚会、“中国梦·水利情”演讲比赛、“月满中秋，情满柚乡”歌咏比赛以及职工篮球赛、拔河赛等体育健身活动。成立“网络文明传播志愿小组”，建立网络传播 QQ 群，开设博客 10 个，定期发布文明建设热点问题；积极参与全国水利系统社会主义核心价值观网上答题活动，参与率达 90%以上。开展“衣旧情深”活动，捐献衣物 500 多件，为困难群众送去了温暖；推行餐桌文明，禁止用餐和接待讲排场、比阔气、奢侈消费等行为，强化了感恩惜福的道德理念和精神追求。每年开展争创“文明科室”“文明家庭”“文明个人”和“道德先锋”等活动，积极推选参评“人民好公仆”“身边活雷锋”，以他们的典型事迹教育和感染全体职工。认真贯彻落实水利部《水文化建设规划纲要》《水文化建设行动计划》，加大水利工作宣传力度，3 年来在中央电视台和中国水利报、光明日报等中央媒体报道 20 余篇，市级媒体报道 300 余篇，不断营造良好的水文化环境。

服务为本——力求“零距离”

为使精神文明建设内涵更加丰富，我局走进基层接地气，服务群众“零距离”，开展志愿服务在乡间，优质服务在比拼，结对共建在行动等活动。

梁平县“草鞋书记”邓平寿，是全国“双百人物”，其先进事迹曾在全国巡回宣讲。我局组建“邓平寿志愿服务队”，吸收全县水利系统志愿者180余人，注册志愿者达43%。深入乡镇、村社积极参与文明劝导、助耕助收、关爱空巢老人、留守儿童及困难群体的志愿服务。同时，在“关爱山川河流”志愿服务中，每年定期组织开展两次以上集中水源水库环境清洁、植树造林、养绿护绿等志愿行动。

为引导和督促“供水服务承诺”落到实处，实现“零距离”服务，我局每年组织全县乡镇供水行业开展“优质服务月”活动，3年共出动宣传车141台次，悬挂宣传标语102幅，发放《用户小常识》、服务承诺等资料5万余份，发放用水户调查表1万余份。2013年重庆市“吃水方便程度”民意调查，我县在全市排名第二，2014上半年的调查结果较去年提高1.45个百分点。

为进一步解决群众困难，融洽党群干群关系，局机关第一党支部与屏锦镇新合村、和林镇福和村、蟠龙镇银河村、虎城镇水口村结为共建支部，共投入720万元加强结对村的水利基础设施建设；坚持节假日上门慰问结对支部老党员、困难党员和村里困难群众。

民生为核——彰显“大作为”

为使人民群众共享水利改革发展成果，让水利实实在在惠及民生，加快构建梁平特色水安全保障体系，全面深化水利改革，梁平县水务局加快建设重大水利工程，扎实推进民生水利建设，彰显“大作为”。

梁平县3年共完成各类水利投资达18亿元（为“十一五”时期总投资的2.5倍），建成投用蓼叶中型水库，为梁平经济发展新增蓄水1629万方，新增城市供水1万吨/天；建成水文信息中心站1个、雨量站45个、水位站284个；治理中小河流61公里，整治病险水库40座、山坪塘2220口，治理水土流失面积23.08平方公里，新增、改善、恢复灌面15.17万亩。解决和改善29.65万农村人口饮水安全问题和98所农村学校1.94万师生饮水安全问题。

关键时刻显身手。2013年，梁平县水利职工发扬现代“红旗渠”精神，在酷暑天气中、悬崖峭壁上仅用100天时间就完成了“蟠水柏调”工程，新建日供水能力3000吨的水厂1座，铺设输水管道8318米，新建配水管网3300米，解决了多年受干旱困扰的柏家镇3万人、3.28万头牲畜的饮水困难。

水土保持治理工程

2014 年，全县遭遇特大暴雨洪灾，最大降雨量 270.7mm，在抗洪抢险中，水务系统党员干部坚守岗位、靠前救灾，保障了群众的生命财产安全。

如果说创新是民族进步的灵魂，那么改革就是水利事业向前发展的不竭动力。梁平县水务局深入贯彻落实《关于深化水利改革的指导意见》，在全国率先探索小型水利工程管理体制改革、水生态文明城市建设、农业水价改革、移民避险解困、山洪沟治理 5 项改革试点工作。推动县政府先后出台《实行最严格水资源管理制度的实施意见》《梁平县农村饮水安全工程运行管理暂行办法》等 8 项政策性文件，全县群众感受到了发展释放的红利和改革带来的诸多实惠。

制度为要——固化“好做法”

为巩固文明单位创建工作成效，全局通过健全制度体系、引入台账管理机制、规范报务流程，建立了一套科学、有效的管理方法，并形成了常态机制。认真修订完善了《内部管理》《财务管理》《会议学习》《效能建设》4 类 32 项制度，逐步形成了较为完善且操作性强的制度体系；将市、县下达的各项考核指标及精神文明建设任务分解量化到科室，落实到岗位，明确到个人，建立了工作台账，形成了人人肩上有担子、个个身上有责任的工作格局；进一步规范工作程序和服务流程，大力推行岗位责任制、服务承诺制、限时办结制和首问负责制，同时严格执行党务、政务公开，深化工程建设领域突出问题专项治理，强化水利工程“三公示”制度，切实提升服务水平。

一份付出一份收获。梁平县水务局先后被授予“重庆市文明单位”“全国水利文明单位”“重庆市卫生单位”等荣誉称号；荣获重庆市 2012 年度农田水利基本建设三等奖；重庆市“禹王杯”水利工作综合目标考核 2013 年、2014 年连续一等奖；在梁平县的重点项目推进、效益农业提升、生态环境治理建设上多次荣获一等奖；局机关第一党支部被重庆市委表彰为“创先争优先进基层党组织”。

东风劲吹暖心怀，开拓奋进创辉煌。梁平县水务局将以创建“全国文明单位”为起点，强化担当，增添举措，创新工作，突出抓好精神文明建设，切实推动水利发展，不断保障和改善民生，谱写梁平水利事业的崭新篇章。

链接 1 >>>

文明之花竞绽放

文明花开，喜报迎春。2 月 28 日，中央精神文明建设指导委员会发布了《关于表彰第四届全国文明城市（区）、文明村镇、文明单位的决定》，梁平县水务局有幸名列其中，这实现了梁平水利人多年来一直为之不懈努力的奋斗目标，荣誉来之不易，我们应该倍加珍惜。

围绕职能搞创建

多年来，梁平县水务局在文明创建工作中始终以全国文明单位的各项标准严格要求和约束自己，大力弘扬“献身、负责、求实”的水利行业精神，推进水利工作与文明创建工作的深度融合。一是以思想为先，加强理论教育，强化学习培训，抓好廉政教育，补足精神之钙，把控好“总开关”；二是以载体为重，开设道德讲堂，举办“我们的节日”文化活动，开展网络文明传播、“惜福感恩”活动，组织“身边好人”评比激励活动，不断推进水文化建设，为丰富文明单位建设内容搭建“新平台”；三是以服务为本，开展志愿服务在乡间，优质服务在比拼，结对共建在行动等活动，走进基层接地气，服务群众“零距离”，使精神文明建设内涵更加丰富；四是以民生为核，加快构建梁平特色水安全保障体系，全面深化水利改革，加快重大水利工程建设，扎实推进民生水利建设，彰显“大作为”，与人民群众共享水利改革发展成果，让民生水利实实在在惠及民生；五是以制度为要，通过健全制度体系，引入台账管理机制，规范服务流程等，固化这些“好做法”，使文明单位的创建、巩固更有保障。

春华秋实结硕果

通过文明单位创建活动，给本单位各方面带来了巨大变化。一是鼓舞了士气。大家一起经过努力奋斗，创建取得成功，既激励了人心，又增强干好水利工作的信心和决心，对促进水利事业的改革发展发挥了巨大的作用。二是提高了素质。经过创建活动的开展，推动了政治思想工作，增强了全体干部职工为民办实事的意识，转变了工作作风，提高了工作效率，促进了依法行政和规范化建设。三是促进了发展。文明单位的创建过程，推动了经营管理的逐步规范，水利系统的经济总收入逐年递增，有效地改善了基础设施条件、职工居住条件和办公环境条件。四是提升了形象。通过文明单位的创建活动，水务行业服务质量不断提高，群众满意率不断上升，社会影响不断扩大，行业地位不断提高。

回望过去，我们倍受鼓舞，展望未来，我们信心满怀。我们认为，获得“全国文明单位”，不仅是一种荣誉和荣耀，更是一份责任和担当。我们要以此为新的契机，以更高的要求、更高的标准，坚持不懈地抓好精神文明建设，让文明创建为水利事业改革发展再添新的动力。

链接 2 >>>

重庆市梁平县水务局职工创建感言

文明建设，竭尽全力，共同努力。

——局长　陈宝涛

团结就是力量，一个爱岗敬业的团体，力量无穷大。

——党委书记　赵洪越

精神文明单位，重在建设、贵在保持，还需要继续深化、发扬。

——副局长　张海泉

文明之风温润了水务之魂，碧清之水滋养了丰收之果。

——纪委书记　王安华

努力就会有结果，相信自己，你就是精神文明“水务卫士”。

——副局长　孙金华

文明单位大家建，我为创建做贡献，创建连着你我他，众手浇开文明花。

——水文局局长　蒋邦全

认知是行动的先导，创建“全国文明单位”，人人有责，对自己的言行举止开展约束，关心时事，培育良好的思想道德，跟上时代的步伐。

——荣禹公司董事长　周希成

创建“全国文明单位”，在工作上各司其职；在社会中表现积极，心态上进；在精神上互相监督、互相学习。人与人之间，互相帮助，诚信礼貌，向着同一个目标，努力奋斗。

——荣禹公司职工　刘显富

在创建“全国文明单位”中，单位领导高度重视、全程参与，职工积极参与、全力配合，彰显了“团结协作、勇于奉献、能打硬仗、能打胜仗”的梁平水务形象。

——财务科科长　李开文

通过创建“全国文明单位”，让我对文明单位的内涵有了更深的理解，对照文明单位建设要求，认为个人在工作、学习方面还有差距和不足，需要在今后的工作学习中改进和提高。

——财务科科长　李开文

和谐社会浴新风，公德标准放心中，文明行为立即行，争做文明水利人。
水务职工齐努力，敬岗爱业汗水洒，全国精神文明花，欢天喜地迎心间。

——水利工程管理站职工　潘　红

提高水利职工的地位，增强工作积极性。

——水土保持站副站长　李岩松

在创建“全国文明单位”活动中，水利系统的干部职工积极投身到文明单位创建中，从自身做起，有效提升水务系统各项工作水平，处处播洒文明新风。

——水土保持站职工　杨　晓

从我做起，从小事做起，水利文明，共同创建。

——张星桥水库职工　孙　勇

凝心聚力创建文明新风尚，尽善尽美推动建设再发展。

——水务工程移民后期扶持管理站职工　邓　燕

凝心聚智搞创建，齐心协力促发展。

——沙坝水库管理站支部书记　唐红花

从自我做起，从每一件小事做起，做文明事，说文明话，让文明礼仪成为社会发展的主流，让我们的素质再上一个台阶。

——梁山片水利水保站职工　杨群兰

在整个创建文明单位的过程中，我觉得我们好像都在同一个课堂上，我们拥有着同一个目标，通过各种的方法在精神上不断地填充自己。

——水务局政策法规科职工　刘晓蓉

整个局机关呈现了一个全新的面貌，一派和谐相处、积极上进的景象。可见文明的意识是多么重要。所以世界才需要文明，我们才需要追求文明。

——水务局政策法规科科长　廖觉斌

对我们水利人提出了更高更严的要求，在个人文明言行方面要求更加严格，起到表率作用，做名副其实的文明人，做内外兼修的文明水利人！

——水务工程质监站职工　文先敬

一个文明单位的创建绝不是单靠单位完成的，文明单位也绝不是表面上的称呼，所以我们每个人都得行动起来，带着同一个追求，一同努力奋斗。

——新盛片水利水保站职工　黄晓江

讲文明话，干文明事，争当文明水利人！

——屏锦片水利水保站站长　张铁禄

创建保持“全国文明单位”，提升水务系统形象，提高水务职工素质。

——盐井口水库管理处职工　冉隆明

强抓凝心聚力，提升素质修养，树水务新形象，创建文明单位。

——水环境监测站职工　夏小茜

一个文明单位的创建绝不是单靠哪一个人完成的，“文明单位”也不是表面上的称呼，所以我们每个人都得行动起来，为一个追求，一起奋斗！

——水政执法大队职工　屈济松

风儿吹，百花开，水务职工齐努力；讲诚信，立标兵，榜样力量最无穷；天儿蓝，草更绿，环境美丽心儿爽；讲道德，树新风，尊老爱幼互谦让。

——水资源科职工　高　娟

文明之花绽放唐徕渠畔

宁夏回族自治区唐徕渠管理处

2015 年 2 月 28 日，在北京召开的全国精神文明建设工作表彰暨学雷锋志愿服务大会传来喜讯：宁夏唐徕渠管理处荣获“第四届全国文明单位”称号。这是宁夏水利厅系统第一家获此殊荣的基层单位，实现了唐徕水利人多年的夙愿。

塞上江南，美丽灌区

近年来，宁夏唐徕渠管理处坚持“两手抓”的战略方针，加强科学管理，凝聚发展能量，提升服务水平，形成了水利建设与文明建设两促进、双丰收的良好局面。管理处先后荣获“水利部文明单位”“宁夏回族自治区文明单位”“全国水管体制改革先进集体”“全国农林水利工会劳动奖状”“全区防汛抢险先进集体”“自治区劳动关系和谐单位”“全区节水先进单位”等荣誉称号，自2012年以来连续三年被评为“全区水利工作先进单位”。

播种梦想　确立目标　积极培育文明沃土

“全国文明单位”是反映一个单位整体工作、文明水平、和谐程度的综合性称号。唐徕渠管理处从设定文明创建奋斗目标，到扎实创建的“加速起跑”，到最后的“成功跨栏”，一步一个脚印、一步一个台阶向前迈进，凝聚了全体唐徕人的艰辛和梦想。继2004年和2008年相继获得“水利部文明单位”“自治区文明单位”后，管理处审时度势、自我加压，提出了创建“全国文明单位”的更高目标，健全创建组织，明确责任分工，并且坚持把创建工作和中心工作有机结合，做到同部署、同检查、同考核，统筹协调，整体推进，经费保障，实现了文明创建工作制度化、规范化、经常化。

加强宣传引导，全力营造文明创建的思想文化氛围。注重水文化建设，先后投入80余万元，深入挖掘唐徕水文化，编辑出版了《唐徕渠历史与新貌》《唐徕渠管理处精细化管理规程》《管理处廉政学习读本》等书籍。在全处设置文明展板、标牌960多块，并且公开征集唐徕处徽，谱写《唐徕之歌》，凝练唐徕精神，邀请自治区原主席王正伟撰写《唐徕赋》，创办了唐徕网站和《唐徕之声》内部小报，开通了QQ群、微信群、手机短信平台，与宁夏新消息报社联合开展“唐徕渠与宁夏”征文活动，制作画册、宣传片，使文明创建有形、有声、有物，营造了具有浓郁特色的唐徕文化氛围。

夜色中的唐徕渠

积极为职工办实事、好事，使大家在参与文明创建中受教育，在实践中得到提高，在创建中体验荣誉。近5年来，争取资金3000多万元，翻建了8个管理所、13个管理段，更新配备了办公生活用品。深入开展了环境大整治和小菜园、小环境、小食堂建设活动，栽植各种景观树2万多棵、花木草坪2.6万多平方米，人均绿化面积达75平方米，渠道绿化率达86%，被银川市命名为“园林式单位”。如今基层单位房屋亮了、环境美了、人心更加凝聚了。

教育为先　提升素质　夯实文明创建之基

创建工作靠的就是“全员动员、全员参与”。唐徕渠管理处始终把干部职工队伍建设作为创建文明单位的基础工作，着力抓班子、带队伍，通过集中学习、专题辅导、座谈交流、答卷测试等形式，做到学习常态化、制度化。抓党风、提作风、树行风，认真落实党风廉政建设主体责任和“一岗双责”，严格执行《八项规定》和《唐徕渠管理处“三重一大”廉政风险防控管理办法》，开展经常性警示教育，平均每年监督工程建设200余项、大宗物资采购6次，每月开展一次效能督查，干部职工的责任、法纪和廉洁意识明显增强。

积极培育和践行社会主义核心价值观，大力弘扬“献身、负责、求实”的水利行业精神。全处设立“道德讲堂”12处，坚持开展中华传统文化、文明守礼知识教育，制定职工行为规范，倡导“厉行节约、文明用餐、健康生活”，不断提高干部职工的思想素质和道德水平。积极开展岗位练兵，提升业务技能，每年挤出40多万元用于职工教育培训。近3年来，我处共集中培训人员1200多人次，在全国各类公开刊物发表论文67篇，其中核心期刊发表学术论文11篇，有21人取得了高级专业技术职称，有3人次在全区行业技能大赛上获得优秀名次。目前，全处大专以上学历人员有187人，初级以上职称人员有121人，分别比5年前增长了近30%。

创新载体　突出特色　汇聚文明发展之力

突出服务型党组织建设，发挥党员骨干作用是管理处长期坚持的一项“品牌”。处党委全面落实党建目标责任，健全基层党组织，设置党员示范岗72个，广泛开展创先争优、“三服务一推进”“百名党员下灌区”“四查四看”等活动，引导每个党员干部“带着任务下灌区、带着决心下灌区、带着解决问题的措施下灌区”，内容实、影响大、群众反映好。仅2014年全处131名在职党员中，人均下灌区服务6次，解决用水户淌水难的突出问题78件，使党的先进性真正得到了体现，进一步深化了文明单位创建成效。

坚持宣扬先进典型，引领文明创建风潮。积极以“十双”评选为载体，选树先进典型，每年开展文明单位、文明家庭、文明标兵、“最美水利人”评选活动，张榜公布，表彰奖励，并且通过多种方式，用身边的先进典型教育身边的人。2014年，经过自下而上的评选推荐方式，管理处评选了6名不同岗位的“四德”干部职工代表组成宣讲队，在全处巡回宣讲4场次，听众达300多人。近年来，管理处干部职工救助溺水者6人次，每年人均捐款300元以上，有1人被评为自治区道德模范，有11人次受到厅局级各类表彰奖励。

携手结对共建，扩大文明创建社会影响力。管理处主动与灌区用水户、驻地街道社区、学校结对共建，定期开展业务讲座、参观学习、联谊会、文体比赛等活动，加大双向交流。2013年，为了解决宁夏武警部队后勤基地用水困难，管理处积极协调，争取资金310万元，对新开渠进行了较大规模的改线砌护，使新开渠成为警民共建的“连心渠”。管理处“双拥共建”工作被新华网及《宁夏双拥》杂志报道，并被宁夏民政厅授予“双拥共建示范点”称号。

科学管理　服务民生　彰显水利文明风采

唐徕渠管理处积极构建平安唐徕、节水唐徕、廉洁唐徕、智慧唐徕、美丽唐徕、人文唐徕“六位一体”发展格局，供水保障能力和服务水平大幅提升，为灌区经济社会发展、生态文明和建设“四个宁夏”提供了可靠的水资源保障。

科学管水用水、服务民生水利是唐徕渠管理处始终坚持的首要任务。近5年来，共争取投资2.6亿元，完成工程建设892项，砌护渠道146公里，渠道砌护率达49%；翻建和改造建筑物192座，是前10年的7倍，不但为安全生产提供了硬件基础，而且灌溉水利用系数从过去的0.43提高到0.46。与此同时，推行“阳光水务”，科学管水用水，让群众淌明白水、交放心费，被评为“全区节水灌溉先进单位”。实施延伸服务，深入田间地头，维护灌溉秩序，化解突出矛盾，做到交流“面对面”、服务“零距离”，连续在全区基层政风行风评议中名列前三，实现了连年节水、作物适时灌溉、灌区均衡受益的目标，为全区粮食“十一连增”贡献了力量。

打造“美丽唐徕”、支持生态文明建设是唐徕渠管理处新增的一项重要职

加强测量水工作

责。近5年来管理处科学调节农业与生态用水需求，适时为沿线20万亩湖泊湿地生态补水3.72亿立方米，使得银川平原人水和谐、景色秀美。今日的唐徕渠成为了名副其实的“生态渠、风景线和旅游线”，所流经的银川市、平罗县、惠农区，城市两岸，群楼错落有致，林间小道绿树成荫，湿地湖泊水色涟漪，处处充满着生机与活力，吸引了越来越多的创业者在这里投资、置业。水在城中，印证着唐徕渠发展的力度；城在水中，体现着唐徕渠发展的美度；人水和谐，诠释着唐徕渠发展的高度。

改革创新、增强内部发展潜力是唐徕渠管理处的不懈追求。根据近年来水利改革发展的新政策、新变化，管理处重新梳理修订了70多项规章制度，全力推进科学化、标准化、精细化管理模式和新的工资绩效考核办法，极大地调动了干部职工的工作积极性。针对水管单位长期管理粗放、方法落后，管理处确立了“智慧唐徕”建设方案，实施门户网站、电子地图、调度运行、工程管理、防汛预警、自动测控、手机应用等8大建设任务。目前，“智慧唐徕”信息构架系统基本形成。

适应新常态肩负新使命，厚积薄发正当时。全体唐徕人将继续坚持“文明创建、兴水惠民”的总方针，进一步解放思想、开拓创新、扎实工作，不断推动精神文明建设水平向更高层次迈进，以更加澎湃的激情书写改革奋进的新华章，以更加铿锵有力的脚步迈向新的征程，创造现代水利的新辉煌。

链接 1 >>>

宁夏回族自治区唐徕渠管理处创建“全国文明单位”体会

2015 年 2 月 28 日，宁夏唐徕渠管理处荣获第四届“全国文明单位”称号，实现了全体唐徕人多年的夙愿。这一荣誉的取得是宁夏水利厅党委的正确领导、各级文明委的精心指导和全处干部职工团结一心、真抓实干的结果。

多年的创建实践，我们有以下四点体会：

1. 健全工作机制，增强创建工作的保障力。文明创建是一项系统工程，必须有严密的组织领导和有效的工作机制。这些年来，我们在文明创建工作中始终统一思想认识，把加强组织领导、健全工作机制作为创建工作的基础，夯实筑牢。管理处成立了党政工团共同参与的创建工作小组，建立党委统一领导、部门各负其责、职工全员参与的工作机制，明确目标，责任到人，定期考核，做到工作有计划、有安排、有检查、有落实，实现了文明创建工作制度化、规范化、经常化。

2. 服务改革发展，增强创建工作的生命力。作为水利基层单位，我们将文明创建工作充分融入到水利发展与服务功能中，以构建和谐水利、服务灌区群众为宗旨，以文明单位创建和行业文化建设为平台，大力提升干部职工文明素质，提振干事创业精神，凝聚发展能量，文明创建工作也实现了有平台、有内容、有地位、有生命力，形成了水利建设与文明建设两促进、双丰收的良好局面。

3. 坚持以人为本，增强创建工作的内动力。实践使我们深深体会到，广大干部职工是创建文明单位的根本力量，没有职工的广泛认同和积极参与，创建文明单位就是一句空话。近年来，我们坚持“五必访、八必谈”，及时掌握职工困难和需求，抓热点、找难点，全力解决饮水难、吃饭难、洗澡难、看电视难、行路难、环境差、房屋设施差等问题，使大家在参与中受到教育，在实践中得到提高，在创建中体验荣誉，自觉自愿投身于文明创建之中。

4. 不断创新载体，增强创建工作的影响力。文明创建工作要紧跟时代、勇于创新、形成特色，这样才能实现与社会发展同频共振，最大限度地发挥文明创建的正能量。工作中，我们探索设计了多项文明创建载体，比如党建工作中的“三联一包”“百名党员下灌区”，精神文明建设中的“十双评比”“警民共建”“美丽渠道”环境整治等。这些活动紧贴实际、内容丰富、主题鲜明、健康向上，彰显了水利单位文明崭新的社会形象。

链接 2 >>>

宁夏回族自治区唐徕渠管理处职工创建感言

获得“全国文明单位”不是终点，而是一个新的起点。

——党委书记　高建国

文明创建永远在路上。

——处长　杨　志

美丽渠道、和谐灌区，文明创建引领唐徕渠管理处再创新辉煌！

——跃进桥所所长、党支部书记　曹振军

“美丽唐徕”，你我共建——创建文明单位是每个干部职工共同的责任，保持个人形象也就是保持了文明单位的形象。

——所长、党支部书记　王　卫

一滴水能折射阳光，一本书能引领人生，一面镜能分辨美丑，做文明人，让人生充满阳光，让品格一生美丽。

——满达桥所副所长　任　刚

做为“全国文明单位”的一员，我骄傲、我自豪。

——工会主席　王　青

每个人都是文明使者，从身边做起，呵护文明之花全面绽放。

——组织人事科科长　付中华

长渠流润，广布善泽；文明创建，再现辉煌。

——职工　刘　岳

“全国文明单位”凝聚了团队的精神、集体的力量。

——职工 李翠荣

提高依法行政能力，为打造文明、法治、和谐水利保驾护航。

——职工 徐 磊

从点点滴滴小事做起，做文明职工，展文明形象。

——职工 谢生伟

我感受最深的是变化，环境美了，服务好了，幸福感多了。

——职工 杨晓红

“全国文明单位”的创建，让我在日常工作生活中时时有一种荣誉感和责任感，这种无形的精神引力，不断指引鞭策我迈向更好的自己。

——职工 康 婷

我们的一言一行都将影响单位文明形象，从我做起，为文明单位增光添彩。

——职工 郝学文

文明创建活动增进了团结，转变了思想，树立了新风。

——职工 詹丽华

创建文明单位的过程中，我们像是在上一堂生动的实践课，每天都能看到新变化，学到新知识，不断充实提高自我。

——职工 刘嘉琪

当文明人，做文明事，充分展现文明单位形象。

——职工 徐自力

情洒南疆大地　浇灌文明之花

新疆塔里木河流域喀什管理局

深入开展文明单位创建是构建和谐社会的重要载体，是把社会主义物质文明、精神文明、政治文明和生态文明与和谐社会建设各项任务落实到基层的重要途径，是不断提高干部职工素质和单位文明程度的有效形式。新疆塔里木河流域喀什管理局（以下简称喀什管理局）高度重视文明单位创建工作，将其作为一项全局性、基础性、长期性的工作来抓，全面推动单位各项事业的科学发展。

多年来，喀什管理局将精神文明建设与水利中心工作紧密结合，协调部署，整体推进，取得了物质文明和精神文明建设双丰收，先后荣获“新疆维吾

叶尔羌河喀群引水枢纽泄洪闸鸟瞰

尔自治区文明单位”，自治区“最佳文明单位”，自治区“一级水利工程管理单位”“全国水利文明单位”“全国精神文明建设工作先进单位”“全国水利系统先进单位”和“第四届全国文明单位”。在成绩面前，单位领导没有陶醉，没有止步不前，而是不断追求更高。

顶层驱动　构建创建大格局

创建“全国文明单位”，是几代喀什管理局人的梦想和夙愿。多少年来，喀什管理局不断加强班子建设，为文明单位创建提供有力的组织保证，局党委全面部署创建工作，狠抓工作落实。加强对文明创建工作的顶层设计，做到“三个明确”（即明确领导、明确目标和明确责任），坚持“三高原则”（即高标准定位、高起点突破、高水平建设），把文明创建工作作为各项事业发展的重要指标，做到有领导、有计划、有经费、有活动、有措施、有检查。及时调整局精神文明建设领导小组成员名单，党委书记亲自担任组长。制定并印发了精神文明建设规划，对文明创建工作进行部署和安排。坚持群众路线，吸引广大职工积极热情参与，形成“全方位、全过程、全员参与”的文明创建大格局。大力营造创建氛围，各部门牢固树立全局“一盘棋”的思想，把文明创建工作与单位的中心工作紧密结合起来、与创先争优活动结合起来、同党的建设结合起来，以局领导班子和中层干部思想作风建设为重点，树单位良好风气。同时，将精神文明建设渗透、融合到单位人才培养、水资源管理、社会服务等创新中去，不断创新单位创建工作理念，积极探索创建活动新模式、新思路，形成了“文明创建人人参与，创建成果人人共享”的良好氛围。

特色引领　打造文化新高地

文化是单位凝聚力和创造力的重要源泉。局党委高度重视文化传承与文化创新相结合、科学精神与人文精神相结合、全面整体规划与每年重点推进相结合，努力建设体现时代精神和具有单位特色的文化。

建设富有特色的水文化，营造文明和谐的人文环境。将水文化建设与精神文明创建活动结合起来，营造文明和谐的人文环境，促进了单位的改革发展与稳定。在全局大力弘扬“和谐、求实、创新、奋进”的塔河精神和“做事讲认真、工作讲效率、言行讲修养、管理讲规范、业绩讲卓越”的局风，塔河精神已深入人心，成为领引全局干部职工团结奋进的旗帜。

文体活动精彩纷呈，丰富职工文化生活。以文化活动为载体，组织开展文艺汇演、球类比赛、演讲比赛、知识竞赛、廉政文化入我心、清廉塔河伴我行等活动，增强干部职工的凝聚力和向心力。以“我们的节日”为主题，组织开展各层次团拜会、座谈会、文艺汇演，春节、古尔邦节期间慰问困难职工等活动，增进团结和友谊，不断活跃职工的精神文化生活。

传播道德芬芳，文明理念深入人心。加强社会主义核心价值体系教育，不断提高干部职工队伍的道德素质。深入开展“中国梦”“新疆精神”、文明站点、文明家庭、文明职工、诚信服务、五好家庭评比、学习雷锋志愿服务、学习道德模范、公民道德宣传月、“关爱山川河流志愿服务”、道德大讲堂、文明礼仪、“我向父母敬孝心”、未成年人“做一个有道德的人”、“身边水利人敬业奉献典型”和开展道德大讲堂等主题活动的社会主义核心价值观实践活动，营造浓厚的道德文化氛围，时刻提示和引导干部职工从身边小事做起，从一点一滴做起。通过开展各种主题实践活动，全局上下形成了知荣辱、讲正气、作奉献、促和谐的良好风尚。

冬日的两河汇合口（叶尔羌河—塔什库尔干河）

与时俱进求突破，固本强基谋长远

局党委一班人密切关注社会变化，解放思想，不断突破旧的观点，加强基础工作，在创建文明单位工作中创新高和求突破。

党的建设不断加强。党组织是喀什管理局生存发展和保障的动力，不断加强和改进党组织自身建设，用党的最新理论成果统一思想、更新观念、理清思路、提高能力。把党建工作同单位中心紧密结合，使党建工作和各项事业同频共振。定期召开民主生活会，开展批评与自我批评。修改完善《党委议事规则》，集体研究，科学决策。牢牢把握教育、制度、监督三个关键环节，深入开展党风廉政建设工作，为中心工作保驾护航。转变作风，开展“懒、散、拖、贪”和“四风”专项治理活动，积极解决“门难进、脸难看、话难听、事难办”和吃拿卡要等损害群众利益的问题，进一步提高服务质量和工作效率，树立单位良好形象。保持党同人民群众的血肉联系。这些年来，先后开展了“三讲”、保持共产党员先进性、深入学习实践科学发展观、党的群众路线教育、“三严三实”等党的教育实践活动，不断加强和改进党的建设，以优良作风把人民群众紧紧凝聚在一起。党的表率作用，使全体员工有了共同的追求和信念，凝聚力空前提高，进一步促进了单位各项事业发展。

民族团结结硕果。民族团结是各民族根本利益之所在，对新疆特别是南疆其重要性更为突出，也是创建精神文明单位的重要内容。近年来，局党委认真贯彻落实《新疆维吾尔自治区民族团结教育条例》，坚持不懈地开展民族团结教育和民族团结进步创建活动，使“三个离不开”深入人心。三年来，累计表彰民族团结先进个人 120 人次，全局各族职工维护祖国统一、维护新疆稳定、维护民族团结的自觉性不断增强。各族职工之间互相信任、互相尊重、互相学习、互相支持、互相谅解、互相走动蔚然成风。

维护重任扛肩头。喀什地区地处反分裂、反恐怖斗争最前沿，分裂与反分裂、渗透与反渗透的斗争尖锐复杂。历年来，局委党高度重视维稳工作，牢固树立社会稳定和长治久安总目标，落实“一岗双责”，实行“ 把手”负总责，强化责任到人，杜绝了违法违纪重大事件和重大责任事故的发生。教育干部职工坚定政治立场、政治方向，牢固树立没有与稳定无关部门、与稳定无关的人的思想，坚决反对民族分裂主义及其分裂活动。“7·5”“4·23”“7·28”等暴恐事件发生后，面对严峻的维稳形势，立即启动一级响应，坚持领导带班和24 小时值班制度，及时组织全局 400 余名各族干部职工共同揭批、声讨境内外“三股势力”的险恶用心和反动本质，揭批暴力恐怖分子的罪恶行径。认真落实各项维稳措施，并积极承担社会责任，配合当地党委政府做好驻村帮扶、集中整治、维稳值班、巡逻等工作，以实际行动维护国家统一、民族团结、社

叶尔羌河防洪点军民齐上阵

会稳定。

软硬件协调促发展。局党委每年都拿出二百余万元，订购图书资料、绿化庭院、更新基础设施、举行文化活动、开展文明创建等建设，保证了文明创建活动的顺利开展。大力加强环境美化绿化建设，使局机关、各站点的工作环境和生活环境整洁干净。投入100余万元安装了安防监控设施；投入10余万元加强消防设施建设；重大节假日，局领导和相关部门都要到一线站点慰问职工，为他们送去节日关怀和问候；定期为职工体检和举办健康讲座。组织全局干部职工为身患重病职工志愿献爱心，使其感受到管理局大家庭的温暖；想方设法改善职工住房条件，每年维修各基层站点的房屋，筹集资金新建住宅楼两栋，每年投入100余万元为两个基层站解决供暖问题；增加基层文化设施，使基层职工学习有场所、就餐有着落、娱乐有阵地、休闲有去处，进一步激发了基层站点职工参与塔河水文化建设的热情。

围绕中心创文明，继往开来谱新篇

精神文明建设的丰硕成果积极推动了喀什管理局中心工作的开展，促进了流域各项事业和谐发展。近年来，喀什管理局严格落实水资源管理“三条红线”控制指标，流域水资源统一管理工作有序开展，制定了科学合理的流域水量分配方案，限额用水和全流域水量统一调度有效实施，初步实现了流域水资源的合理调配，对促进当地农牧业生产、社会稳定，确保叶尔羌河向塔河干流输送生态水改善下游生态环境起到了积极的作用。流域防汛抗旱工作扎实有效开展，流域防汛抗旱指挥管理能力明显提升，连续多年保证了流域水利工程的安全度汛，切实维护了灌区人民群众的生命财产安全。行政执法监察建设不断规范化、制度化，按照可持续发展水利思路，加强了流域水政水资源管理，依法查处各类水事违法行为，维护了正常的用水秩序，开展了叶尔羌河、提孜那甫河水法监察工作，防止突发污染事故发生，保障流域各族群众的饮水安全，加强生态环境保护，维护河流的健康安全。

流域综合治理积极推进，水利工程建设管理水平不断提高，连续完成了叶尔羌河防洪治理工程、叶尔羌河大型灌区配套项目、叶尔羌河大型灌区除险加固工程等一批重大项目的实施，流域水资源调控能力不断增强。流域水利信息化建设进一步加强，目前叶河流域水量调度远程监控已初步建成，水资源现代化管理水平大幅度提高。

扬帆起航春潮劲，奋马扬鞭又征程。喀什管理局已经创造了辉煌，但喀什管理局全体职工没有满足，他们把目光投向更高的追求。站在新的历史起点，畅想未来，在党政班子带领下，喀什管理局文明氛围会更加芳香浓郁，工作生活环境会更加宁静优美，水资源管理、水利建设能力持续增强，“水利特色、争创一流”的发展道路会越走越通畅！喀什管理局灿烂的今天必将辉映更加光明的未来！

链接 1 >>>

新疆塔里木河流域喀什管理局精神文明创建心得体会

新疆塔里木河流域喀什管理局在创建文明单位上不断探索，不断创新，使文明单位的建设由低到高，由浅入深，不断向高层次发展，创建工作中体会如下：

一、抓领导，建立健全创建工作的长效机制，为文明单位的创建管理提供强有力的组织保障

精神文明创建是一项群众性活动，文明单位建设是一个内容复杂、牵涉面广、实践性强的系统工程，没有严密的组织领导和有效的工作机制，很难取得实实在在的效果。因此，要做好五个方面的工作：一要建立领导机制，形成主要领导亲自抓，分管领导配合抓，职能科室具体负责的运行机制。二要建立目

标管理机制，坚持把文明单位建设工作列入年度责任目标管理，制定总体规划，层层分解任务，具体到每个班子成员，每个科室及每个人。三要建立检查考核机制，制定详细的检查考核办法，实行评议制，及时研究解决创建工作中出现的问题。四要建立奖惩机制，坚持把创建工作与科室、站点个人争先评优以及奖金挂钩。五要建立舆论监督机制，使文明单位的形象置于干部群众心中，营造创建氛围。

二、抓认识，奠定创建工作的思想基础

“认识是行动的先导”。创建文明单位首先要解决思想认识问题，在创建过程中，要让全体干部清楚创建的意义及重要性，从上至下统一思想，变“要我做”为“我要做”，积极主动地投入到创建活动中去，才能展现出创建活动的自身魅力和内在价值，达到预期效果。

三、抓载体，建平台，充实创建工作的内在活力

创建文明单位是一项综合性、全局性的工作，需要形式多样的各种载体做支撑，需要群众广泛参与，只有不断创新具有特色的载体，呈现蓬勃的活力，才能推动活动的发展。注重每个“细胞”建设，扎扎实实地开展好每一项活动，将文明创建融入到每一项具体工作和日常生活中去，充实创建活动的内容，确保创建工作不流于形式，不走过场。

四、抓中心、加快创建文明单位的步伐

在精神文明单位创建中，要紧紧围绕单位中心工作来进行，坚持两手抓，使文明创建和单位各项事业同频共振。根据每个时期单位中心工作任务，强化组织领导，对文明创建提出不同的要求和具体任务，使文明创建积极推动局中心工作的开展，促进单位各项事业和谐发展。

五、抓投入，让硬件设施体现创建氛围

创建活动中，要投入资金抓好硬件建设，美化办公条件，改善基础设施，营造单位整洁的工作、生活环境，丰富职工文化生活，树立起文明单位优美环境、优良秩序、优质服务的先进典型，从硬件设施上体现创建氛围。

六、抓巩固，进一步提高、延伸创建水平

要克服“牌子到手、创建到头”的思想，要正确认识创建文明单位的意义和作用，抓好巩固促发展，始终保持创建工作的积极性、连贯性和持久性，大力开展宣传、教育和引导，在巩固的基础上，抓好提高和延伸，制定文明创建工作及文明素质教育等重点载体工作的长期规划和安排意见，要有安排、有检查、有落实，进一步推动文明单位建设逐步走上经常化、规范化的发展轨道。

总之，创建文明单位是一项长期的系统工程，我们将在上级的领导下，在全体职工的努力下，与时俱进，不断迎接挑战，为开创美好的明天再接再厉，策马扬鞭！

链接 2 >>>

新疆塔里木河流域喀什管理局职工创建感言

忆往昔，先驱者穷其一身奠基叶河水利事业成就，鞠躬尽瘁；展未来，后来人继往开来捍卫全国文明单位荣光，添砖加瓦。

——规划计划科　王海丽

不积跬步，无以至千里；不积小流，无以成江海。文明创建你行动了吗？

——规划计划科　陈玉茹

创建精神文明单位以来，我局的办公、居住环境和人文环境都上了一个新的高度，全体职工的精神面貌大力改观。

——水资源调度科　牛建宏

创建“全国文明单位”确实让我们倍感欣慰，同时也倍感压力，荣誉已在我们身边，它是我们努力取得的，同时激励着我们，要更加努力去呵护这个集体的荣光，它需要我们都要以文明的姿态生活，它就是文明的语言交流、文明的行为准则、文明的道德衡量、文明的家庭环境……

——信息中心　李庭定

荣誉既是过去努力的结晶，也是未来前进的动力。创建“全国文明单位”是一个过程，只有起点，没有终点，是一个永恒的课题；只有逗号，没有句号，是一种崇高的追求。同事之间只有更加团结、互助，单位才能向新的更高的位置冲刺，社会才能更加和谐发展！

——信息中心　龙　多

通过开展丰富多彩的道德讲堂和组织各项体育技能比赛，使我们各族职工之间更加团结，像石榴籽一样紧紧抱在一起。如果不团结，那么我们的各项工作都无法开展下去，社会就无法稳定、和谐，就不可能进步并向前发展。人心齐则泰山移。

——信息中心　李振安

把文明礼仪放在心上，时时刻刻与文明交谈，用它来约束自己的言行，千万不要把文明行为习惯看做小事。让我们从现在做起，从自己做起，从点点滴滴的小事做起，养成良好的文明习惯，做文明的塔河人。

——建设与管理科　木太力甫

文明从一言一行开始，和谐从一举一动做起。

——水政科　克尤木江

做文明人，办文明事，文明从我做起。

——组织人事科　王莉华

注重自身素养，丰富文明礼仪知识，提高待人接物素质。遵守法律法规，遵守职业道德，充分认识到个人的一言一行、一举一动都代表单位，才能做合格的塔河人。

——建设与管理科　买买提明

创建“全国文明单位”让我们感到自豪，这是我们从身边的小事一点一滴积累的硕果。为了维护这项殊荣，每个人在做事做人方面应该用高素质来要求自己。绝不破坏文明环境，从你我做起。

——东河滩水管站　吴玲莉

作为“全国文明单位”的职工，既是莫大的荣耀，又是一份沉甸甸的责任。创建文明单位，做文明人，不是一时的事情，要在工作、生活中时时刻刻严格要求自己，延续我局文明风尚，再创辉煌！

——办公室　杨　杰

创建文明单位是建设法制型、服务型、效能型单位的有效载体，是统一思想、提高干部队伍综合素质的重要途径，既有利于提升工作水平和工作质量，又有利于提升团队精神和整体形象。

——办公室　范　静

坚持科学发展，建设文明生态喀什管理局，人人都是文明单位创建参与者，个个都是文明单位建设主军！

——建设与管理科　王　乐

努力创造宜人的居住环境，丰富高雅的文化氛围，建立稳定安全的社会秩序，团结和谐的民族关系。

——叶河勘测设计院　苏　飞

文明单位的创建工作是一项系统而长期的工程，我局举全局之力，在原有工作基础上，以创建工作为抓手，促进了喀什管理局水资源管理、工程管理、科研等工作的提升，深化了喀什管理局内涵，努力为塔里木河流域的人民群众提供安全用水、优质服务。

——水政科　麦麦克里姆

职工素质高一分，单位形象美十分！

——纪检监察室　张　磊

人人文明一小步，叶河文明一大步！精神文明建设永远在路上。

——叶河勘测设计院　喻少平

文明创建人人参与，创建成果人人共享。

——局工会　刘旨霄

一屋不扫何以扫天下！让我们从小事做起，为文明创建添砖加瓦！

——局团委　邢志华

一点一滴汇聚你我之力，一心一意铸就文明单位。每个人都代表叶河形象，每件事都关系文明创建，有了大家的支持才有了叶河的文明。

——叶河勘测设计院　沈爱丽

创建“全国文明单位”凝聚了全局干部职工多年来的不懈努力，这既是一份荣誉，更是一份责任。让我们为巩固这份荣誉，锲而不舍、持之以恒地坚持下去吧！

——办公室　孟　挺

文明创建工作只有起点，没有终点。

——叶河勘测设计院　朱　杰

加强精神文明建设是实现中国梦的根本保证，文明靠大家，让我们大家从我做起，从点滴做起，为实现中国梦贡献自己的绵薄之力吧！

——叶河勘测设计院　陈新梅

精神文明从我做起，从身边小事做起。路遇大风吹落的塑料袋，随手捡入垃圾箱；排队打饭时礼让三先。

——机关服务中心　建　功

荣誉只是对昨天成绩的肯定，明天的保持才是我们的工作，守住昨天，做好今天，明天的生活才会更精彩。

——叶河勘测设计院　王教堂

欣闻精神文明捷报来，你我叶河人呀齐欢哉！佳誉得来实不易，你我倍加更珍惜！

——叶河勘测设计院　陈俊鹏

至真至善，做追求真理、传承人类文明的引领者；致美致用，做树立新风、构建和谐社会的实践者。

——叶河勘测设计院　敖建兴

好东西齐分享，好精神远传播，好形象同树立，好环境共创造。

——叶河勘测设计院　祝　斌

你文明，我文明，叶河大地都文明；你给力，我给力，叶河人人都给力。

——叶河勘测设计院　柴　庆

讲文明人人做榜样，倡礼仪人人树形象，重诚信人人德高尚，送爱心人人心欢畅，叶河人人心连心，精神文明筑青春。

——叶河勘测设计院　张　胜

已离开叶尔羌河的我，依然有着浓浓的叶河情，叶尔羌河今日的文明，由叶尔羌河人共同创建，叶尔羌河的未来，更需要叶尔羌河人共同的守护和托举。

——高级工程师　戚文娟

公德装在心中，文明贵在行动。

——东岸一水管站　吐孙江

走立志成才报国路，做文明奋进叶河人。

——叶河勘测设计院　师帅博

聚精神力量，创文明新风。

——叶河勘测设计院　马　彪

天天讲文明，点滴在身边，一生树正气，何愁中国不兴。

——机关服务中心　常卫平

保持文明形象、文明着装、文明用语，用实际行动展现叶河文明之风。

——叶河勘测设计院　张　维

保文明风尚，持文明素质，建文明单位，立文明标杆。

——叶河勘测设计院　伏莹莹

文明从点点滴滴做起，共创叶河文明之风，你不是一个人在战斗！

——叶河勘测设计院　陈　晨

突出创建特色　打造文化品牌
不断提高文明创建水平

水利部海委海河下游管理局（机关）

近年来，海河下游管理局在水利部党组和海委党组的坚强领导下，以开展创先争优、保持党的纯洁性教育和党的群众路线教育实践活动为契机，以“突出创建特色、打造文化品牌”为抓手，把抓文明创建与抓水利业务密切互动起来，紧贴中心，服务大局，深化创建，铸造品牌，实现了物质文明与精神文明建设同频共振、和谐发展。海河下游管理局多年保持“全国水利文明单位”“天津市文明单位”“天津市卫生红旗单位”及“天津市绿化先进单位”“天津市机关档案工作评估一级单位”等荣誉称号，局机关2015年跨入“全国文明单位”行列。

独流减河进洪闸南闸

明确责任体系，构建工作格局

海河下游管理局党委站在水利事业长远发展的高度，紧密联系单位实际，健全精神文明建设领导小组及办事机构，形成党委统一领导、党政群齐抓共管、有关部门各负其责、全员参与的文明建设体制和上下联动、密切配合、共建共享的工作机制，并把精神文明建设列入五年工作规划和经费预算，每年制定文明建设要点，切实做到了工作有计划、可量化、能考核、重实效。2011—2014 年多方筹措资金共计 296 万元投入精神文明建设相关工作，有力地保障了创建工作的顺利开展。

强化教育熏陶，营造创建氛围

以培育和践行社会主义核心价值观为主线，开展形式多样的教育活动，寓思想教育于职工喜闻乐见的活动之中，提高思想政治工作的吸引力和感染力。一是大力弘扬“爱国诚信、务实创新、开放包容”的天津精神，广泛开展“文明处（科）室”“文明职工”“文明工地”等群众性创建活动。二是加强理想信念、职业道德、廉政诚信教育，组织文艺汇演、唱革命歌曲、重温入党誓词、

弘扬西柏坡精神、“我的中国梦”教育、参观“复兴之路”展览等活动。三是注重职工道德素质的培养和党员党性的熏陶，开展道德讲堂、专题党课讲座、党史廉政知识竞赛、弘扬社会主义核心价值观座谈会及网上答题等活动。四是因地制宜开展丰富多彩、健康有益的文化体育活动，坚持每年组织开展单项体育比赛，每三年组织一次职工运动会，丰富职工的精神文化生活，增强单位的凝聚力，促进和谐机关建设。2013 年海河下游管理局在天津市农业系统“中国梦·我的梦”诗歌朗诵演讲比赛中获优秀组织奖和两个演讲二等奖的优异成绩。五是通过开展公务礼仪、交通法规、消防知识、法律知识等方面的培训，提升职工综合素质。近三年来参加举办各类培训达 1800 余人次。另外，局党委坚持重要节日走访慰问离退休老同志；每年为职工进行体检；团员青年自发不定期到敬老院、福利院献爱心；学雷锋志愿服务队积极参加地方文明创建和社会公益活动。通过开展系列活动，干部职工更加爱国、守法、遵纪，全局形成知荣辱、讲诚信、比奉献、促和谐的良好风尚和干事创业的良好氛围，涌现出权玉树冰水中勇救落水儿童的先进事迹。海河下游局人在风起云涌的水利改革浪潮中展现出崭新的时代风貌。

打造文化品牌，彰显创建特色

以《水文化建设规划纲要（2011—2020 年）》为指引，扎实推进单位水文化建设，深入开展水文化教育、交流和传播活动。以局核心文化理念——“三 he 文化”，即河流、合力、和谐，凝聚团队智慧和力量（河流：以当好河流代言人为目标，即协调好上下游、左右岸、干支流之间的各种关系，统筹考虑水的多种功能，确保所属水利工程安全良性运行，为海河下游地区特别是天津市实现供水安全、防洪安全和生态安全做出应有贡献。合力：以聚合各方面力量为手段，即加强单位内部各层面之间、单位与社会相关部门之间的沟通协调，统一思想，精诚团结，聚合力量。和谐：以构建和谐型关系为基础，即按照构建社会主义和谐社会的要求，实现人与人的和谐共事，实现人与水的和谐相处。）。通过定期在局系统开展征文、研讨座谈、演讲比赛等活动，不断赋予“三 he 文化”新的思想时代内涵。如今“三 he 文化”理念已成为海河下游管理局健康发展的灵魂，成为全局职工忠诚坚定、爱岗敬业、积极上进、团结友爱、善良宽容、诚实守信、勤俭节约、廉洁奉公的行动准则，凝聚了人心，扩大了影响，推动了全局水利事业的健康发展。

深化党建工作，增强宗旨意识

加强组织建设和党员教育管理。一是积极开展创先争优活动，组织主题活动达 11 项，完成了推动科学发展、促进单位和谐、服务人民群众、加强基层组织的目标，支部“五个好”、党员“五带头”作用明显提高。独流减河进洪闸管理处党支部被评为“天津市农业系统创先争优先进党支部”。二是认真开展党的纯洁性教育活动，干部职工理想信念进一步牢固、队伍建设质量显著提高、廉洁自律意识明显增强。三是深入开展党的群众路线教育实践活动，认真学习贯彻党的十八大精神和习近平总书记系列重要讲话精神，聚焦“四风”问题，坚持领导带头，边学边查边改、立行立改，党员和领导干部政风行风进一步转变、党群干群关系进一步密切。四是认真落实中央“八项规定”精神，三公经费连续三年保持零增长；完成了公务用车专项治理和办公用房清理工作；加强内部规章制度建设，修订增订制度 25 项。五是加强党风廉政建设，稳步推进重点部门、关键岗位廉政风险防控机制建设；开展警示教育，增强党员干部廉洁自律意识，自觉筑牢拒腐防变的思想道德防线；加强廉政文化建设，营造风清气正的良好风气。

冰天雪地除冰测流

狠抓业务工作，切实发挥职能

把精神文明建设与各项业务工作有机结合，推动全局各项工作健康发展。一是狠抓防汛主业不懈怠。紧紧围绕可持续发展治水思路，立足于防大汛、抗大旱、抢大险，完善《防洪预案》，加强防汛演练，圆满完成各年度防汛抗旱任务。成功应对2012年“7·21”“7·25”强降雨过程。2012—2014年汛期，海河下游管理局所管辖的水利工程累计泄洪21.92亿立方米，为天津市泄洪、排涝发挥了巨大作用。二是坚持以考核促管理的思路，规范工程日常管理工作，维修养护进入常态化，工程管理水平不断提升，独流减河进洪闸管理处保持“全国水利工程管理示范单位”称号，西河闸管理处和屈家店枢纽管理处保持“海委系统水利工程示范单位”称号。三是基建工作取得显著成效。积极争取中央计划内投资和水利基金等资金，完成了病险水闸和堤防工程的除险加固，保证了工程效益的发挥；开展了局机关及各基层水管单位的水、电、食堂改造和环境整治，极大改善了职工的工作环境和生活条件。为丰富职工的生活，各基层水管单位还利用空余房间办起了职工阅览室、乒乓球室和健身房。四是依法管水能力建设不断加强，及时掌握河口动态，管辖范围内的水事秩序稳定向好。五是加强应急测流演练，提高水文测报准确率，定期开展重点断面水质监测，完善防汛异地会商系统，水文水资源及信息化工作水平不断提升，保证了防汛工作的顺利开展，并配合兄弟单位有效应对了漳河水污染事件。

开展结对共建，巩固创建成果

在创先争优活动中，海河下游管理局与水利部规计司结成共建对子，开展党日活动、互学互惠活动。局属各闸管处也结成文明共建对子，在工程管理规范化、现代化、景观化、人文化建设，加大闸区绿化、美化、净化和亮化力度等方面取得了实效。西河闸管理处和独流减河进洪闸管理处成为园林式、花园式单位，海河防潮闸管理处和西河闸管理处独流减河防潮闸荣获“海委廉政文化建设示范单位”称号。

“雄关漫道真如铁，而今迈步从头越”。海河下游管理局人将以荣获“全国文明单位”称号为新的起点，在局党委的正确领导下，深入贯彻落实中央和水利部、海委党组决策部署，以更加奋发有为的精神状态、更加求真务实的工作作风，继续深化水利改革发展，努力实现“发展都市水利，打造窗口工程”的长期奋斗目标，打造“一流的工程、一流的管理、一流的服务”，为海河下游地区特别是天津市的经济社会发展做出新的更大的贡献！

链接 1 >>>

水利部海委海河下游管理局（机关）创建“全国文明单位”体会

在近年来的精神文明建设工作中，海河下游管理局以学习贯彻党的十八届三中、四中全会精神和习近平总书记系列重要讲话精神为主线，以局核心文化理念——“三 he 文化”凝聚团队智慧和力量，以开展创先争优、保持党的纯洁性教育和党的群众路线教育实践活动为契机，着力提升干部职工思想道德素质和服务社会能力水平，积极推进精神文明建设工作深入开展，取得可喜成效。文明创建的实践过程使我们体会颇深，主要有以下三点：

一、组织领导要到位，推动形成整体创建合力

精神文明建设是一项系统工程，包括群众性创建活动，内容多、牵涉面广、实践性强，没有严密的组织领导和有效的工作机制，很难取得实实在在的效果。因此必须建立完善的领导机制、科学的目标管理机制、完备的检查考核及奖惩机制，做到文明建设与业务工作同安排、同检查、同考核、同奖惩，形成党组织统一领导、党政工团齐抓共管、部门负责落实、人人参与的常态机制。

二、宣传教育要到位，统一思想认识激发内动力是关键

抓好宣传教育是文明创建工作的重中之重。首先要抓住党员领导干部这个关键少数，利用理论学习、党课、座谈等多种形式，广泛宣传文明建设对提升单位凝聚力、推进各项工作的重要作用，使党员领导干部发挥好创建的带头作用，引领全员发挥主动参与、乐于创建的积极性。其次，对职工的教育要从点滴做起，用党的理论来武装，围绕社会主义核心价值观要求和中华传统美德，不断丰富教育形式，寓教育于活动中，从而达到提升职工道德素质的目的。

三、创建要有载体，并不断赋予新的时代内涵

精神文明创建工作必须始终坚持高标准、严要求，激发干部职工的创建热情。多年来，局党委团结带领广大干部职工，狠抓文化引领建设，2006 年以来形成的局核心理念“三 he 文化”，已成为全局忠诚坚定、爱岗敬业、廉洁奉

公的行动准则。同时，突出载体建设，营造干部职工乐于参与的和谐氛围。

积极开展丰富多彩的创建活动。结合创先争优、党的群众路线教育实践活动开展文明创建；结合工程管理、防汛抗旱业务工作，开展文明创建；结合重要节日、节点开展文明创建；认真开展我们的节日、文艺汇演、道德讲堂、演讲比赛、志愿服务等，大力弘扬社会主义核心价值观，坚定理想信念，提升干部职工道德水准。

链接 2 >>>

水利部海委海河下游管理局（机关）职工创建感言

通过创建文明单位，全局形成了风清气正、和谐向上的氛围。作为青年职工也深深感受到在社会中要有责任意识和进取精神，在工作中要有担当意识和奉献精神；人与人之间要相互帮助、诚信礼让，充分展示出“全国文明单位”青年职工应有的风采。

——工管处职工　刘晓佳

创建文明单位的活动，让我意识到“文明”是人生的基石，作为文明单位中的职工，要在社会生活和工作中做到文明，处处体现文明。

——工管处职工　苏　通

评上“全国文明单位”对我们全体职工是一个巨大的鼓舞和鞭策。要求我们在工作和生活中要以更高的标准规范自己的言行，说文明话，做文明事，当文明人，展现“全国文明单位”职工应有的风采。

——办公室职工　杨建房

“全国文明单位”的创建，为我们年轻人提供了更为广阔的成长、成才的空间和舞台，也为我们指引了前进的方向。我们一定要再接再厉、善做善成，让社会主义核心价值观和“献身、负责、求实”的水利行业精神引领我们成为无愧于时代的水利人，让“全国文明单位”更加熠熠生辉！

——人事处职工　白　麟

文明是水，一点一滴，孕育滋养；文明是源，每时每刻，蕴含力量；文明是河，春秋往复，承载发展；文明是光，照亮心灵，引领航向！

——水文中心职工　黄　磊

“全国文明单位”是至高的荣誉，是对我们水利人最大的嘉奖，带头讲文明，模范践行社会主义核心价值观，发挥文明示范作用是我们的义务。

——河口处副处长　王　卫

上善若水利万物　文明之花绽冀南

河北省子牙河河务管理处

子牙河系是海河流域五条重要支流之一，流经河北省的邯郸、邢台、石家庄、衡水、沧州、廊坊6市。上游支流繁多，洪水峰高量大，源短流急；下游泄流尾闾狭窄，排水不畅。历史上灾害频繁，给流域内百姓带来了巨大的灾难。上世纪60年代，为了根治海河，子牙河水系掀起了兴水利除水害的高潮，建水库、疏河流、筑堤防，形成了“上蓄、中疏、下排，适当地滞”的防洪体系，从根本上解决了洪水的出路问题。1965年河北省子牙河河务管理处（以下简称子牙河务处）成立，承担流域内防汛任务和工程管理。为缓解河北省东南部平原地区缺水问题，1994年又肩负起引黄入冀和引黄济津工程的调度管

滚滚黄河水流入白洋淀——滏东排河田村节制闸

理。50 年的风雨历程，几代人的开拓进取，子牙河务处全体干部职工走出了一条文明、和谐、持续发展之路，支持了流域经济发展，造福了沿岸黎民百姓。

做好防汛守护家园

防汛始终是子牙河务处的重要工作之一。50 年一遇的“96·8”特大洪水把他们推向了抗洪抢险的前沿。面对那场洪水，他们勇猛担当、缜密测算、科学调度，保证了献县枢纽、艾辛庄枢纽的安全运行。每年汛期，子牙河务处都坚守“防大汛、抗大洪、抢大险、救大灾，未雨绸缪、常备不懈”这一铁的原则和信念，汛前对行洪河道、洼淀检查清障，组织直属闸涵工程检查试车和防汛演习，确保闸门启闭设施、备用电源、通信系统、工程视频监控系统等正常运行；召开防汛会议，完善防洪预案；落实领导和技术人员包河包闸责任制和防汛责任制，遵守领导带班、值班制度，及时掌握河系汛情；全体技术人员进行防汛抢险知识培训，熟悉掌握洪水调度规程、防洪预案。寒来暑往，斗转星移，半个世纪的时光证明，面对任何艰难险阻，子牙河人都是来之能战，战而胜之。

管理到位打好根基

子牙河务处下辖献县、艾辛庄、小范、大西头、幸福闸五个闸所。各闸所根据实际情况，制定了《工程管理办法实施细则》《工程管理岗位责任制》，定期检查维修养护水利工程，细化职责、责任到人，开展岗位技能培训，加大工程管理软、硬件投入，加快工程规范化管理的进程。近几年相继完成小范船闸闸门更换、大西头枢纽闸门防腐、艾辛庄枢纽自动监控系统维修等岁修项目百余项，完成投资 200 余万元；抓住机遇，争取投资完成了献县枢纽除险加固工程，恢复了工程设计功能，工程面貌焕然一新。子牙河务处力争创建文明生态闸所，艾辛庄、小范两闸所分别达到省级工程管理标准。此外，完成河道划界竖桩工作，开展流域内水土保持情况调查，主持参加流域内跨河工程防洪评价报告和涉河项目的评审与审查，及时审核批复水利闸桥工程初步设计和中央、省资金维养项目，规范涉河建设秩序，保证工程安全度汛和河道行洪安全。

在河道管理上，子牙河务处加大水利执法宣传力度，组织开展“世界水日”“中国水周”宣传活动；组织技术人员学习《行政强制法》等法律法规，执法人员全部通过了执法资格考试；组织全体职工参加了“2014 年全国百家网站宪法知识竞赛”。在河道整治方面开展河系专项执法活动，调查处理了清凉江枣强县唐林段毁堤种植、衡水市区燃气管道违规跨河施工等违规建设问题；依法取缔了涉县违法砂场，妥善处理了朱庄水库采砂、故城县故城镇某村大堤外非法取土等 5 起违法案件和滹沱河安平县大何庄乡某村非法取土等 3 起违法水事案件，使被毁河道、堤防得以恢复，有效维护了水利法规的权威；对已批复的入河排污口进行调查摸底，整理《子牙河水系入河排污口调查报告》，建立突发性水污染事件季报和周报制度。对河系内河道采砂进行督导检查和验收工作，完成《滹沱河（岗南—献县）河道采砂规划》等 3 项河道采砂规划，严厉打击非法采砂，遏制乱采滥挖，有效维护了河道稳定和防洪安全。

引黄输水惠及冀津

多年来，子牙河务处在省水利厅和引黄办的领导下，精心组织、合理调度、严格管理，圆满完成引黄入冀、济津、补淀等各项任务。自 1994 年 11 月至 2014 年 1 月共引黄 19 次，累计 73.24 亿 m^3，受益范围涉及冀东南地区 20 多个县市区，有效缓解了当地水资源匮乏的局面，经济效益、社会效益和生态效益十分显著。期间，实施引黄济津应急调水 5 次，为天津提供城市生活用水 18.7 亿 m^3；实施引黄补淀应急输水 5 次，入淀水量 5.09 亿 m^3，使“华北明珠”白洋淀重放光彩，淀区 23 万群众的生产、生活得以保障；2004 年从东武仕水库引水 2490 万 m^3 为邢台、衡水等地增加抗旱水源。2009 年从岳城水库为衡水湖引水 8000 万 m^3，为“水市湖城”建设提供了基础保障。2011 年引黄济廊输水顺利开通。

冬季引黄期间职工不畏严寒观测冰情

引黄工作多数在冬季进行，引黄闸所多在离村镇较远的野外，要 24 小时坚守，冰天雪地，条件艰苦，甚至元旦、春节都不能与家人团聚，但他们从无怨言，默默无闻地奋斗在闸所、河道。

苦练内功强化实力

精神文明的创建，其实就是一个单位内功与实力的展现。首先，领导班子做好表率，整体提升机关办事效率。子牙河务处全体领导干部坚持理论学习制度，通过学习统一思想、坚定信念、凝心聚力、指导实践。其次，实行分工负责制，班子成员各司其职，各尽其责，重大事项广泛征求意见，集思广益，实施科学民主决策。第三，实行党务政务公开，建立多层监督体系，推进权利公开透明运行，重新修订《科级领导干部聘任制办法》，制定了35项工作流程图和预防措施。对干部聘用、工程招投标、大额资金使用等工作实行有效监督；在河系管理、采砂管理、处理水事纠纷、审批穿堤跨河工程等工作中，规范办事程序，落实首问负责制和限时办结制，树立了良好的行业形象。第四，加强技术学习，提高全员素质。组织科以上干部参加政治理论考试和廉政测评。鼓励技术干部业务学习和工作交流，有20人次参加建造师、造价员培训和学历教育，撰写技术论文80余篇，技术队伍的业务水平不断提高。此外，为提高机关效能，提倡节能降耗意识，制定行之有效措施，避免铺张浪费；严肃工作纪律，修订了机关考勤管理办法。

弘扬美德善行善为

积极开展“四德一观”教育、传统文化道德讲堂、善行河北主题实践活动，建立善行功德榜；组织职工学习赵新华同志的先进事迹；积极参加第三届“厚德衡水最美人物”网上评选和社会主义核心价值观知识答题；处机关楼道内悬挂彰显社会主义核心价值观、行业精神、党风廉政、模范人物等内容的文化牌匾20余块，营造风清气正的浓厚氛围，全处形成了职工稳定、道德纯洁、爱岗敬业、乐于奉献的良好风气。开展职工文体娱乐活动，增强集体荣誉感和凝聚力。热心公益事业，机关职工每周五参加清扫街道志愿服务活动，23名党员参加义务献血，全体党员积极参加“党员志愿者集中服务”行动和春雨帮扶行动，先后派干部到安平县张汝村、彪家村、故城县范庄村、武邑县前河西村、后河西村驻村扶贫，开展道路硬化、整治环境卫生、改造电网等十个重点帮扶项目，受到群众的好评和省、市委的表彰。

子牙河务处继承自力更生、艰苦奋斗的优良传统，弘扬“献身、负责、求实”的水利行业精神。在河系管理、防洪保安、引黄调水、精神文明建设、行政管理、党风党建等各项工作中成绩突出，被衡水市直工委评为“机关党建工作先进集体”，自2001年以来，被衡水市委、市政府评为“市级文明单位”，连续4次保持“省级文明单位”荣誉，今年在中央文明委召开的全国精神文明建设工作表彰大会上，荣获“全国文明单位”称号。荣誉也是一种鞭策，必将激发全体干部职工的昂扬斗志，为水利事业发展谱写新的篇章，创造新的辉煌。

链接1 >>>

精神文明创建是提升单位层次和职工水准的有效载体

子牙河务处多年来一直致力于精神文明创建，主要是我们认识到：单位整体形象的提升、全员素质的提高、工作业绩的拓展，都离不开精神文明这个关键基础，只要把精神文明这个软实力做实做强，就能起到“纲举目张”的作用和功效，这也是保障我们工作不断取得成绩的关键所在。主要体会有以下几点：

一、思想建设是创建的基础

党委始终坚持把思想政治工作融入业务工作当中，与单位的改革发展同步进行。不断深化《公民道德建设实施纲要》和社会主义核心价值观教育，强化思想引导，加强爱国主义、集体主义、道德法制教育和“四德”教育，积极参加全国道德模范、文明市民、善行河北模范人物和厚德衡水最美人物等评选活动。在抓好职工思想政治建设的同时，着力抓好职业道德教育，完善各岗位的职业道德规范，充分体现“献身、负责、求实”的水利行业精神。

二、高起点是创建的前提

党委在抓好物质文明建设的同时，把精神文明建设提到了更加突出的地位。紧密结合实际工作，突出单位特色，把文明创建工作纳入到全处工作的大格局中去，坚持高起点定位，赋予精神文明创建活动更加丰富的内涵，从总体上提高创建水平。

三、围绕中心工作是创建的根本

紧紧围绕水利工程建设与管理、防汛、引黄、水政执法等中心工作。提高直属工程管理水平，规范直属工程建设；强化日常河系管理，维护河系安全稳定；做到科学治水，提升防汛抗洪能力；加大水政水资源管理力度和水政执法力度，保障引黄输水安全。只有扎实做好工作，才是单位健康文明发展的良策。

四、制度建设是创建的保证

注重抓好机关的各项管理，修订完善了23项制度，做到了靠制度管理、用制度约束，按制度办事，促进了机关形象的建设。制定了《党务公开实施办法》，增强党务工作的透明度。继续推进权力公开透明运行，制定了35项工作流程图和预防措施，实施有效监督，确保工程安全、资金安全。引导党员干部树立正确的权力观、地位观、利益观，强化立党为公、执政为民、廉洁自律的意识。

五、方法创新是创建的途径

坚持创新思路，突出特色，丰富载体，定期开展形式多样的文体娱乐活动，倡导文明健康的工作生活方式，展现乐观向上的精神风貌。开办道德讲堂，培育身边的厚德典范，宣传和践行社会主义核心价值观，大力推进群众性精神文明创建活动和水文化建设，营造健康向上、团结奋进的工作氛围，文明创建工作常建常新。

链接2 >>>

河北省子牙河河务管理处职工创建感言

以“全国文明单位”作为新起点，培育和践行社会主义核心价值观，不断提升综合素质，激发发展活力，全面推动两个文明建设再铸辉煌。

——处长、党委书记　何为民

荣誉既是对过去工作的肯定，更是创新未来的动力，激励我们超越自我，再续篇章。

——党委副书记　张景伦

荣获“全国文明单位”称号，既是鼓励，更是鞭策。

——引水办主任　李淑琴

文明单位的创建，规范了日常举止和履职行为，增强了依法依规办事的意识，端正了服务态度，提升了综合素质，改善了单位面貌。

——河道科科长　赵希岭

文明是人生智慧，文明是工作精神，文明是处世方式，文明是生活态度，传承文明是我们的责任。

——财务科科长　耿双卓

以此为新的起点，在本职工作岗位上，尽心尽责，更加努力地工作，更好地奉献水利、服务社会，不辜负这一至高无上的荣誉。

——水政科科长　徐　鸿

奋发进取，用文明的行为诠释文明单位的内涵，让文明之花装点河畔山川。

——政工科科长　黄　宁

文明创建应该从我做起，从点滴做起。当文明成为一种习惯，和谐就会成为一种自然。

——老干部科副科长　刘　鑫

从市级、省级到“全国文明单位”，这一路走来，我感到无比的骄傲和自豪。“全国文明单位”是新的辉煌，更是新的起点，是对我们前一段工作的肯定，更是对今后工作的激励，我会以此为动力，百尺竿头，更进一步！

——政工科高级经济师　王　伟

文明创建促发展　灌区建设谱新篇

河北省石津灌区管理局

石津灌区是河北省唯一省属国家大型灌区，担负着河北省石家庄、衡水、邢台3市14个县（市、区）244万亩农田抗旱灌溉任务，受益人口108万。与共和国同龄的石津灌区，始终坚持全心全意为民服务的宗旨，以服务“三农”为主体，以文明创建为载体，为灌域的发展起到了强大的助推作用。2014年，灌区内粮食总产达9.19亿公斤，棉花总产0.34亿公斤，以1.3%的耕地面积生产出了全省4%～6%的粮棉，石津渠水为河北“粮仓”提供了不可或缺的水保障。

2015年2月，河北省石津灌区管理局（以下简称石津灌区管理局）荣获“全国文明单位”称号，这是我局在持续保持“全国大型灌区精神文明建设先进单位”“全国水利系统和谐企事业单位先进集体”等多项荣誉后，获得的又一个国家级荣誉，实现了业务工作与文明创建双丰收。

“问渠哪得清如许，为有源头活水来”。是什么力量，激励着石津灌区管理局在文明创建的道路上步履铿锵？让我们回首我局文明创建之路，从中寻找答案，感受其打造“和谐灌区、民生灌区、生态灌区”的和谐乐章，共同追寻石津灌区“文明力量”的源泉。

观念为先，“三个坚持”打造和谐灌区

“观念决定方向，观念决定出路”。

1999年，石津灌区管理局被中央文明委表彰为“全国创建文明行业工作先进单位”，并于2003年2月20日再次复查确认。

2003年，石津灌区管理局获“全国大型灌区精神文明建设先进单位”，2005年复查确认。

2012年，石津灌区管理局获得“全国水利系统和谐企事业单位先进集体”

称号。

2011 年，石津灌区管理局获“河北省职代会星级单位”称号。

1997 年至今，石津灌区管理局获“省水利厅目标管理优胜单位”称号。

1992 年至今，石津灌区管理局获河北省“省级文明单位称号”，并连续 22 年 11 届蝉联此项荣誉。

2013 年，石津灌区管理局被确立为“河北省廉政建设示范点”。

面对诸多荣誉，石津灌区管理局的干部职工们没有自我满足，而是以不断进取的精神，把创建“全国文明单位”作为新的奋斗目标。然而，创建“全国文明单位”不是说说就能实现的，它离不开工作观念的创新，离不开长效工作机制的建立，也离不开每个灌区人的共同努力，更离不开实实在在业绩的支撑。

面对新的机遇与挑战，灌区管理局局长兰卿良提出：灌区改革发展成果来之不易，它是几代灌区人勤劳和智慧的结果，要将这些弥足珍贵的资源与积累转化成创建“全国文明单位”的精神动力，领文明之首，开风气之先，通过每个灌区人的爱岗敬业、创先争优，艰苦奋斗，荣辱与共，让石津灌区管理局真正成为展示文明形象的窗口。

在文明创建的路上，石津灌区管理局坚持集体领导、坚持政务公开、坚持文化育人，全方位推进“全国文明单位”的创建进程。

坚持集体领导。局党委通过理论学习中心组、民主决策委员会、局务会等形式，认真贯彻民主集中制原则；修订出台了《党委议事规则》《权力运行防控手册》，确保了重大决策的科学性、可行性和前瞻性；通过民主生活会、思想政治工作等形式，以党内民主促灌区民主；实行了党建责任目标管理，建立了绩效考核机制，采取联席会、现场会、专项督导、工作动态通报等方式提高领导班子执行力，重点工作以书面函询、个别约谈等方式特别督办，确保了处科两级领导班子精诚协作、干净干事，保持昂扬向上的进取状态。

坚持政务公开。通过公告公示、局域网等形式，透明施政，扩大了职工在抗旱灌溉、财务管理、工程投资等重大问题和干部选拔、职称评定、等级晋升等切身利益问题上的知情权、参与权和监督权，广开言路征集合理化建议。多年来，灌区政令畅通，政风文明，没有上访告状现象。同时，灌区利用水利信息网向社会公开灌区主要职责、监督电话和电子信箱；长期聘请 7 名地方人大代表、政协委员作为行风监督员，在历年行风评议中，群众满意率均达到

96%以上。

坚持文化育人。广大干部职工是文明创建的主体，干部队伍素质是文明创新的关键所在，灌区坚持文化育人，注重发挥群团组织的桥梁纽带作用，把握职工脉搏，了解职工需求，及时维护职工的合法权益和切身利益；通过学习研讨会、观看警示片、评选“文明和谐家庭”等途径，长效开展社会公德、职业道德、家庭美德和个人品德教育；深入开展创先争优、解放思想大讨论、党的群众路线教育实践活动；经常性地举办业务培训、技能竞赛和文体活动，先后组织了“中国梦·灌区梦”爱岗敬业演讲比赛暨青年职工教育大会、“五风”整顿教育、灌区优秀党员事迹报告会，用身边事感动身边人；制作了《飘扬的党旗》党建展示灌区精神文明建设成果；组织了“学党史、知国情、庆七一”知识竞赛，回顾党的历史，营造文化氛围；利用四层办公楼建立廉政文化、水文化、党建文化和道德文化4个主题的文化走廊；建立了荣誉室、道德讲堂、艰苦创业史展板等，制作“善行公德榜”和“先进人物榜”，倡导正能量，使职工在潜移默化中升华思想境界。组织“学雷锋志愿服务队”，走乡镇、进协会、入农户，义务提供技术服务，共创文明，互促发展。2013年，在“善行河北”主题实践活动中，先后3次深入文明共建对象——赵县泥沟村进行实地考察和督导，投资10万元完成共建任务；2014年与饶阳县吕汉村结对帮扶；还对威县洺州镇西河洼、前麻固两个村26户贫困户进行了帮扶。

北京供水

以人为本，改革创新打造民生灌区

华北缺水，河北尤甚。

以农业灌溉立身的石津灌区管理局，始终把服务“三农”、保障区域粮食安全、促进区域经济社会发展视为第一要务，把不断深化农业灌溉管理作为灌区工作的重中之重，心为民所想，情为民所系，利为民所谋，精心谋划，科学调度，严细管理，千方百计争取可用水源，最大限度满足用水户需要，圆满完成了历年抗旱保浇任务，促进了受益区农民增收、农业发展、农村稳定，被灌区群众亲切地称之为“及时水”“贴心人”。

近年，灌区依托国家大型灌区续建配套和节水改造项目的实施，累计完成投资4.68亿元，恢复和改善灌溉面积137万亩，工程环境显著改善，持续发展能力得到极大提升，年增粮食生产能力1.8亿公斤，直接经济效益2.66亿元。

通过节水改造，灌区有效水利用系数由原来的0.6提高到0.64。一个春季下来，大约能节水600万立方米。

和节水改造工程实施前相比较，目前石津灌区整体渠系水利用系数提高了5%，一般年份节水能力达到1500万立方米。灌溉工程标准的提高，为许多像南黄龙村一样位于灌区末端、受工程条件制约和水量不足影响而无法引用灌区水的村庄创造了引水条件。

一业兴，百业旺。农业的发展带动了受益区经济的全面发展，深州蜜桃、赵州雪梨等特色果品名满天下，辛集皮革、冀州暖气片、宁晋电缆等特色产业蜚声国内外，成为当地经济社会的支柱产业，有力助推了小城镇和新农村建设，受益范围内11个县（市、区）农民生活全部达到小康水平。

同时，灌区积极倡导“以创新促发展，以创新求突破”的工作理念，持续15年实行指标、水量、水价和水费“四公开”（公开水量指标、水的价格、实用水量和水费账目），输水、计量、收费和服务“四到斗”（输水到斗、计量到斗、收费到斗和服务到斗）的“组财会管，斗渠核算”管理措施。在全省率先推行了参与式管理方式，积极实施基层用水管理体制改革，推行用水户协会管理模式，确保了用水户的双边关系及利益协调。截至目前，灌区受益范围内具有独立法人资格的农民用水户协会发展到18个，占灌区自管面积的100%。水价改革取得进展，基本水费由2元每亩调整到2.6元每亩，农渠口水价调整到每立方米 0.15 元，将农业末级渠系水价纳入政府价格管理范围，逐步推行了面向用水户的终端水价制度，通过价格杠杆，激励渠水市场节约用水，充分发挥有限水资源的最大效益。石津灌区经多年探索形成的地表水灌区终端水价模式也成为当前河北省改善地下水生态的最大工程——地下水超采综合治理中机制体制创新主推的水价改革模式之一。

近年，灌区又推行了三级测站供用水双方签字、测流数据即时上报和每日盘点、水务公开机制，有效保证了测流量水工作的公平公正、阳光透明、诚信经营，赢得了用水户信任，维护了灌区经营管理的信誉度，灌区水费实收率一直保持 100%。

高清视频实时水情监控画面

工程为基，与时俱进打造生态灌区

石津灌区是水利部确定的续建配套与节水改造、水管体制改革、信息化建设和末级渠系改造试点灌区。

作为水利部信息化建设试点单位，投资 2000 多万元构建了以远程通讯、网上办公、资源共享为基础，以渠道监测监控、信息采集传输、运行调度决策和专业数据库开发为核心的信息化保障体系。

为充分发挥有限水资源效益、发展清洁能源，局党委抢抓各种机遇，先后完成了1座水电站的增效扩容改造工程和2座水电站建设任务，效益发挥稳定。第4座水电站2015年开工建设。

在日常综合管理中，灌区强化维修养护，防治水污染，封堵排污排沥品，治理乱倒乱建，沿渠绿化美化。水清、树绿、路整、渠美的生态灌区初具规模。

依托工程水平的不断提升，灌区以高度的政治责任感完成5次向北京供水任务，以优质服务完成多次石家庄市环城水系、滹沱河、衡水湖的生态供水任务，同时与宁晋县盐化工园区达成了工业供水意见。渠水市场得以拓展，为区域经济社会发展提供了更多的水源支持。

2013年4月，水利部领导视察灌区时提出了建设“全国样板灌区”的新要求，局党委十分珍视这一战略性发展机遇，邀请厅领导和相关技术单位专家多次研讨，初步形成了《石津灌区现代化建设规划编制大纲》，为灌区未来发展绘制了远景蓝图。

文明创建促发展，灌区建设谱新篇。在党的十八大精神指引下，灌区将进一步把握发展大势和经营重点，强化“四种思维”，突破思想藩篱，努力营造“清正、清廉、清明”之风，创新驱动，攻坚克难，严细恒进，谱写“文明灌区、美丽灌区”新篇章，为“经济强省、和谐河北”建设再立新功。

链接1 >>>

河北省石津灌区管理局创建“全国文明单位”理性感悟

多年来，石津灌区管理局党委不断探索实践，不断推陈出新，连续11届22年蝉联“省级文明单位”光荣称号，2015年首次赢得了“全国文明单位”殊荣。既是荣耀又是责任，既是压力又是动力，既是休止符又是新起点。

“全国文明单位”是综合性的最高荣誉。创建“全国文明单位”是对一个单位发展综合水平的全面考评，是促进单位科学发展的内在要求，是增强单位竞争能力的必然选择，是提升单位形象和改善职工生活质量的有效途径。

文明是社会发展的标志。人类伴随着文明，才使自己脱离了动物性，它使我们告别过去、告别落后、告别愚昧。然而，文明行为的逆流——陋习，仍随着某些人的不良习惯而扩散、蔓延。现代文明更让人类的生活方式、文明观念、卫生习惯、饮食爱好、公共道德变得越来越进步、越来越有修养。人类是文明的创造者，也是实践者，有遵守文明的义务，也有享受文明的权利。社会要有促进文明发展的有效机制，不能因经济发展而越发浮躁。

文明无处不在。文明并不高深，要靠点点滴滴的小节维系。每个人的随手之举，可能造福单位发展，也可能贻害单位进步，要使自己的文明素质与时代同步，就要不断反省检点自身，扬其善而去其恶，把生活和工作中的陋习消灭在萌芽状态，把文明素质的养成放在关心他人、关心集体的大视野中。播下一个动作，便收获一个习惯；播下一个习惯，便收获一种品格。

文明贵在实践。其实做到文明并不难，但是坚持做到文明就不容易了。所以，我们要以最简单的开始，从最基础做起，向陋习说“不”，并群起而攻之，树立文明新风。把一个单位建设得更美好，不仅仅是领导的事，也是每一个职工的事。讲文明语言，行文明礼仪，养文明习惯，树文明形象，坚决制止不文明行为。只有齐心协力，从点滴做起，从现在做起，为创建文明单位做出积极的贡献，才能把我们的社会建设得越来越美好。

链接 2 >>>

河北省石津灌区管理局职工创建感言

文明创建不仅需要“高大上”，更需要你我他在一点一滴、一时一事、一言一行的实践，只有广泛民众量的积累，才有社会文明质的飞跃。

——副局长　任进虎

通过文明创建，我们的环境变好了，动力变足了，形象变美了。

——综合处　叶　坦

道德从点滴做起，文明从细节做起，和谐从你我做起。

——科技处　张冠楠

保持文明单位，且行且珍惜。

——建管处副处长　骆连强

建文明单位是大家的心愿，创美好生活有你我奉献！

——科技处处长　李国章　水电工程处　刘　倩

一点一滴汇聚你我之力，一心一意铸就文明之举。

——科技处副处长　祁炜宏

讲文明语言，行文明礼仪，养文明习惯，做文明公民，树文明形象。

——党群处处长　曹秀红

百舸争流千帆竞　勇立潮头谱新篇

宁波原水集团有限公司

2015 年 2 月 28 日，喜讯传来，在北京人民大会堂召开的全国精神文明建设工作表彰暨学雷锋志愿服务大会上，宁波原水集团有限公司（以下简称公司）被授予第四届“全国文明单位”称号，这标志着公司精神文明建设迈上了一个新台阶，既是对我们工作的肯定，也对我们树立企业形象、履行社会责任提出了更高要求，我们将向更高的目标前进！

白溪水库

强化班子建设，夯实精神文明建设基础

领导班子不仅是企业发展的火车头，更是企业精神文明建设的引领者，公司坚持强化“四个意识”，加强班子建设，开展学习型企业建设，全面提升领导班子综合素养，夯实精神文明建设基础。集团公司董事长王文成当选全国优秀水利企业家、宁波市人大代表、浙江省优秀共产党员。

公司始终抓好领导班子学习，提高理论道德修养和知识水平，充分利用网络平台，建立数字化教育系统。面对国企改革和企业发展需要，针对分子公司事业单位实行企业化管理的特点，公司将创新思路重点放在机制创新和科技创新。通过出台相应管理办法、根据实际制定绩效考核办法并进行动态修改等，激发员工工作热情、凝聚员工力量；与科研院校合作开展水生态治理、水质保护等研究，建立水生态研究所、水资源监测中心，与王浩院士合作成立宁波首个国有企业院士工作站，并成为省级院士工作站，不断提升公司科技创新能力。

在做好做强企业的同时，通过各项学习教育活动，不断强化服务意识，提高服务水平，更好地为宁波市民用水安全服务，为全市水利事业服务，为全市经济和社会发展服务。

完善组织领导，发挥示范作用

宁波原水集团自2005年成立以来，公司领导始终把精神文明建设与公司经营管理工作同步规划、同步推进。根据文明单位测评要求，制定《精神文明建设规划》《文明单位创建规划》《具体工作实施方案》，对工作目标及具体措施内容进行细化量化，做到通盘计划、分类指导、全面落实。公司中层以上领导干部实行“一岗双职”，把抓业务工作与抓精神文明建设有机结合起来，形成层层抓落实的良好格局。公司还将相关工作列为各部门和员工的年度绩效考核的重要内容。一系列的创建工作让大家的信心、热情、力量悄无声息地凝聚到一起，积极向上、奋发努力的环境逐步形成。

我们重视、维护“文明单位”的荣誉，时刻牢记“公益为主，民生至上”的理念，展现出自身的示范引领作用。通过八座水库削峰滞洪，直接防洪减灾效益年均达2亿元以上；为了保证灌区农业丰收，每年向灌区免费补充灌溉水量达1.6亿立方米。为了改善水库下游地区水生态环境，水库每年向下游河网

供应生态用水2亿多立方米，确保了城乡居民生产、生活及生态环境用水。以对公众的益，填补经济的缺，这不仅是文明单位所必备的素质，更是我们对自身的要求。2014年，宁波“五水共治”全面推进，由原水集团负责建设的钦寸水库、甬新闸泵站、水库群联网联调（西线）三大工程，作为“五水共治”总体方案中“排涝水”“保供水”的重要举措，三大工程同时推进，困难之大给我们提出了考验。甬新闸泵站应急工程工期短、工程难度大，原水集团临危受命，发扬原水人特别能吃苦、特别能战斗的工作作风，用短短195天的时间实现了应急通水目标，创造了宁波水利建设史上的奇迹。

抓好创建载体，营造创建氛围

文明单位是荣誉，更是衡量企业工作的尺子。我们狠抓文明单位工作创建载体，把创建文明单位作为凝聚员工力量的有效途径，作为加强企业精神文明建设工作的重要手段。

一是组建志愿者队伍，做好志愿服务和学雷锋活动。公司组织“亲水使者”志愿者参加公益服务活动，目前志愿者服务大队已发展成宁波市“亲水使者”志愿者总队，“亲水使者志愿服务队”先后获2011年度、2012年度“宁波市先进志愿服务站”，2013年“宁波市优秀志愿服务组织”，宁波市“志愿服务20周年突出贡献奖”，每年均有两位志愿者获得市级“优秀志愿者”荣誉称号。如今志愿者小分队和学雷锋小组经常服务在宁波的城镇和乡村，他们都有个响亮的名字——“亲水使者”。他们积极开展学雷锋活动，实施“原水润青苗”扶贫助学计划，针对宁波主要供水水库周边贫困学子，开展结对助学活动，已有19名员工与19名贫困学子结成一对一助学对子，总计助学款14500元；经常赴水源地开展保护水源活动；认领城市公共绿地养护活动；组织开展捐衣捐被、“慈善一日捐”等捐赠活动，公司每年都从微薄的利润中捐赠200多万元用于库区建设和慈善事业；组织“世界水日”广场宣传和“亲水探源”“原水进社区”等公益活动。同时，公司也积极做好扶贫共建工作，与宁海贫困乡村结成帮扶对子，累计下拨70余万元专项扶贫款和数万元的困难群众慰问金，连续六年选派公司优秀人才担任专职农村指导员，帮助开展新农村建设工作。

二是建立道德讲堂，加强文明风尚传播。公司建立“道德讲堂”，经常开展宣讲活动，邀请林萍等道德模范授课，弘扬先进典型，走进宁波市道德讲堂总堂，组织道德经典诵读等提升全员道德素养；成立原水集团网络文明志愿者队伍，建立宣传平台，当年就有 2 人被评为 2012 年网络文明传播优秀志愿者，公司在宁波市文明单位培训视讯会议上被市文明办领导点名表扬，也是唯一一家在该项工作上受到表扬的单位。公司“原水人”微博在全国职工“劳动我最美”微博大赛中获评优秀官方微博；通过编办《宁波原水报》、建设公司网站，大力弘扬企业文化和水文化，倡导社会主义核心价值观，“宁波原水报”被评为“宁波市优秀企业报”等。

三是开展各种文体活动，营造良好工作氛围。举办趣味运动会，成立篮球、乒乓球、足球、摄影、舞蹈五个活动俱乐部，组织安全生产、廉政法规知识竞赛、书画比赛、联欢会等丰富多彩的文体活动；开展职工技能比武；开展员工生日送蛋糕活动；开展“飘香三月，把美味带给你”女职工烘焙讲堂活动；建立员工活动室；创建市级科普阅览室；每个月开展一次“书香原水”读书交流会，交流读书工作经验；邀请水环境专家和健康专家为员工授课；与河海大学合作开展“专升本”“本升研”员工再教育活动；投入资金改善办公、用餐环境；开展“上上善若原水”员工素质提升工程，通过开展系列活动，达到理论业务素质上层高，身体素质上台阶，公益为先善为本，同事相处若亲

免费提供农业灌溉用水

册，原汁原味保廉洁，品行如水淡名利的目标。

四是做好文明礼仪培育，提倡勤俭节约。公司制订员工手册，对员工文明礼仪行为规范进行约束，邀请礼仪专家给全体员工授课提高员工文明水平；提倡勤俭节约，制定公司日常用品和水电等使用规定，提倡文明用餐，节约用水用电等。

建设生态文明，实现人水和谐

作为一家公益企业，我们始终注重社会效益和生态效益，如何让甬城喝上清甜的水，如何永葆青山碧水，我们进行积极探索与实践。近年来，集团公司多方奔走，邀请国内外水利专家进行生态课题专研、开展校企合作进行人才梯队建设；建立了王浩院士工作站开展水库群联合调度研究及应用，目前该项目已通过审批，正实施建设，为城市水资源优化利用的道路踏出了坚实的一步。水库群联网联调建设将增加 3000 万方以上优质水资源调配能力；投入大量资金建设皎口水库复合生态湿地、横山水库“净水渔业项目”、亭下水库及三溪浦水库生态涵养林；开展周公宅—皎口流域水源地保护与发展规划研究；成功举办“首届中国原水论坛”，分别与中国知名高校和科研机构签订科学技术合作框架协议、水生态保护与生物技术实验基地、高层次人才培养合作协议、饮用水库小流域生态治理科技平台合作协议；与北京大学等科研院所共同组建国内首家原水研究合作非盈利性学术机构——宁波市原水研究院，重点在生态环境保护、文化引领与传播、科技促进水产业持续发展等方面开展研究。通过努力，使我们水库水质始终保持在国家地表水Ⅰ～Ⅱ类标准。公司开展的创新项目多次获得省、市级荣誉，其中公司自主研发的安全生产元素化管理系统被列入水利部实用技术推广重点项目、省水利科技重点推广示范项目和国家安监总局“2013 年重大事故防治关键技术科技项目”；公司企业协会为进一步推动公司科研而开展的“讲比”活动，获省市嘉奖。

原水人为每年给城市提供近 6 亿吨的优质水源而感到骄傲，清纯的水库优质水比重从 2005 年底的 40％提高到现在的 100％。皎口、亭下、横山、三溪浦水库相续进行了加固改造，大坝变新了，管理区变美了，功能得到全面提升，成为优质原水的美好家园。在库区、在社区，活跃着这样一群原水人，他们不定期地开展护绿和清洁水源地活动；不论风雨还是晴天，他们时刻监测水质状况；他们进驻林场，随时关注山林苗木茁壮成长；他们与水库一起积极推动上游污染企业的搬迁，停止集中家禽养殖场；他们走向城镇和库区，宣传爱水、护水、节水理念。是他们的努力让水质有了明显的改善，让宁波人民喝上了优质的原水，实现了企业与自然的和谐，人与水的和谐。

百舸争流千帆竞，勇立潮头谱新篇。宁波原水集团面对新机遇、新挑战，制定新战略、塑造新形象。在未来的发展道路上，原水人将以水资源开发利用和保护为核心，实现经济效益、社会效益、生态效益、精神文明的共同提升，用饱满的斗志和激情谱写原水新的辉煌篇章，用辛勤和智慧打造源远流长的原水事业！

链接 1 >>>

文明铸企魂　创建无止境

羊年伊始，喜讯传来，在 2 月 28 日在北京人民大会堂召开的全国精神文明建设工作表彰暨学雷锋志愿服务大会上，宁波原水集团有限公司被授予第四届“全国文明单位”称号。这是广大干部职工齐心协力、真抓实干、奋力拼搏的结果，是全体原水人的荣耀！融融春日里这份沉甸甸的荣誉，正激发全体原水人以更大的热情与动力，在文明创建的新起点上扬帆远航，不断开创文明创建新篇章。

十年来，宁波原水集团以争创“全国文明单位”为目标，加强领导，深入发动，锐意进取，开拓创新，全面推进，以扎实的工作和丰硕的成果，赢得了社会各界的肯定与赞誉。文明单位创建，重在建设，贵在坚持；持之以恒，久久为功。原水集团在先后获评宁波市、浙江省文明单位之后，以“站在起点”的姿态，化压力为动力，不停滞、不懈怠、不自满，积极探索长效机制，不断深化文明创建。如今，文明的种子已在原水集团生根发芽，并长成枝繁叶茂的参天大树。“全国文明单位”殊荣，便是对我们这份长期坚持的褒奖。

在荣膺“全国文明单位”后，原水集团的文明创建工作又站在一个新的起点上，面对新的征程，我们要时刻保持清醒头脑，始终明白“文明创建永远在路上，只有起点，没有终点”，“没有最好，只有更好”。要以此为契机，再接再厉，乘势而上，以建设更高水平的“全国文明单位”为目标，认真学习领会习近平总书记在会见大会代表时的重要讲话精神，深入贯彻落实中央关于精神文明建设的决策部署，将精神文明建设上升到推动我国“四个全面”战略布局的重要位置，把文明创建工作与为我市经济社会发展提供坚强有力的水资源保障这一中心工作结合起来，紧紧抓住培育和践行社会主义核心价值观这条主线，牢固坚持“以人为本，民生至上”的创建理念，围绕促进人民福祉办实事、求实效，以更高的标准、更严的要求、更大的气魄、更实的举措，推动原水集团文明创建向更高层次迈进。

链接 2 >>>

宁波原水集团有限公司职工创建感言

集原水人之精气神，合力浇灌文明之花。

——公司纪委　蔡锦宇

点滴文明之举，成就辉煌明天。

——外驻钦寸水库工程建设指挥部计财处副处长　赵建峰

原水能走到今天，能被评为“全国文明单位”，作为公司的一员无比荣光和自豪，希望公司能发展得更大更强，精神文明、物质文明持续双丰收。

——横溪水库管道建设项目工程部工程师　王静斐

“全国文明单位”是中央文明委授予创建单位的最高荣誉。原水集团荣获“全国文明单位”荣誉称号体现了中央和省委对公司精神文明建设的肯定和认可，实现了原水人一直为之不懈努力的奋斗目标。这一荣誉来之不易，我们应该倍加珍惜。

——原水集团总经理　卢林全

在创建“全国文明单位”的过程中，各部门职工为公司创建“全国文明单位”付出了很大努力，用现在很流行的话来说就是“大家都蛮拼的”。

——资源开发管理部经理　杨关设

原水集团被评为“全国文明单位”，既是荣誉更是责任，既是压力更是动力。我们应该继续开展和深化文明创建工作，以文明的力量助推原水事业发展，让原水人拥有更多的“获得感”，让水利事业更加辉煌。

——原水集团工会主席　周顺洪

十载春秋育人路　一曲桃李颂文明

浙江水利水电学院

从2004年到2014年，十年间，浙江水利水电学院（以下简称水院）一直在为创建“全国文明单位”而赶考。

2004年，学校被评为“水利部文明单位”；2009年2月，获评“浙江省文明单位”；2011年12月，虽与“全国文明单位”失之交臂，但历经60多年办学的水院人并没有因此而气馁，反而更加坚定了兴学育才、求强思变的决心。2014年12月，水院终于在第四届“全国文明单位”评选中交出一份满意的答卷。

“在漫漫的办学育人道路上，我们坚持把文明单位创建活动与推进学校内涵发展相结合，与提升师生思想道德素养相结合，与提高学校社会服务水平相结合，创出成效，建出特色。”学校党委书记符宁平道出了水院人创建文明单位的真谛。

参加志愿服务不在大小　贵在自觉参与

水院团委微信号将“安徽黟县暑期爱心支教志愿招募令”一发出，不到两日点击率过千，志愿报名人数远远超编。

学生志愿者积极服务“世界水日”“中国水周”主题宣传活动

“只要对志愿主题有兴趣，大家都会抢着报名，每回人气都爆棚。”暑期爱心支教小分队领队朱天宇同学说。

2004年，学校对第二课堂进行规范化管理，尤其是通过建立长效机制推进志愿活动常态化，鼓励学生积极践行雷锋精神。学校成立校、院两级学生志愿者协会，培育注册学生志愿者人数 3000 余人，占学生总数的 43.8%。

每逢节假日，学校各级各类志愿活动遍地开花，“不在志愿服务，就在去往志愿服务的路上”已成为近半数学生的假日生活写照。支援西部计划、服务省欠发达地区志愿活动、参与杭州市学雷锋志愿行动、开展系列水文化专题调研和宣传活动、暑期支教、助力残疾人运动会志愿服务，处处都有志愿者靓丽的身影。据不完全统计，三年来，师生志愿者开展省、市、校级志愿活动达 500 多次。

志愿服务不在于贡献大小贵在参与

学生蒋聪超刚入校时，学长的“做志愿者不求什么，只求一份快乐”一句话让他牢记在心。之后的三年，他积极参与校园无偿献血公益活动，从个人服务到带队参加，始终全心投入、尽力而为。2014 年，蒋聪超因无偿献血贡献杰出，被评为浙江省高校无偿献血爱心形象大使。

学校后勤职工王付湘在校工作 17 年默默无偿献血 55 次，两次获得“全国无偿献血金奖”，2014 年 6 月被评为“浙江好人”。在水院校园里，师生参与无偿献血已蔚然成风。三年共有 1600 多名师生员工参与献血，献血量近 40 万毫升。学校荣获 2004—2005 年度“全国无偿献血促进奖”。浙江省血液中心主任评价水院无偿献血工作是“全省高校的一面旗帜”。

核心价值引领文明风尚　校园满满正能量

2009 年，学校以“立德修身”德育教育工程为抓手，按照“不同年级、不同重点、分段设置、分步实施”的工作思路，开展“感恩于心回报于行”“诚信人生”“水韵大讲堂”等 20 项主题教育实践活动，提升学生思想素质修养、人文素质修养、身心素质修养和职业素质修养，教育引导学生做人、做事、做学问。

作为水利行业的高校，学校还充分发挥校园水文化特色，通过水环境熏陶，开设水文化必修课程，结合专业教育开展系列水专题调研活动，对学生进行全面、系统的水文化和“献身、负责、求实”的水利行业精神教育，以水育人，以文化人。

如今，文明风尚引领校园正能量，美德学子不断涌现。有勇斗小偷负重伤的吴李苹；有坚持为农民工子弟、留守儿童辅导功课的朱晓娟、吴孝芬；有跳入冰冷的污水救起落水学生被授予见义勇为奖的俞瀛、曾祖苗；还有顽强抗争病魔微笑面对生活的陈子双、徐方健……他们都用自己的行动诠释着“文明”的光辉。

文明校园，师德是标杆

“崇德向善的校园文化和优良的教风学风校风的形成，离不开每位教师的自觉行动。作为一名合格的普通老师，我会以学生为本、以爱育人，以更高的要求、标准要求自己，教书育人、为人示范。”建筑工程学院高健教授在竞选校第二届“我最喜爱的教师”时如此感言道。

2012 年起，学校将师德规范纳入青年教师培训计划，实行师德师风失范“一票否决”制，严把教师入口关、上岗关。

学校还通过开展校级优秀教师评选、校级“三育人”评选和“我最喜爱的教师”等系列评选活动，树立先进典型，弘扬文明风尚。年近六甲的老教授郑祖国不辞辛苦远赴新疆，访遍每一位民族学生和家长，了解大三学生的专业实践，帮助落实就业岗位；“专利”教授刘学应为能挤出更多的时间辅导学生竞赛，整整一周时间不回家，与学生同吃同住。

学校扎实开展师德师风建设，取得显著成效。学校先后有 10 位教师获得“全国模范教师”“全国水利职教名师”“省级优秀教师”“省级教学名师”等荣誉称号。

依托优势下基层送服务　共结文明硕果

2013 年底，当把一大摞厚厚的数据信息、调研报告等资料按时提交至浙江省发展和改革委员会和浙江省水利厅时，水利与环境工程学院陈晓东教授长舒了一口气。为了给编制《浙江省农村饮用水安全工程十二五规划》和《2010—2013 年浙江省农村饮用水安全工程工程规划》提供决策依据，10 年来，他和水资源研究团队老师们带着学生冒着严寒酷暑，深入田间地头，足迹遍布全省县级以下多个村镇，收集第一手详实、鲜活的调研资料。

多年来，凭借认真负责、吃苦耐劳的工作作风和细致周到的服务，学校在行业中有了“接地气”“能办事”的良好口碑。近三年，学校抓住“五水共治”有利时机，充分发挥学科优势，积极开展科技与社会服务工作，共承担相关横向课题133项，依托学校产学研企业承担工程项目35项，项目合同额达1.5亿元。学校入选省“五水共治”技术支撑单位，5名教师被聘为省“五水共治技术服务在团技术专家”。

充分发挥学校学科、人才、信息优势，主动送服务到基层是水院创建文明单位成果的有力体现。

“继续教育不能等人找上门，拿现成课程教材应付了事，而是要下基层摸底调研，开设对他们真正有用、急需的课程。”继续教育学院院长何志祥时常把这句话挂在嘴边。近三年来，除了承担从业人员上岗培训、技能等级培训、鉴定、考评和学历教育等水利系统各类继续教育工作外，他带领学院老师赴温州、丽水、台州、金华等地了解基层水利单位需求，把岗位培训班、成人本科函授班办到县里、镇里。据不完全统计，全省共有2.4万多名基层水利工作人员从中获益。

机械专业学生在企业参观实习

学校还通过走访基层单位了解需求，建设与完善4个专业特色自建库，为全省水利基层单位和一线职工提供信息资源服务，被授予“浙江省高校数字图书馆文献传递先进集体”称号。

文明创建还要让百姓共享文明成果。水院牢牢把握住这题中之意，真情帮扶结对村，共建文明惠民生。

2011年底，临安市天目山镇月亮桥村村委会主任张卫荣特意赶到学校，邀请水院师生参加创建月亮桥村举办的全国文明村、市级“精品村”汇报演出。自2008年校村签署结队共建协议以来，学校与月亮桥村互通有无，专家教授每年多次奔赴当地走村访户，为村里建立了图书室、村网站，接通了路灯，帮助沟通协调争取修复水利工程项目，为村里发展生态旅游经济出谋划策。几年来，月亮桥村发生了日新月异的变化，无论是经济发展、环境生态还是文化内涵都有了明显的提升。月亮桥村被评为“浙江省文明村”，并正在创建“全国文明村”。

学校先后牵手台州黄岩市上垟乡石库洋村、黄岩区上郑乡5个贫困村，与他们结下“低收入农户奔小康工程”共建对子，帮助贫困村修建小水电站、治理流域水土流失、解决安全饮用水、争取水利项目和资金，扎扎实实帮助结对村村民改善物质和精神生活。

钱塘春潮涌，十年再奋进，春风育桃李，文明花盛开。水院党委书记符宁平说：“创建文明单位要克服‘牌子到手、创建到头’的思想，要在创建基础上，抓好巩固促发展，抓好提高和延伸，不断提升文明单位建设水平。”浙江水利水电学院正在文明建设之路上昂首阔步，奋力向前。

链接1 >>>

浙江水利水电学院职工创建全国文明心得体会

近年来，学校不断探索，以提升师生思想道德素养为核心、以培养高素质应用型技术技能人才为目标，深化文明单位创建工作，取得扎实成效。

一是抓组织，为创建活动提供保障。文明单位建设是一个内容丰富、牵涉面广、实践性强的系统工程，没有严密的组织领导和有效的工作机制，很难取得实实在在的效果。首先是建立领导机制，形成主要领导亲自抓，分管领导具体抓，部门负责人直接抓的工作局面；其次是建立目标管理机制，坚持把文明单位建设工作列入年度责任目标管理，制定总体规划，层层分解任务，具体到部门成员；再次是人人参与机制，文明单位重在提升师生素质，形成全校师生合力推进学校发展良好局面。

二是抓认识，为创建活动奠定基础。“思想是行动的先导”。创建文明单位首先要解决思想认识问题，在创建过程中，要让全体师生清楚创建的意义及重要性，从上至下统一思想，变“要我做”为“我要做”，积极主动地投入到创建活动中去。学校针对师生中存在的一些热点、焦点、难点问题进行讨论、分析，提出意见和建议，妥善解决。从思想上、情绪上进行引导，为创建活动打下坚实的思想基础。

三是抓载体，充实创建活动的内在活力。文明单位建设是一项综合性、全局性工作，需要形式多样的各种载体做支撑，只有不断创新具有特色的载体，呈现蓬勃的活力，才能推动活动的发展。注重“细胞”建设，扎扎实实开展好每一项活动，将“细胞”创建融入贯穿到每一项具体工作和日常生活中，充实创建活动的内在活力。

四是抓投入，让师生感受浓厚的创建氛围。创建活动中，投入一定的资金抓好硬件建设。为塑造环境优美、秩序良好、服务优质的文明单位新形象，学校对校园环境设施进行了整改，使办学、办公条件和师生宿舍、校园环境得以改善，营造了整洁优美和谐的学习、工作、生活环境。

五是抓巩固，进一步提高、延伸创建水平。学校克服“牌子到手、创建到头”的思想，正确认识创建文明单位的意义和作用，抓好巩固促发展，始终保持创建工作的积极性、连贯性和持久性，大力开展宣传、教育和引导，在巩固的基础上，抓好提高和延伸，不断推动文明单位建设常态化、规范化。

链接 2 >>>

浙江水利水电学院职工创建感言

学校在创建“全国文明单位”的过程中，通过先进典型评选、不断完善规章制度、丰富校园文化生活等措施，形成了崇德向善的校园文化和良好的校风教风学风，提升了学校文化软实力和综合实力。作为一名普通教师，要以学生为本、以爱育人的教育理念，以更高的要求、标准认真学习，提高自身的教学能力和科研技术服务水平，为提升学校的整体形象下建设高水平应用型技术大学添砖加瓦。

——教授　高　健

创建“全国文明单位”，是学校发展进程中的一件大事。作为二级学院的一名普通教师，必须要立足本身工作岗位，以高度的热情、强烈的责任意识、踏实的工作作风和扎实有效的工作业绩，积极加入到学校创建工作中来。在平时工作中，要注重加强政治和业务理论知识学习，不断提高自身修养，努力做好教育教学、科研服务等教书育人工作，为学校的创建工作尽一份心、出一份力。众人拾柴火焰高，在我们大家的共同努力下，学校的社会主义精神文明建设工作一定会取得一个又一个的优异成绩。

——信艺学院党总支书记　杨清刚

学校经过不断的努力创建，今年2月被授予了第四届“全国文明单位”荣誉称号，令人鼓舞，倍感振奋。但文明是一种习惯，更是一种精神，需要我们再接再厉，持之以恒地培育和践行社会主义核心价值观，大力开展学风、教风、校风建设，进一步做强“以水育人，以文化人”的校园文化，为实现中华民族伟大复兴的中国梦做出新的贡献。

——学工部部长　黄正福

“一根筷子易折断，一捆筷子抱成团”的故事告诉我们个人的能力与梦想要放到集体中才能体现出更高的价值。作为一名教师，浙江水院文明单位创建工作，不仅让我更懂得融入与分享，更深刻地体会到作为一名高校教师的责任与担当。“学为人师，行为世范”，我将在自己的本职岗位上勤勉刻苦，在建设以“水文化”为特色的文化校园中不断提升服务青年学生成长发展的能力，为创建积极健康、文明向上的文明校园不断努力。

——团委副书记　宋林君

学校获得“全国文明单位”的消息振奋人心。立足岗位工作，结合学校近期开展的我为核心价值观代言和“四进四信”等学习实践活动，都进一步要求我们认真琢磨，努力探索，不断实践，真正将社会主义核心价值观落小、落细、落实，真正将这份荣誉佩戴在同学们心中。

——学生处教工　汪　洋

作为学生，看着学校为了创建“全国文明单位”而努力奋斗着，我们也有着深深的责任感和满满的荣誉感。尤其发现每位同学都为了达到各项指标而尽自己所能时，感到非常理解和骄傲。平时几天一检的卫生慢慢加强为几乎每天检查。我们最在乎的并不是结果而是过程中学生与老师、学校之间浓浓的情谊！

——学生　严莹云

自从我们学校开展创建“全国文明单位”以后，作为学生确实感受到了很多变化。以前的时候，对于各种检查是抱着应付的态度，而经过最近一段时间的宣传教育，感受到了良好的氛围。看到宿管阿姨卫生老师也不慌张了，当老师来敲门来检查的时候能自信地打开门迎接检阅。这次活动，就算没有拿到奖，也确实起到了效果，传递了正能量，希望这样的活动可以多举行。

——学生　夏天瑞

作为学校一名普通的青年教职工，在学校提出创建“全国文明单位”的第一天起，我和所有的水院人一样，尽我所能去参与、去维护。当得知我校荣获“全国文明单位”殊荣的消息时，内心的骄傲、自豪感油然而生，回想起来，与此前学校升本成功时的心情“一样一样的”。什么是“文明”，我经常问自己。某位同事曰：“不学礼，无以立，文明也。”我表示赞同。同时，高校的“文明”应该体现在每一名学生、教职员工身上，还应该体现在校训、学校精神、校园文化、教学科研、德育教育、学风建设、文明寝室建设、第二课堂活动、志愿服务、社会实践等方面的实践上。我为自己是一名文明的浙江水院人倍感荣耀。

——政治辅导员　徐　涛

作为水院一份子，在创建“全国文明单位”过程中，深深感受到我校以水育人、以文化人的精神所在，我为我校良好的工作氛围和丰富的活动内容而倍感欣慰。虽然过程中有过迷茫，对即将开展的活动的未知性有过担忧，但是现在回想起来很庆幸当时自己能坚持下来，每次都尽自己最大的能力将各类文化建设活动办到最好。这次我校评上第四届“全国文明单位”的荣誉称号，不仅是对我校开展的精神文明建设工作的肯定，也激励我们继续为让学校变成一所高质量的本科院校而努力！

——政治辅导员　李　康

深入创建促管理　精益求精创品牌
倾力打造优质管理、优良效益、优美环境、优秀队伍的大美蚌埠闸

安徽省蚌埠闸工程管理处

近年来，蚌埠闸工程管理处（以下简称“蚌埠闸”）在省淮河局党委领导下，坚持以邓小平理论、“三个代表”重要思想和科学发展观为指导，进一步解放思想，勇于创新，以“三严三实”全面推进“三项管理”，在深化改革上取得新开拓，在现代水利上取得新进展，在经济发展上取得新增效，在文明创建上取得新突破，逐步实现工程管理精细化、经济发展优质化、工作机制科学化、管理手段现代化，为沿淮经济社会发展做出了积极贡献。通过不懈努力，我处取得的各项荣誉不胜枚举，自 1992 年以来，连续 11 届被评为“市级文明单位”，2008 年以来成功蝉联第八、第九、第十届“省级文明单位”，2015 年，分别荣膺第四届“全国文明单位”和第七届“全国水利文明单位”荣誉称号，我们还先后荣获“安徽省卫生先进单位”“全国水利系统模范职工小家”和全省“五四红旗团支部”等称号，文明创建工作取得了累累硕果。

强化组织领导，健全创建机制

多年来，蚌埠闸始终将文明单位建设放在重要议事日程，成立由一把手为组长、分管领导为副组长、相关科室负责人为成员的文明创建领导小组，下设文明创建办公室，实行一把手负责制，做到了主要领导亲自抓，班子成员负责抓，文明创建办公室具体抓，上下联动，层层落实，同时保障与创建有关的经费足额到位，确保了文明创建活动正常开展。明确目标计划，健全考核机制，制定《蚌埠闸精神文明建设规划》和年度工作计划，每年年初与各部门签订文明创建责任书，年底考核兑现奖惩，把文明创建工作与各项管理工作一同部

蚌埠闸水利风景区总体鸟瞰图

署、一同检查、一同考核，实现了以制度管人管事。处领导班子求真务实，廉洁自律，带领全处干部职工积极开拓进取，推进民主管理，圆满完成了上级交办的各项任务，获得各级领导表扬。单位没有发生违法违纪、综合治理、安全责任事故及计划生育超生现象。

公益活动深入，社会效果显著

蚌埠闸按照省、市文明办的要求，积极开展文明创建活动，扎实做好作为省级文明单位创建省级文明城市的各项工作。成立志愿者服务队，制定《蚌埠闸学雷锋活动实施方案》，参加文明交通劝导等常态服务。近处来，先后开展保护山川河流志愿者服务、文明单位志愿者“一对一”对接服务、节假日慰问孤寡老人等各项社会公益活动，与社区结对共建，组织志愿者深入社区义务为社区居民提供清洁卫生、维修家电、量血压、理发等便民服务，号召广大干部职工向困难群众捐献爱心等。在活动中，单位职工积极踊跃参加，通过开展一系列形式多样、卓有成效的活动，提高了职工的素质，也得到了社会的广泛赞誉。

将未成年人的思想道德教育工作根植于单位文化建设之中，以文化关爱来促进青少年健康成长，是蚌埠闸的特色品牌。蚌埠闸凭借得天独厚的工程优势和深厚的文化底蕴，先后被河海大学、安徽水利水电职业技术学院、蚌埠市、禹会区、淮上区授予“信息技术实践教学基地”“实习实训基地”“蚌埠市爱国主义教育基地”“禹会区爱国主义教育基地”“淮上区爱国主义教育基地”和“淮上区青少年道德教育、科普实践基地”，先后接待大中小学生数万人次来我处参观、实习，取得了显著的社会效益。

为进一步扩大文明创建的成果，2013 年以来，蚌埠闸加快双拥共建步伐，完善双拥领导机构，建立健全长效机制，先后与舟桥部队、海校签订军民共建协议书，组织开展共建双拥林、“八一”走访慰问驻地官兵、召开退伍军人座谈会等多种形式和内容的双拥活动，并不定期地邀请部队官兵来我处举行国防知识讲座，把拥军爱国作为开展军民共建活动的主要内容。2013、2014 年度，我处连续被评为“蚌埠市双拥模范单位”。

加强思想教育，推进道德建设

蚌埠闸把职工的思想教育作为重点工作，完善并落实党总支中心组学习制度，坚持每月开展一次中心组集中学习，定期举办干部学习班，以“文明学校”等形式，组织开展学习《公民道德建设实施纲要》、道德经典诵读、“讲文明、树新风，做文明有礼蚌埠人”、荣辱观教育、“四进社区”教育以及以社会主义核心价值观和“中国梦”为主题的系列教育活动，提高党员干部的思想觉悟；制定《蚌埠闸道德讲堂计划》，每年定期举办四次形式新颖、内容丰富、贴近生活的道德讲堂活动，增强干部职工的思想道德建设；设立“身边好人榜”，积极建立健全帮扶礼遇道德模范和“身边好人”的长效机制，深入开展市文明办组织的“我推荐、我评议身边好人”活动，在单位上下进一步推动形成了崇尚、关爱、争当道德模范和“身边好人”的良好风尚，并涌现出一批道德典型。保卫科民警张新国同志舍身忘我三次勇救落水群众、已故高级工程师薛宗富无偿捐献遗体供医学研究、退休职工李正友夫妇无偿爱心献血十七年、职工家属朱苗英老人二十五年如一日照顾瘫痪丈夫等，为职工树立了学习的榜样和正确的价值导向；制定《蚌埠闸勤俭节约制度》，开展“光盘行动”，在全处形成了节约用餐、文明用餐的好风尚。

营造活动氛围，建设先进文化

先后制定了《蚌埠闸读书学习活动的实施方案》《蚌埠闸工作人员文明守则及行为规范》《蚌埠闸文明有礼培育实施方案》，不断推动学习型党组织建设；组织团员青年开展多岗位体验活动，拓宽青年职工的视野；举办闸门运行工岗位技能竞赛、水电站业务知识竞赛等业务比武，激发职工钻研业务的热情；举办特种作业安全鉴定、金属焊接、电工作业、起重作业、安规及业务技术、节制闸自动化控制运用、视频监控系统运用、档案专题知识讲座、公文处

蚌埠闸抢险队员演练气垫船水上救助

理和宣传报道等各类培训，提高职工技能水平，涌现出一批先进的学习典型。刘铁兵、金剑分别获得“全国水利系统知识型职工”“全国水利技术能手”的光荣称号。

坚持开展形式多样的群众性文体活动，每年年初制定《蚌埠闸文体活动方案》，并与“我们的节日”主题活动有机结合。近年来，先后组织开展了卡拉OK大赛、趣味运动会、篮球赛、乒乓球赛、羽毛球赛、湿地长跑等丰富多彩的文体活动以及重阳节离退休老同志参观“五千年文博园”、中秋节走访慰问特困群众、清明节网上文明祭祀等节日民俗活动，每年至少举办2次以上全体职工参加的大型文体活动，通过丰富多彩、健康向上的职工精神文化活动，吸引职工、团结职工，增强团队的凝聚力和向心力。在2014年省水利厅第五届运动会上，省淮河局以总分162分的绝对优势获得团体总分第一名，其中我处独立得分40分，参与项目得分36分。

坚持将文明创建工作渗透到各项管理工作中，以特色文化展示行业内涵，以优质服务凸现行业文明。通过抓创建、建标准、立规范、提素质，先后制定了《蚌埠船闸优质服务活动实施方案》《蚌埠淮河船闸便民利民举措》《蚌埠船闸便民便航承诺》《船闸公司员工管理服务接受监督制度》等系列措施，不仅行业精神得到充分显现，文明程度得到显著提升，而且有力推动了水管各项工作。

工程人员养护启闭机钢丝绳

开设淮河蚌埠闸水利风景区网站和蚌埠闸文明大展台，制定《安徽省蚌埠闸工程管理处门户网站及信息管理暂行办法》，明确专人负责，加大新闻宣传力度，及时更新工作动态，积极向省淮河局网站和省、市文明网投稿。蚌埠闸文明大展台设置了道德风尚、创建活动、业务动态、行业文化、节俭之风、文明传播6个栏目，每月向安徽文明单位大展台上传至少6条反映蚌埠闸创建“省级文明单位”及“三个文明”建设方面的相关图文信息，全面展示了蚌埠闸的文化建设、精神文明建设等方面的工作动态、工作成果和涌现出的先进人物事迹。

业务水平领先，工作实绩显著

蚌埠闸作为安徽水利的名片，工程管理坚持重细节、重过程、重落实、重质量、重效果，在每一个细节上精益求精、力争最佳。以蚌埠闸为试点编写的《安徽省水闸技术管理规范》经省质监局印发；自行研发的“水闸工程观测资料管理系统”，于2010年获得安徽水利科学技术三等奖；在多年实践基础上自行摸索总结的有机玻璃加毛刷封闭吊孔、钢丝绳专用养护油脂两项技术正在申请专利；通过“省一级水管单位”考评，待分洪道加固项目结束后，将立即启动国家级水管单位的申报工作。蚌埠闸工程管理也得到各级领导的高度评价，水利部副部长李国英2014年在蚌埠闸检查防汛抗旱工程时称赞说：“你们的管理环境优美、职工精神状态好，管理水平在全国是顶级的。”

在发挥显著社会效益的同时，蚌埠闸大力发展水利经济，实施水电站增效扩容工程，努力挖掘机组潜能，最大限度地发挥机电设备的功效；秉承“文明诚信、健康安全、和谐畅通、科学精细”的经营管理理念，优化工作流程、强化服务意识、提高服务水平，把蚌埠淮河船闸打造成人船水和谐、管理先进、服务规范的优质企业。2012—2014年，蚌埠船闸和水电站总收入分别为4176.57万元、5261.75万元和5267.32万元，逐年递增，取得了优良的经济效益。

推行民主管理，构建和谐单位

一是将民主管理纳入单位管理体系，重点抓职代会的制度化、规范化、程序化和科学化运作，建立了重大问题提交职代会审议、通过、决定制度。深入践行党的群众路线教育实践活动，通过职代会，广泛开展领导班子和领导干部民主评议，有力地促进了领导班子建设和党风廉政建设，体现了职工当家做主的权利。

二是加强法制教育，全面推进综合治理。扎实推进普法教育，职工的法制观念得到了增强，综合治理状况良好，做到了无领导班子成员发生严重违纪和违法、无员工发生刑事案件、无重大安全生产和食品安全事故、无违反计划生育政策、无聚众赌博、无封建迷信活动，单位内部团结稳定，连续被评为蚌埠市禹会区综合治理先进单位。

注重生态效益，环境显著改善

树立“改造环境、美化环境”的思想意识，开展深入持久的爱国卫生宣传教育，定期进行卫生大检查，在显著位置设有明显禁烟标志，办公区整洁、卫生，环境优美，车辆停放有序；开展保护母亲河活动，清理河道垃圾，长效保洁同步跟进，使单位的环境面貌得到了显著改善。

树立全域蚌埠闸水利风景区理念，加大管理区绿化美化投入，2000 年以来仅绿化美化费用投资超 2000 余万元。近年来，结合水利风景区建设，继续投入力度，特别是针对近几年绿化工作的发展，先后购置了草坪机、喷药机、割灌机、油锯、绿篱机、水泵、洒水车等绿化设备，通过不断对环境的整治和园林绿化方面的投入，蚌埠闸整体面貌得到全面提升，先后荣获“安徽省花园式单位”“国家级水利风景区”“全省绿化模范单位”“安徽省卫生先进单位”和“国家 AAAA 级旅游风景区”等荣誉称号。

千里淮河孕育着勃勃生机，大美蚌埠闸徐徐展开画卷。蚌埠闸将在省局的坚强领导下，锐意进取，扎实工作，向着建设国家级水管单位、国家级绿化单位、国家级文明单位的目标，乘风破浪，扬帆起航，倾力打造“优质管理、优良效益、优美环境、优秀队伍”的大美蚌埠闸，为建设美丽中国奋力谱写中国特色水利现代化事业新篇章！

链接 1 >>>

安徽省蚌埠闸工程管理处“全国文明单位”创建体会

2015 年 2 月 28 日，全国精神文明建设工作表彰暨学雷锋志愿服务表彰大会在北京召开，蚌埠闸被中央精神文明建设指导委员会授予第四届“全国文明单位”荣誉称号，这是蚌埠闸继 2008 年—2014 年连续三届蝉联“安徽省文明单位”以来取得的又一创建成果，是安徽省水利系统首家获此殊荣的单位，同时也是蚌埠闸争创“国家级文明单位、国家级水管单位、国家级绿化单位”三个国家级奋斗目标中实现的首个目标。

多年来，蚌埠闸在省局党委的坚强领导下，高度重视精神文明创建工作，坚持以培育和践行社会主义核心价值观为主线，以社会公德、职业道德、家庭美德、个人品德教育为重点，扎实推进公民思想道德建设，大力倡导生态文明理念，深入开展文明单位创建活动，不断提升职工精神风貌，为单位健康快速发展提供了有力的思想保证、精神动力和道德支撑，创建成果得到了上级部门的充分肯定和社会各界的普遍赞誉。

成绩取得来之不易，当前和今后一个时期，蚌埠闸将紧密围绕“四个全面”不断巩固提升精神文明创建工作，补理想信念之“钙”、铸价值引领之“魂”、强道德建设之“基”，大力传承和弘扬优秀传统文化、优良美德，广泛开展道德模范、身边先进学习宣传活动，弘扬真善美、传播正能量，锲而不舍、一以贯之抓好精神文明建设，引导全体职工以理想信念的定力、改革创新的动力、实际工作的能力履职尽责、爱岗奉献，加快优质管理、优良效益、优美环境、优秀队伍、大美蚌埠闸的“四优一美”建设步伐，为构建“四个淮河”实现“中国梦”做出新的更大的贡献！

链接 2 >>>

安徽省蚌埠闸工程管理处职工创建感言

齐心创建美化家，共建大美蚌埠闸。

——蚌埠闸主任　杨　冰

文明单位文明行，文明环境文明人，文明氛围文明心，文明国家文明魂。

——蚌埠闸党总支书记　邓　林

文明始于心，创建在于行。

——蚌埠闸副主任　张春林

创建热情空前高涨，文明素质不断提升。

——蚌埠闸办公室主任　周家政

统一思想才能统一行动，凝聚共识才能凝聚力量，文明之花才能绚烂绽放。

——蚌埠闸办公室副主任　张　峰

创建是一项复杂、庞大的系统工程，对提高单位的综合实力，提高单位品味、提升职工素质、营造环境整洁等方面起到积极的推动作用。

——蚌埠闸工会委员会主任　高鸿兴

创建连着你我他，众手浇开文明花。

——办公室科员　马　静

创建“全国文明单位”，是每位职工义不容辞的责任，只有不断激发职工参与文明创建的热情，才能形成文明创建的强大合力，把文明创建工作推向更新的高潮。

——蚌埠闸人事科科长　李　洁

文明创建惠及千秋万代！

——蚌埠闸纪检员　王振东

开展文明单位创建活动，我真实感受到的或亲耳听到的就是，蚌埠闸开始创建“全国文明单位”了，创建力度越来越大，绿化越来越多，职工的热情越来越高，综合治理越来越好，最后的就是蚌埠闸越来越美了。

——蚌埠闸人事科科员　何旻缘

文明！是一种正能量！

——蚌埠闸节制闸管理所所长　金　剑

相逢报以微笑，见面说声您好。

——蚌埠闸工程科科员　刘进彦

文明有我，文明也有你，让一个小小的举动体现我们的文明。

——蚌埠闸工程科科员　路国强

以人为本，构建和谐单位；以德管理，彰显文明新风。

——蚌埠闸工程科科员　陈　思

文明是一粒种子，土壤是人类和中华厚重的历史，长成花朵在人的心中开放。

——蚌埠闸水政科科长　吕维东

尚文明之风，言文明之语，行文明之事。

——蚌埠闸景区管理开发中心主任　张文斌

品德高尚的人才能备受尊敬，尊德守礼的人才会更加融入社会。

——蚌埠闸景区管理开发中心副主任　张啸天

文明要从“心”开始，从“口”出发，从“手”做起。

——蚌埠闸景区管理开发中心副主任　宋鹏飞

人人都是文明单位创建参与者，个个都是文明单位建设主力军！

——景区管理开发中心科员　王成甲

文明是公用设施的整洁程度；是在公共场所言行举止对周围的影响所体现关爱程度；是每个人与周围环境息息相关的文化底蕴的体现。

——景区管理开发中心科员　李　丽

文明规范伴我行，争当文明好市民。

——蚌埠闸保卫科副科长　杨洪春

员工素质是单位文明的灵魂。

——蚌埠闸后勤服务中心副主任　张　湧

创文明单位，靓工作环境，提单位品质，升个人素质。

——蚌埠闸水电站副站长　刘铁兵

文明是一个动作、一个眼神、一句话语、一种态度，让我们从细微处创建文明。

——蚌埠闸水电站技术员　张德华

文明人塑造文明单位，文明单位彰显文明人！

——蚌埠闸水电站值长　熊　欣

点点滴滴增强个人文明素质，时时刻刻维护单位美好形象。

——蚌埠淮河船闸公司联络办公室副主任　孙浩轩

争做文明人，以文明求发展，以发展促文明，共建大美蚌埠闸！

——蚌埠淮河船闸公司值班员　闫晓亮

一点一滴汇聚你我之力，一心一意铸就文明单位。

——蚌埠淮河船闸公司值班员　夏仲文

文明花开香满河

焦作黄河河务局

2015 年的春天，对于焦作河务局来说，是一个收获文明硕果的季节。2015 年 2 月 28 日，从全国精神文明建设工作表彰暨学雷锋志愿服务大会上传来喜讯，焦作河务局荣获第四届“全国文明单位”，首次迈入国家级文明单位行列。2015 年 4 月 20 日，从全国水利精神文明建设工作会议上再传捷报，焦作河务局再次保持“全国水利文明单位”荣誉。

文明花开别样红，文明花香沁心脾。一股崇尚文明的新风气，一种传播文明的新常态正在全局浸润延伸……

控导工程雪景

统一思想　高准定位

焦作河务局文明单位创建之路不仅起步较早，而且步子扎得稳。2001 年首次获得“省级文明单位”，2006 年、2012 年两次成功创建“省级文明单位”。2006 年获得“全国水利文明单位”并保持该项荣誉至今。从上至下，全面推进，实现了局属 6 个水管单位全部成功创建省级文明单位的“满堂红”。这是历届领导班子精心培育、浇灌出的一株文明之树，一年年茁壮成长，花香满园，硕果累累。

焦作河务局各届领导班子高度重视文明创建工作，始终坚持把创建任务同业务工作目标任务一同下达、一同考核、一同奖惩。成立了创建工作领导小组，建立起“党组统一领导、班子分工负责、部门齐抓共管”的创建领导体制。并结合焦作治黄工作实际，提出了“突出特色，打造亮点，注重细节，务实求效，全面围绕服务焦作治黄发展搞创建”的工作思路，明确了“顶层谋划、高端定位、整体推进、亮点突出”的创建要求。2014 年，全局围绕创建全国文明单位，科学部署，统筹安排，强力推进。局创建工作领导小组定期召开创建专题会议，研究部署创建工作。创建办负责日常组织协调工作，合理制定月推进计划，周密安排每周具体创建任务，每月定期印发创建活动简报。创建办下设资料组、环境组、督察组，各小组相互协调、定期协商、齐头推进，确保了创建工作高效有序推进。

明确目标　特色创建

走进焦作河务局机关大厅，两侧以“治河为民、人水和谐”“崇尚道德、传播文明”为主题的治黄工作展示墙成为众人驻足观看的一道风景。许多第一次走进焦作河务局机关的人，便是从这里去关注黄河、了解焦作治黄工作、感受焦作黄河文明气息。这仅仅只是焦作河务局创建全国文明单位规划实施的项目之一，从主题推敲到照片甄选、从版面设计到材质选择、从位置确定到工艺安排，都凝结着创建人员的心血和汗水。这两面墙恰似文明创建工作的两张名片，记录着焦作黄河人对创建工作的创新谋划和精细实施。

如何体现创建特色？焦作河务局在文明创建工作方面可谓用心极致。以争创“全国文明单位”为载体，对机关大院及办公楼重新进行规划设计，各区域

拯救挖掘的“黄河号子”入选国家非物质文化遗产名录

主题鲜明，美观大方，各具特色。局领导带队多次进行模拟验收，精细管理，从严要求，发现问题和不足，及时研究解决、整改落实。这些从机关走廊文化建设的整体规划便可感知一二。一楼突出社会主义核心价值观、中国梦，二楼突出黄河名家书画摄影，三楼突出勤政廉政，四楼突出文体活动，办公走廊被打造成为文明宣传的主阵地，即便是楼梯平台处也被充分利用，宣传社会主义核心价值观，真正实现了“让社会主义核心价值观，像空气一样无处不在、无处不有”。

如何扎实推进创建？全局建立起了一套严格的创建工作运行和考核奖惩机制。在创建工作领导小组的领导部署下，各部门目标一致，密切配合，按照局创建工作部署和推进计划，每月自觉认领创建任务并纳入月工作安排，月初认领创建任务，月末考核落实情况，各负其责、各司其职、各尽其力。明确对创建工作造成重大失误和严重影响的单位和部门实行年终考核“一票否决”制，取消评先资格。全局上下齐心协力，齐抓共管，确保了各项创建工作任务落到实处。

对照标准　扎实推进

创建“全国文明单位”是一项复杂的系统工程，涉及方方面面。焦作河务局对照创建标准和目标任务，从薄弱环节抓起，从一点一滴干起，从一言一行做起，以点带线，以线成面，以踏石留印的恒心扎实推进，保障各项工作落实到位。

加强机关环境建设，先后投资50多万元绿化美化机关大院，达到了三季有花、四季常青，内外部环境达到了净、齐、绿、美的创建标准。

加强学习型单位建设，建立起每月中心组理论学习、每周职工学习日活动、定期支部组织学习"三位一体"学习体系，组织干部职工开展各类学习活动，每年坚持开展"送书到班组"活动，连续多年被评为焦作市十佳"书香机关"。

加强服务型单位建设，领导班子每年开展"下基层、大走访"活动，局领导班子成员分赴各自联系点深入开展蹲点调研，与基层单位共话发展，与一线职工零距离交流，认真倾听基层职工心声。近年来，焦作河务局相继建立起《职工重大疾病医疗救助实施办法》《贫困职工子女上大学资助办法》《困难职工爱心帮扶实施办法（试行）》《职工收入持续增长机制指导意见（试行）》《基层困难单位脱贫解困帮扶工作指导意见（试行）》五个民生工作机制。在全局大力推广"情暖一线"工作法，按照"情况在一线掌握，问题在一线剖析，决策为一线服务，情感在一线融合，形象在一线树立，人才在一线锤炼"的工作要求，开展贴近基层、服务基层、服务一线活动。

关注基层发展，关心一线职工。投资30余万元为一线配备"自行式遥控堤坡割草机"，投入200万元为一线配备小型养护机械，投入50多万元将通信网络覆盖至全局21处一线班组，实现了一线班组"庭院公园化、住宿旅馆化、吃饭餐厅化、信息网络化"。每年坚持组织开展"一线班组职工运动会"，坚持开展"送书到班组"活动，丰富一线职工业务文化生活。

加强诚信道德建设，大力弘扬社会主义核心价值观，每年面向一线职工评选"爱岗敬业模范"，开展向"身边的榜样"学习活动。以"提升道德修养，传播文明风尚"为宗旨，定期组织开展"道德讲堂"活动。以"筑梦青春、圆梦黄河"为主题，建立了"焦作黄河青年志愿服务站"。成立了"焦作黄河青年志愿者服务队"和"党员志愿者服务队"，开展多种形式的学雷锋及爱心公益活动。

倾心帮扶，服务群众，先后投资10余万元，认真做好结对帮扶工作，在沿黄（沁）乡村建设了一批生产道路、垃圾池、生活和灌溉水井等项目，赢得社会各界的一致好评。

紧紧围绕"以焦作治黄发展服务区域经济协调发展"为中心，大力开展黄（沁）河生态涵养带建设，营造良好的水生态环境。致力服务焦作市经济转型示范市和美丽焦作建设，先后建成了“引黄入焦”“白马泉引黄供水”等工程，为焦作水城之梦提供了强有力的水源支撑。

文明创建活动的开展，推动业务工作取得累累硕果。“省级文明单位”“全国水利文明单位”“中华全国总工会模范职工之家”“全国水利系统模范职工之家”“全河先进基层党组织”焦作市“先进基层党组织”“五型机关”“中心组理论学习先进单位”等，一项项荣誉，对于承载着共筑黄河梦的1600多名焦作治河人来说，每一项荣誉都是一种新鞭策，一个新起点……

掩卷不恋昨日的辉煌，振臂托举明天的朝阳。和风吹抚沁润人心，文明花开香满大河，成功创建“全国文明单位”为全局进一步加快治黄发展，建设美丽黄河开启了一个新的篇章。在创建文明单位新的征途上，焦作河务局也必将承载新的使命，努力去谱写科学治理、持续发展、人水和谐的绿色壮歌。

链接1 >>>

让精神文明的“软力量”有效转化为治黄工作的“硬实力”

焦作河务局历届领导班子都高度重视文明单位创建工作，自2001年成功创建“省级文明单位”以来，始终常抓不懈，常建常新，2001年首次获得“省级文明单位”，2006年获得“全国水利文明单位”，均连续保持荣誉至今。2015年2月成功创建“全国文明单位”。“搞创建，不只是为了完成创建任务扛回一块牌子，而是要通过创建文明单位，展示单位形象、提高全体干部职工整体素质和文明程度。”

创建文明单位，要学会知势、取势、用势，要懂得借势、借物、借力，要切实抓实、抓细、抓具体。要紧跟社会主义核心价值观顺势而为，要结合黄河治理开发体系与管理现代化建设借势而为，要结合提升道德、传承文明、弘扬文化、凝集力量造势而为。在认识上要把文明单位创建工作作为加强黄河文化建设的一项重要工作和基本途径，在思路上要“突出特色，打造亮点，注重细节，务实求效，全面围绕服务治黄发展搞创建”，在措施上要“顶层谋划、高端定位、整体推进、突出亮点”，以科学高效的创建工作机制保障创建任务落实。

在具体的实施过程中，创建文明单位要强化“两个前提”，突出“三个重点”，做到“四个注重”。“两个前提”是要以全方位的安全管理为前提，以

“零容忍”的态度抓安全，确保各个领域“零责任事故”，为治黄发展营造一个安全环境。要以全方位的党风廉政建设为前提，把好关口，强化监督，从严治党，为治黄发展营造一个风清气正的发展环境；“三个重点”是要以全面提升队伍素质为重点，以树立行业好形象为重点，以展示黄河精神文化为重点；“四个注重”是要注重参与范围，人人参与，上下贯通，左右联动，共创共享；要注重创建过程，不图形式，不走过场，真抓实干，务实求效；要注重创建效果，凝聚人心，提振士气，提升形象，促进工作；要注重工作创新，从内容到要求，从管理到措施，要突出以人为本，常抓不懈，常抓常新。

创建“全国文明单位”是一项复杂的系统工程，涉及方方面面。我局对照创建标准和目标任务，从薄弱环节抓起，从一点一滴干起，从一言一行做起，通过全体干部职工的共同努力获得此荣誉，对于我们来讲，这是一个新起点，同时更是一种新鞭策。“创建工作永远在路上”，只有起点，没有终点，今后我们要将荣誉转化为动力，进一步提升工作标准，拉高工作标杆，增强创新创优能力，从严要求，自我加压，通过人性化、科学化、联动化、高效化的管理，打造文明单位创建长效工作机制，承载治黄工作使命，加快治黄发展步伐，为实现焦作黄（沁）河“河流健康、民生发展、生态文明”的总目标谱写新的篇章。

链接 2 >>>

焦作黄河河务局职工创建感言

创精神文明新风，建美丽焦作黄河。班子团结、部门配合、职工支持是创建成功的前提；精心策划、周密部署、实干苦干是创建成功的关键。改善办公环境、提升职工素质是文明创建的目标。

——党组书记、纪检组长　刘　巍

单位整体办公环境有了明显改善，职工精神面貌显著提高，言语交流更加文明，衣表搭配更加得体，每个职工的内外兼修使单位形象得以提升，打造了焦作治黄新形象、新气势！

——供水分局副局长　耿金一

宣传更加深入、活动更加丰富、环境更加优美、纪律更加严格、作风更加扎实、效率明显提高，服务更加高效。

——监察室主任　续友德

我们都在同一个“文明课堂”上，朝着共同的目标努力。在创建“全国文明单位”的同时，使我们每个职工的精神境界得以升华。被文明和谐的氛围熏陶，被公益活动的爱心感染，更被我们基层职工不畏苦难、守护黄河岁岁安澜的决心和坚定感动不已。

——办公室科员　杨海燕

创建“全国文明单位”，于单位、于职工个人，均是一项巨大的挑战。绿化、美化机关环境，积极参与各项志愿活动，营造了浓厚的创建氛围。对于青年职工而言，创建“全国文明单位”是提高自我修养、增强内心素质的良好机会，也是自发、主动保持先进性的推动剂。

——人劳科科员　张　衡

单位的整体面貌有了进一步的提升，职工更加爱岗敬业、更加文明礼貌，工作环境更加优美。大家团结友爱、坦诚相待、凝心聚力，形成了积极向上、奋发图强、共治黄河的大好局面。

——科技科科长　马吉星

创建“全国文明单位”，对自己触动很大，特别是个人思想得到进一步提高，深刻认识到深化水管体制改革工作的重要性，只有不断提高工作效率和服务水平，才能更好地做好自己的本职工作。

——离退科科员　刘志潜

春来江水绿如蓝

湖南省南津渡水电站

在具有两千多年历史的湖南历史文化名城零陵南郊，上世纪90年代初，崛起了一座年轻的水力发电企业——湖南省南津渡水电站。在湖南省文明委和永州市委的正确指导下，湖南省南津渡水电站文明创建工作以科学发展观为统领，以“创新南电品牌、跨步科学发展、传播水利文化、彰显和谐文明”为准则，积极践行社会主义核心价值观，发挥“道德讲堂”的阵地作用，传播正能量和优秀传统文化，倡导志愿服务，模范履行国企社会责任，着力提高企业文

大坝

明程度和职工文明素质，努力构建文明南电、和谐南电、发展南电。在文明创建之路上，注重提炼企业文化，形成了南电“五 A”特色企业文化，对文明创建起到了直接推动作用。

巩固长效机制，凝成文明共识

在文明创建进程中，我站建立了由党政领导牵头主抓、党政工团密切配合、全站职工广泛参与的创建工作机制。制定了《湖南省南津渡水电站创建全国文明单位工作规划》《湖南省南津渡水电站职工文明手册》《湖南省南津渡水电站“五 A”文化手册》等。把文明单位当作“企业精美名片”予以推介，当作“发展精神旗帜”始终高举。在宣传橱窗、《南电人文》、“南电综合信息网”等平台上，大力宣传创建活动中涌现出来的先进典型，总结创建经验与成果，凝聚职工精气神，形成创建工作合力。

抓好“三个结合”，推进文明进程

一是与企业生产经营发展重点工作相结合。近年，我站重点开展了安全生产标准化建设、发电机组增效扩容、水工建筑除险加固、闲置土地开发利用、排渍泵站自动化改造等工作。在推进重点工作进程中，我站始终坚持文明生产、文明施工、文明用工，把文明理念贯穿于企业生产经营活动中，体现人文关怀和人本管理，构筑身心舒畅、和谐文明的生产工作环境。生产经营取得了显著成绩，连续三年产值过亿元大关。二是与党的群众路线教育实践活动等党建工作相结合。以群众路线教育实践活动为推手，规范基层组织建设，推动文明创建工作，对存在的“四风”问题和职工群众反映的焦点问题进行了认真整改落实。密切了党群干群关系，形成了风清气正、心齐劲足的工作氛围，促进了文明创建工作。三是与发挥企业社会责任相结合。近几年，我站大力支持库区和谐社会主义新农村建设。积极落实中央、省委一号文件精神，按照省水利厅党组和永州市委部署，抓住水利发展黄金机遇，消除水利隐患，改善民生水利条件，投入近千万元履行企业社会责任。改造冷浸田 300 余亩，修复灌溉渠系 50 公里，架设改造“便民桥”20 余座，为村民群众抽水抗旱灌溉 800 余小时。关键时刻宁愿少发电，也要支持农业生产，打通惠民工程“最后一公里”。真心付出，赢得当地百姓普遍好评，取得了良好的社会效益。

重视软件建设，夯实文明基础

20年持之以恒倾注于文明创建工作，营造了“人人讲文明，个个知荣耻”的健康向上的南电大环境。近年举办演讲赛、安规比赛、技术比武、反事故演习、知识讲座、业务培训20余次，参加人员达1500余人次。鼓励职工自学成才、岗位成才。60余人获得本科以上学历，16名职工考取建造师、会计师，28人获得技师或高级技师资格，102人获得中级技术职称，29人获得高级技术职称。学技术、钻业务蔚然成风，一大批青年技术人才迅速成长，成为企业改革和发展的中坚力量。为搞好职工活动阵地建设，多年先后投入1000多万元对俱乐部、篮球场、门球场等活动场地进行改造和装修；投入2000余万元用于厂区、生活区的园林绿化建设，美化了环境，建成了园林式单位。

在加强硬件建设的同时，积极用健康向上的文化活动引导和丰富职工精神生活，采取各种措施，努力营造积极健康的文化氛围。做到职工健身活动天天有，文体活动月月有，站部大型活动年年有，形成了富有南电特色的文化氛围。先进独特的企业文化，进一步折射和展现了勤奋团结、开拓进取的企业文明形象。

坚持教育引导，提高职工素质

多年来，在全站开展“争创学习型组织，争做知识型职工”活动，打造“书香型”企业。工会、党办每年订购相关书籍发到职工手中，组织学习讨论，写心得，谈体会。《做最好的干部》《金牌工人许振超》《理论热点面对面》《责任面前没有任何借口》等都是近年重点学习读物。开设“道德讲堂”，开展“五个一”活动。举办中层管理人员培训班，党委书记、站长等亲自授课，专谈干部决策、执行、创新“三种能力”建设，号召管理人员做“最好的干部”，加强党员干部队伍建设，提高干部职工整体素质。每年还组织党员干部观看反腐电教片和老一辈无产阶级革命家的优秀事迹，教育党员干部廉洁奉公，公私分明，勤俭做人；开展廉政风险防控工作，落实党风廉政建设责任制，把责任制融入到生产、采购、基建、财务、人事等各项管理制度中。加大效能监察力度，深化治理商业贿赂专项工作，保证工程安全、资金安全、干部安全。

加强队伍建设，发挥示范效应

人是生产力各要素中最活跃的因素。在文明单位创建巩固历程中，我站十分注重激发人的作用，发挥文明示范效应。站党委坚持“人人是人才，个个有舞台”的人才理念，尊重职工企业主人翁地位，不断激发职工潜能，开展了岗位优化、定岗定责、青工培训、干部选拔系列工作，根据人才青黄不接的现状，制定了人才引进培养十年规划和青年职工教育培训暂行办法。调整提拔了一批中层骨干，交流中层干部 16 人次，撤并内设机构 2 个，减少编制 70 个。在群众路线教育实践活动中，清理兼职、返聘人员，适应泵站自动化改造需要，调整库区排渍站工作模式。全站职工双向选择，竞争上岗，提岗必考，职工学习积极性、工作责任心明显提升。近年，站党委坚持下基层和谈话谈心制度，站领导倾听干部心声，指出优缺点，着重对工作中存在的不足提出指导意见，帮助谈话对象提高认识，抚慰心绪，鼓舞斗志，凝聚人心。经过系列主题活动，树立了干部队伍团结、协作、奉献、实干的良好形象，干群关系和谐融洽，安全文明生产呈现良好势头。2012 年，被水利部授予“全国水利系统人

发电厂区

才工作先进集体”。

通过文明创建活动，优秀集体和个人不断涌现，出现了示范引领效应。2013 年涌现出十大“爱岗尽责先进人物”；2014 年在党的群众路线教育实践活动中，涌现出 2 个“群众路线好支部”、10 位“群众公认好党员”，一批爱岗敬业、年富力强、业绩突出、热心服务的优秀群体和个人脱颖而出。如坚强、达观、热爱环保、乐于奉献的技术骨干——生产技术部信息管理班班长文艺琳同志；爱党爱站、急公好义、好学上进、爱岗尽责的青工典型——运行车间机电专责人兼代班值长王朝晖同志；二十年如一日坚持义务为职工维修家用电器的“雷锋家乡学雷锋”先进个人唐顺山同志。电站被授予“全国水利系统模范职工之家”、永州市“先进基层党委”、集团公司“三比三看”优胜单位、市区“安全生产、平安创建先进单位”等荣誉称号。

紧扣安全生产，助推企业发展

经济发展是文明单位创建工作的中心环节，全站按照“安全、文明、发展”的工作思路，围绕经济抓创建，抓好创建促发展，取得了显著效果。抓住水利工作黄金发展机遇，参与“四水”治理，开展水利设施除险加固、机组增效扩容和排渍泵站改造工作。健全三级安全管理网络，开展安全生产月活动，推行精细化管理，强化师徒培训，开展技术比武，加强优化调度和现场管理，出台增效扩容、节能降耗、企业文化建设及生产经营 1000 分制目标考核任务分解等方案，在主要生产部门实行安全生产目标管理，奖优罚劣，营造了你追我赶、创先争优的良好氛围。2013 年在厅直系统率先实现安全生产标准化二级达标。

南津渡水电站职工生活区一瞥

同时加大外联内引力度，多种经营稳步发展。该站大坝工业小区基本实现向低碳环保转型，总产值过亿元，每年可消耗富余电能 1 亿千瓦时，创收 3000 多万元。积极承接代维代运代培业务，先后为湖南、广西、湖北、浙江共 12 家电站提供技术服务、承担机电安装、机组检修等业务，甚至走出国门远赴喀麦隆提供技术援助。2004 年，在全省水利系统率先成立职工集资参股的民营股份企业——津鑫公司，建成五洲亭水电站，2010 年进入房地产开发领域，民营经济正呈现蓬勃发展的喜人态势。“一主两翼，三园四型”企业战略稳步推进，企业发展进入了快车道，践行了“为国家创造财富、为社会承担责任、为员工谋取幸福”的庄严承诺。

珍惜文明荣誉，引领文明风尚

南津渡水电站 1998 年获得湖南省“水利系统精神文明建设先进单位”，2002 年荣获“省直文明单位”，2004 年荣获“全国水利系统文明单位”，2006 年荣获“省文明单位”，2010 年荣获“省文明标兵单位”，2014 年 12 月，中央文明委授予南津渡水电站第四届“全国文明单位”荣誉称号，文明之花节节高。获得“全国文明单位”后，党委在全站发起了“文明行动在南电”系列活动，弘扬社会主义核心价值观，引导职工自觉珍惜文明荣誉。在全站开展文明问卷调查，了解职工文明呼声，传递企业文明要求，号召广大职工说文明话，干文明事，做文明人。300 多名职工集体宣读“南电文明誓言”开展“我与文明生产（工作）大讨论”“文明行动随手拍”“文明骑行宣传周”“为永州母亲河——潇水美容行动”“五 A 文化巡回宣讲交流”“文明，从我做起”演讲赛等系列活动，站内开设便民热线“66110”，为职工提供文明志愿服务，并做好职工家属文明劝导工作，壮大企业志愿服务队伍，积极参与社会志愿组织活动，把文明单位建设与零陵区文明社区、文明小区建设相结合，帮助福寿亭、沙沟湾社区开展文明创建活动，引领零陵区水利局结对共建文明单位，传播水利文化，凸显水利职工文明形象。

链接 1 >>>

创建文明单位　提升企业软实力

湖南省南津渡水电站成功创建全国文明单位，大大提升了企业软实力。

一、文明创建犹如春风，润物无声

1991 年，南津渡水电站建成投产发电。新建电站年轻人多，大多为刚走出校门的大学生，整个电站富有朝气，文体活动多，职工干劲足。1994 年到

2000年，年年有班组、车间等被评为“湖南省青年文明号”，年年有优秀青工被评为“湖南省青年岗位能手”；2000年，运行车间被评为“湖南省十大杰出青年文明号”。文明“号手”活动的蓬勃开展，带动了一大批青年职工主动学技术、钻业务，对洋设备进行技术革新。文明“号、手”活动是我站文明创建的先声。

1998年湖南省水利系统精神文明建设经验交流会在南津渡水电站召开，南津渡水电站被授予“全省水利系统精神文明建设先进单位”，并在会上作了典型发言。2002年南津渡水电站被湖南省直属工作委员会授予“湖南省省直双文明建设先进单位”；2004年被水利部授予“全国水利系统文明单位”；2006年被省委省政府授予“湖南省文明单位”；2010年，被授予“湖南省文明标兵单位”，并连续通过部、省复查验收。2014年，被中央文明委授予“全国文明单位”。文明创建工作犹如春风化雨，润物无声，职工文明素质不断提高，企业文明程度不断上升，文明创建促进了安全文明生产，推动了企业改革和发展，也为行业、区域经济社会的发展做出了重要贡献。

二、文明创建犹如清泉，涤人心田

国有企业普遍存在“大锅饭”现象，人浮于事，苦累不均，职工工作积极性受到影响。近年，南津渡水电站也出现了劳动纪律松弛、职工追求享乐、进取精神减弱等情况。为调动职工积极性，站党委双管齐下：一是加强劳动纪律检查，加大经济处罚力度。采取人脸识别打卡机考勤，减轻劳动纪律检查人员的压力，也减少人为感情因素的影响。执行一年来，劳动纪律状况明显好转。二是借文明东风，开展“文明行动在南电”活动，清除职工头脑中的“庸、懒、散、奢”，注入正能量，振奋职工精神。通过集体宣读“南电文明誓言”“文明行动随手拍”“文明＋文化宣讲月”“文明，从我做起”演讲赛等系列活动，在全站掀起了弘扬文明风尚、珍惜文明荣誉的热潮。

三、文明创建犹如醇酒，历久弥香

文明创建工作时间越长，职工受文明熏陶越深，文明风尚保持得越好。通过文明创建活动，南津渡水电站好人好事层出不穷，优秀人物和集体不断涌现，出现了示范引领效应。2013年涌现出十大“爱岗尽责先进人物”；2014年在党的群众路线教育实践活动中，涌现出2个“群众路线好支部”、10位“群众公认好党员”，一批爱岗敬业、年富力强、业绩突出、热心服务的优秀群体和个人脱颖而出。2013年，积淀20年精神文化发展成果，提炼形成了南电“五A”企业文化，倡导“道德五律”“文明八礼”“行为十零”，提出了职工基本道德修养、文明规范和职业要求。2010 年成立了“潇水扬帆”青年志愿者服务队，开展扶贫帮困、抗震救灾、捐资助学、无偿献血及关爱老年职工等公益行动。

通过持续不懈的文明创建工作，南津渡水电站文明成果突出，职工具有良好的文明意识，自觉遵守公民道德和社会公德，弘扬社会主义核心价值观，说文明话，办文明事，做文明人，创文明家园。但文明创建工作只有起点，没有终点。站领导班子决心带领广大干部职工“团结拼搏，追求卓越”，以饱满的热情铺就一条美丽的南电文明之路！

链接 2 >>>

湖南省南津渡水电站职工创建感言

讲文明，树新风，文明创建永远在路上。

——站长　罗广林

讲文明话，行文明事，做文明人！

——党委副书记　王朝佑

用我们的一言一行，净化我们的环境，美化我们的家园，提升我们的生活！

——副站长　陈敬明

文明创建有苦有乐，过程是艰辛的，成果是丰盛的。

——南电实业开发公司总经理　李建红

春天用花儿装扮世界，我们用行动诠释文明！

——党办主任　陈海珍

拾起一片纸，关掉一盏灯，培养文明卫生节约的好习惯！

——办公室秘书　欧阳亚晖

见面点头微笑致意，接拨电话先说“您好……”已经成了我们的习惯！文明气息洋溢在南电每个角落！

——运行车间技术专责人　王朝晖

文明行动在南电，引领文明风尚，传承水利文明。

——党办副主任　谢启林

清理楼道杂物和楼梯死角，整理车辆乱停乱放等，虽然辛苦并流着汗，但我们面带微笑，因为我们有了清洁舒适的家园，有了健康美好的生活！

——离退办副主任　唐顺山

文明创建我是一员，从我做起，争当文明先锋。

——库区管理所所长　李海燕

文明生产，文明礼仪，文明行车，文明记心中。

——办公室司机　盛卫东

文明单位来之不易，我们要像爱护发电机组一样呵护我们的文明荣誉。

——检修车间机修班长　屈其林

单位环境就是社会环境，职工形像就是单位形象。

——后勤基建科物业管理员　邓　明

尊老爱幼，相互谦让，勤俭持家，邻里团结。

——工会出纳　吴艳云

“全国文明单位”的创建成功，作为本站的一名职工，深感骄傲和自豪。

——水工管理所运行班班长　罗晓明

创建“全国文明单位”，提高了广大职工的思想素质、道德素质、文化素养。

——退休职工　蒋光秋

嘉陵江畔的文明使者

南充康源水务集团公司

川东北的五月，大地一片翠绿，处处生机勃勃。

5 月 25 日，是南充康源水务（集团）有限责任公司 676 名职工值得骄傲的日子，公司党委书记、董事长、总经理杨松从省文明委接过了“全国文明单位”的授牌。

在 64 年的岁月中，历代康源水务人薪火相传，艰苦创业。尤其是改革开放 35 年特别是近 10 年以来，康源水务集团公司坚持以精神文明建设为动力，以创建“全国文明单位”为抓手，推动企业不断登上新的台阶，目前拥有 5 个全资控股子公司，日供水从 0.3 万吨到 28 万吨；新增污水处理厂 2 座，日污水处理能力达到 15 万吨；资产规模从 30 万元扩大到近 9.5 亿元；集团公司 2004 年成功创建“省级最佳文明单位”，先后荣获了“全国模范职工之家”“全国建设系统基层思想政治工作先进单位”“省级先进企业”“省级创先争优先进基层党组织”“省级先进基层纪检监察组织”“省级安全文化示范企业”“省级卫生先进单位”“省级模范劳动关系和谐企业”等 200 多项荣誉，为南充建设开放、法制、生态、繁荣的川东北中心城市做出了重要贡献。

创建“全国文明单位”的难点是什么？康源水务人用他们的创建实践作出了回答：把创建文明单位的组织机构健全了，把职工对创建文明单位的思想认识高度统一了，创建工作就有了成功的基础。

供水服务热线

康源水务集团公司的前身是组建于上世纪 50 年代初的南充市自来水厂，从一个日供水不足万吨的小型单一供水企业，到国有二级供排水集团，在这条极不平坦的跨世纪发展道路上，康源水务集团公司的每一次飞跃，无不与“创建文明单位”紧密地交融在一起。

1986 年，成功创建“市级文明单位”；

1990 年，成功创建“地区级文明单位”；

1995 年，成功创建“市级最佳文明单位”；

1997 年，成功创建“省级文明单位”；

2004 年，荣获“省级最佳文明单位”称号。

在 18 年时间里，康源水务集团公司实现了创建文明单位的“五级跳”。当集团上下还沉浸在成功的喜悦之中时，集团公司党委一班人已经开始在谋划一个更高的目标——创建“全国文明单位”。

其实，他们有了“五级跳”的实践经历，对创建“全国文明单位”已是胸有成竹。然而，在研究创建“全国文明单位”的第一次专题党委会上，党委成员一致认为，从市、地区、省级、省级最佳文明单位的创建过程看，文明单位的创建对集团公司事业发展的推动促进作用是显而易见的。但是，也有班子成员提出，创建“全国文明单位”是精神文明建设工作的最高奖，难度也是显而易见的。集团党委书记、总经理杨松却铿锵有力地对班子成员阐述自己的认识：“如果说‘全国文明单位’的标准更高，创建难度更大的话，那么难点就是两个：一是能否有一个坚强有力的创建机构，二是全体职工的思想认识能否统一到创建工作上来。而要破解这两个难题，关键还在于党委班子的认识是否到位。”就是在这次会议上，集团党委通过反复讨论，最后决定，乘成功创建“省级最佳文明单位”的东风，向“全国文明单位”发起冲刺。

这一天，党委会议室墙壁上的挂历显示的是：2008 年 2 月 25 日。

在以后召开的几次创建“全国文明单位”专题党委会上，又进一步讨论明确了“巩固、深化、创新、提高”的创建工作指导思想，拟定了“以创建‘全国文明单位’为抓手，总揽集团工作全局，把创建工作纳入年度工作总目标”的创建思路，决定将“全国文明单位”的创建与企业的各项重点工作同部署、同落实、同检查、同考核、同奖惩。

思想认识高度统一后，创建工作的组织机构很快得到充实和加强——党委书记、董事长、总经理杨松担任集团精神文明建设委员会主任，党委委员、各基层单位党支部书记、工会、共青团、妇委会等相关部门“一把手”为成员；集团公司精神文明建设委员会下设 9 个精神文明建设领导小组，全面负责公司精神文明建设工作的组织领导、协调、管理等工作。

指导思想和创建思路明确以后，创建工作的方案和举措迅速推出——南充康源水务集团公司《创建全国文明单位总体规划》正式出台，并印发到各个基层单位组织员工学习贯彻。《创建全国文明单位目标任务分解表》和《创建全国文明单位考核细则》两个操作性极强的文件同时下发到集团公司每个员工手中；明确各部门“一把手”既是部门业务工作的第一责任人，又是部门精神文明建设工作的第一责任人，真正做到“两手抓、两手都要硬”；紧接着，旨在培育“文明细胞”的“文明科室”“文明班组”“文明职工”“文明家庭”的评比表彰细则出台，把精神文明建设任务落实到了部门、班组和每个职工。随着创建机构的充实和创建举措的完善，集团上下形成了一级抓一级，一级带一级，层层抓落实，党、政、工、青、妇齐抓共管、合力推进的格局。

创建“全国文明单位”的重点是什么？康源水务人秉承在市、地区、省级和省级最佳文明单位创建中的成功做法并将其发扬光大：把集团公司事业的发展壮大和服务质量与水平的提升作为创建文明单位的出发点和落脚点，创建活动始终沿着正确的方向迈进。

康源水务人认为：“全国文明单位”创建活动是水务事业发展的抓手，促进南充水务事业发展和做大做强企业是创建“全国文明单位”的终极目的。这种共识的形成，得益于创建活动启动之前集团公司党委和精神文明建设委员会大量反复与深入细致的宣传动员工作——集团公司党委成员每人定点联系一个或几个基层党支部，分别深入到联系点去做宣传发动工作，认识不统一不“收工”；集团公司精神文明建设委员会成员负责结对消除自己所在部门个别职工的思想顾虑，“心结”不打开不“放手”。

有了共识，就会产生强大的合力。创建工作就像一艘远洋巨轮，沿着“促发展，提质量，上水平”的正确航向，起锚远航。

安全生产，是供排水企业的生命线。抓好了安全生产就等于牵住了水务事业科学发展的“牛鼻子”。

正是基于这样的“底线思维”，康源水务集团公司以文明单位创建为契机，全面完善了安全生产管理体系，成立安全生产管理委员会，增设安全生产职能部门——安全风险部，层层签定《安全生产承诺书》，形成了公司、部门、班组、个人四级安全生产管理体系，消除了安全生产的“责任盲区”；还先后出台了《安全生产通则》《安全生产责任制》等23项管理制度，明确了各岗位的安全生产职责；加强安全宣传教育，制作安全宣传橱窗，悬挂安全标语，设置安全警示标牌，在《康源水务报》和公司网站上开设安全生产专栏，着力构建

“安全你我他，幸福流进家”的安全文化主题思想；常年坚持两周一次的安全生产例会、每季度一次和节假日前的安全生产大检查以及公司领导班子成员节日值班制度，加大隐患排查治理力度，把安全隐患消灭在萌芽之前；每年坚持开展夏季高峰安全优质供水劳动竞赛，定期举行灭火实战演练等岗位技能培训和岗位技能比赛，提升了职工专业技能和处置突发事件的能力。

供水抢险

一系列安全生产措施的落实，遏制了重特大安全事故发生，集团公司连续多年实现了“零事故”。

水质和服务，是供排水企业的两张“名片”，为市民提供优质的饮用水和一流的供水服务，就是塑造亲民为民的“水务品牌”。

正是有了这样的品牌意识，康源水务人秉承“用户满意是我们的目标”的宗旨，以开展党的群众路线实践教育活动为动力，把解决民生问题作为工作的出发点和落脚点，大力整治“门难进、脸难看、事难办”以及“慵懒散浮拖”等问题，从快从实解决“水务民生”难题，全面提升供水服务品质。

在南充市众多的“窗口单位”中，康源水务集团公司的产品质量和服务水平走在了前列，广泛被南充市民称颂。

2012—2014 年，集团公司完成自来水销售水量 18892.32 万吨、经营总收入 7.86 亿元、交税 5221 万元，各项经济指标均达到了建司以来的最高水平。

近三年，集团共完成户表工程安装 76736 户，抢修及时率和合格率达 99%以上。三类在网水表准确率达到 98%以上，抄表及时率和准确率达 98%以上。用户满意率由 94.92%提高到目前的 99.36%。

三年来公司接待来电、来信、来访 330 多个，信访回复率达 100%、来电来信来访办结率达 100%，用户满意率达 98%以上。

这些看似枯燥的数据背后，沉淀的却是康源水务人的开拓与创新，拼搏与实干。

便民利民，服务承诺到位。坚持开展优质服务活动，开通 24 小时服务热线电话、短信服务、预存水费和银行代收水费服务，缩短“一户一表”申办时间，完善《社会服务承诺制度》和《社会服务承诺内控制度》，定期召开用户座谈会和服务满意度评价进社区活动，坚持推行首问责任制和限时办结制，有效杜绝了“门难进、脸难看，办事无人问津”的不良现象。

解急救难，抢修及时到位。加大对维护人员的技术培训，力争在最短时间赶赴现场，恢复供水，把停水给市民带来的不便降到最低限度。

强化监管，检查督促到位。每月召开一次语音服务热线情况专题汇报会，举行一次供水服务热线一小时内联系用户专项治理，采取集团纪检监察部门到供水服务热线中心现场办公的新举措，发现存在的问题当即提出改进措施，使窗口部门服务的用户满意率由最初的94.92%提高到目前的99.36%。

信访接待，解疑解难到位。坚持每周星期四领导信访接待制度，对用户反映的用水问题，及时限时办结并反馈用户。用户来电来信来访集团分管领导第一时间介入，主动做好政策宣传，提出切实可行的解决办法，做到让信访投诉用户“带着不满意而来，带着满意而去”。

创建“全国文明单位”的顶点是什么？康源水务人用创建实践做出了深刻的诠释：促进员工素质的全面发展和企业“软实力”的整体提高，实现了行业风气的不可逆性根本优化，创建活动才达到了最高的境界。

员工素质、企业文化、行业风气，被视为水务企业“软实力”的三大构成要素。

康源水务集团公司的领导班子深谙“软实力”对一个以供排水为骨干业务的“民生企业”长远发展的重要性。2013年集团公司对企业内部刊物《康源水务报》进行改版时，党委书记、董事长、总经理杨松主动担任第一责任人，重新组建《康源水务报》编辑部，这个“高配”的编辑部，足以透视出集团公司党委对企业“软实力”建设的态度。

“态度决定高度”。对企业“软实力”建设的态度，决定了一个企业“软实力”的高度。

目前，康源水务集团大专以上文化程度的职工达到了职工总数的50%，具有专业技术职称的职工占在岗人数的17%。志愿服务队由2支增加到9支，队员由原来的26人，增加到200人。佩戴“康源”标志的供水服务宣传、义务水电维修、家政服务3个学雷锋志愿服务队常年活跃在南充市的街头和社区。

集团公司营业收费大厅荣获“全国巾帼文明岗”“全国女职工建功立业标兵岗”。

范俐同志荣获“四川省第七届劳动模范”。黄孝红、杨松、李莉、杨丽4

名职工分别成为“全国水利系统劳动模范”“四川省优秀共产党员”“四川省学习雷锋优秀志愿者”“四川省优秀三八红旗手”候选人。

集团公司供水服务热线中心成为“南充市三八红旗集体”，女职工李莉荣获“南充市爱心妈妈”称号。

2012 年，集团公司二水厂运行班被命名为四川省女职工“我学、我练、我能”示范岗。

2013 年，在南充市“喜迎十八大　唱响文明”文明单位文艺汇演中，反映康源人“舍小家、为大家”“为民服务、奉献水业”的情景剧《诺言是座山》荣获一等奖。情景舞蹈《南充水务人的美丽心愿》，在四川省水协企业精神及优质服务展示主题活动中荣获金奖。

2014 年，集团公司女职工志愿服务队荣获“南充市优秀巾帼志愿服务队”。

2015 年，二水厂运行班被授予“全国五一巾帼标兵岗”。

更难能可贵的是，在这个不到 700 名员工的二级供排水企业中，竟有 80 多名“业余记者”活跃在科室、车间和抢险安装现场，常年为企业内刊《康源水务报》和《康源水务纪检监察》采写“身边的新闻”，同时每年在省、市新闻媒体刊播稿件数十篇。

抢修洪水冲毁的供水管道

南充市国资委的一位宣传干事到康源水务集团公司调研企业文化建设后发出了这样的感叹：康源水务集团公司雄厚的“软实力”，凝聚的是康源水务人的滴滴心血和颗颗汗水。

持之以恒地坚持深化职工理想信念教育和思想道德建设。以《公民道德建设实施纲要》为标准，以培育职工树立和践行社会主义核心价值观为着力点，开设道德讲堂，把道德讲堂和道德经典诵读作为创建“全国文明单位”的重要载体，在企业内形成了知荣辱、讲正气、乐奉献、促和谐的良好风尚。

持之以恒地坚持廉政文化建设和开展普法活动。以《康源水务纪检监察》和手机终端为平台，编发廉政格言和法治警句，鞭策警示职工，使廉洁文化“进班子、进车间、进家庭”，筑牢了干部职工拒腐防变的思想防线。

持之以恒地坚持行业新风建设。以“做文明有礼康源人”为主题，深入开展塑形造誉活动，通过规范员工言谈举止和公共场所、行路驾车、网上交流等行为，引导干部职工说文明话、做文明事、当文明人。

持之以恒地推进学雷锋志愿服务常态化。整合学雷锋志愿服务队和党员志愿者服务队，形成了以党组织为核心、党员为骨干、群众为基础、社会为依托的志愿者服务体系。

持之以恒地坚持节约型企业建设。以“廉洁、节俭、增效”为目标，开展“节约一度电、一滴水、一张纸”和“文明餐桌”等活动，使全体职工养成了艰苦奋斗、勤俭节约的习惯。

持之以恒地坚持企业文化建设。以内强素质、外树形象为目标，以“学习型单位”建设为载体，构建独具特色的企业文化体系。推行职工个性发展计划，实行中层干部竞聘上岗，促使职工学理论、钻业务蔚然成风。

办好企业两个内部刊物——《康源水务报》和《康源水务纪检监察报》，每年进行一次改版，每年举办一次通讯员培训，使内部刊物成为企业文化建设和对外宣传的重要阵地。

编制《企业文化管理手册》，开设职工书屋、健身房、舞蹈训练中心，组建职工羽毛球、太极拳、围棋等兴趣小组，每年举办职工运动会，引导职工崇尚健康向上的生活。

开展“中国梦”主题征文比赛、演讲比赛、知识竞赛、摄影作品有奖征集展播，丰富职工业余生活。

持之以恒地坚持爱心企业建设。广泛开展“献爱心扶贫助困”活动，集团先后与西充县高院镇公子坎村和嘉陵区三会镇三会村开展了“挂包帮”对口帮扶和“三民”联村帮户活动。通过三年帮扶，公子坎村村民年均收入翻了一番。

持之以恒地坚持发挥文明示范效应。积极参与南充创建第三届“四川省文明城市”，充分发挥文明单位的示范带头和辐射引领作用，实现了企业环保达标。围绕供排水业务的开展，巩固和提高了省级卫生先进单位建设成果。严格执行水质国家标准，优化水厂生产工艺，保证出厂水各项指标合格达标。污水处理保持了工艺运行稳定和出水水质达到国标，为南充市完成节能减排任务做出了贡献。

平凡创建路，清新文明风。

走进南充康源水务集团公司，不论你是在机关科室、车间厂房，还是在安装工地、抢修现场，都能够感受到“文明有礼康源人”的时代风范。不论你是缴纳水费、故障报修，还是业务申报、热线咨询，都能够享受到“文明细胞”的微笑服务。

这，就是康源水务人创建“全国文明单位”发送给南充市民最实在的“民生福利”，传递给绸都南充最贴近的文明示范！

链接1 >>>

南充康源水务集团公司创建“全国文明单位”的几点感悟

党的十八大以来，以习近平同志为总书记的党中央，以社会主义核心价值观为载体，把精神文明建设作为凝聚实现中华民族伟大复兴中国梦的强大力量，凸显了精神文明建设这项工作的重要性和时代性。从2011年开始，我公司启动创建“全国文明单位”申报工作，历经3年艰辛努力，获得“全国文明单位”荣誉称号。

这个荣誉来之不易，意味着我们把创建过程变成了坚定理想信念、弘扬优秀文化的过程，变成了造福人民群众、凝聚党心民心的过程，变成了提升经营管理水平，加快建设文明、幸福、和谐康源的过程。

康源水务集团公司作为城市公益型的基础设施企业，在全国文明单位的创建中，始终把精神文明建设贯穿于生产经营、企业管理的各个方面，确保“三个到位”，突出“三个提升”，精神文明建设卓有成效。

确保“三个到位”，形成创建合力。组织领导到位，成立集团公司精神文明建设委员会，下设9个精神文明建设领导小组，全面负责公司精神文明建设工作的组织领导、协调、管理等工作；创建机制到位，建立和完善集团公司《创建全国文明单位总体规划》《创建全国文明单位目标任务分解表》《创建全国文明单位考核细则》等相关制度，明确各部门“一把手”既是部门业务工作的第一责任人，又是部门精神文明建设工作的第一责任人，真正做到“两手抓、两手都要硬”；投入保障到位，将精神文明建设的费用纳入集团公司党委年度费用预算等。随着创建机构的充实和创建举措的完善，集团上下形成了一级抓一级，一级带一级，层层抓落实，党、政、工、青、妇齐抓共管、合力推进的格局。

突出“三个提升”，丰富文明建设内容。提升优质供水，完善安全生产管理体系，加强安全生产宣传教育，加大隐患排查治理力度，实现安全生产零事故；提升作风形象，坚持把解决民生问题作为工作的出发点和落脚点，坚持内部管理和外部监督两手抓，大力整治门难进、脸难看、事难办以及“慵懒散浮拖”等问题，提升了企业的对外形象；提升企业内涵，坚持思想引领，注重顶层设计，把构建独具特色的企业文化体系作为加快企业发展的重要推手，多元化地开展企业文化建设。

通过不懈努力、稳步推进，文明建设硕果累累，近年来，集团公司经营指标实现较快增长，较好地完成国有资产保值增值任务和市国资委综合绩效考核指标。集团公司先后荣获了“全国模范职工之家”“全国建设系统基层思想政治工作先进单位”“省级先进企业”“省级创先争优先进基层党组织”“省级先进基层纪检监察组织”“省级安全文化建设示范企业”“省级卫生先进单位”“省级模范劳动关系和谐企业”等200多项荣誉称号。

未来，康源水务集团将继续把培育和践行社会主义核心价值观融入精神文明建设全过程，以本次获得“全国文明单位”称号为新起点、新契机，为企业改革发展提供精神力量和道德滋养。

链接 2 >>>

南充康源水务集团公司职工创建感言

“全国文明单位”这一殊荣的获得不仅源于集团公司对积极履行社会责任的执着，也源于所有康源人对文明的不懈追求与践行。在深化改革的浪潮中，康源人将以此殊荣为新的动力，不断提升素质增强内涵，助推企业改革发展！

——一水厂　沈　燕

能评上文明单位，是我们全体员工齐心协力、守望相助、众志成城的硕果。

——一水厂　袁　琳

企业是大船，文明是船舵，职工是船桨，文明掌舵，船桨一心，逐风破浪！

——二水厂　吴国强

我们迎接荣誉，却不止步于荣光，让我们礼仪文明、工作勤奋、服务再上新台阶。

——二水厂　肖培民

把一切平凡的事做好即不平凡，把一切简单的事做好即不简单！

——三水厂　王昱霏

让“文明”成为康源人发展进步的源泉和动力。

——二水厂　邹　林

永远向优秀看齐，把比我们优秀的作为追赶的对象，成为我们的标杆！

——三水厂　宋　清

把汗水变成珍珠，把梦想变成现实！

——三水厂　蒋小梅

上善若水，隐大美于无言。

——五水厂　何　琼

爱人者，人恒爱之；敬人者，人恒敬之。

——五水厂　杨小霞

创建其实并不是仅仅为了验收，验收只是一道程序，创建真正受益的是我们广大员工。

——五水厂　周永春

创建是一个实践过程，只有起点，没有终点；是一个永恒课题，只有逗号，没有句号；是一个崇高追求，只有更好，没有最好。

——五水厂　张洪文

站在新起点上，我们要立足于新起点，着眼于新常态，时刻牢记，创建无终点。

——嘉东污水厂 陈 诚

跬步不积，难至千里；小流不积，江海不成。“全国文明单位”只是一个开始，相信康源水务强大的团队战斗力，将会为谱写中国梦南充篇章做出更大贡献。

——机关 胥惠娟

创建“全国文明单位”的过程，是综合性全面性提高和彰显我公司员工集体素质的过程，在这个过程中，我们发现问题，审视自身，改进工作，进步显著，最终也获得了优异的成绩，这是我们康源职工共同的骄傲！

——营管 张靖寒

文明单位绝不是表面上的称呼，我们每一个人都得行动起来，带着同一个目标同一个追求，共同努力奋斗。

——营管 张枥嵫

文明单位你我同创，和谐水务大家共享。

——营管 李 玲

康源文化深扎根，文明之花结硕果。风雨同舟齐奋发，壮大产业报中华。

——营管 寇中东

付出总有回报，得到应有感激。

——营管 何 林

继承发扬文明作风，树立文明新风，昂首挺胸倡导康源之风。

——营管 赵 勇

南充康源人，为保健康泉，几代辛酸泪，齐心为民众，清清自来水，流入千万家！

——营管 黄金怀

创建文明企业，促进深化改革，争做优秀员工，树立社会新风。

——嘉东污水厂　龙俊华

职工文明一小步，康源文明一大步。

——嘉东污水厂　何　果

多少日子里我们齐心协力同甘共苦，共同创建出的不仅是一个文明的工作单位，更是一个团结友爱的大家庭。

——嘉东污水厂　蒋郁兰

“全国文明单位”这一至高的荣誉，凝结了康源全部职工的心血、智慧和汗水，铭刻了集团公司发展的光荣与辉煌，体现了康源人锲而不舍、矢志不渝的执着追求，是对全体康源人不懈努力的充分认可。

——嘉东污水厂　陈　诚

奏响和谐之曲　谱写文明华章

甘肃省疏勒河管理局（机关）

疏勒河，是河西走廊三大内陆河之一，甘肃省疏勒河流域水资源管理局是疏勒河的流域管理机构，也是这条古老河流的守护者和代言人，承担着流域水资源管理和玉门市、瓜州县22个乡镇、6个国营农场134.42万亩耕地的农业灌溉，以及发电生产、工业供水、生态输水等任务。

近年来，疏勒河管理局（以下简称管理局）把文明单位创建工作作为提高职工队伍素质，提升单位文明程度和流域水利管理水平的重要举措来抓，从夯实基础工作入手，加强组织领导，创新活动载体，各项创建工作措施有效落实、扎实推进，实现了水利经济效益快速增长、服务水平大幅提升、干部职工遵德守礼、水利文化繁荣发展、流域灌区生态良好的多赢局面，疏勒河水利人用智慧和汗水描绘出一幅绚丽多彩的流域发展画卷，谱写了一曲雄浑高亢的水利文明之歌。

疏勒河管理局昌马总干渠首

抓班子　带队伍　职工素质全面提升

加强领导班子与干部职工队伍建设是创建文明单位的基础工作和主要内

容。管理局始终坚持抓班子、带队伍，领导班子认真贯彻民主集中制，扎实开展局、处理论中心组学习，严格实行领导干部“述学评学”“述职述廉”和工作联系点制度，切实加强了领导班子的思想、作风和廉政建设。通过集中学习、专题辅导、研讨交流等方式，组织干部职工学习党的一系列重大理论决策和政策部署，将政治思想教育融入到工作生活当中，不断提高干部职工的政治思想素质。

广泛开展职工业务培训、岗位练兵、技能竞赛等业务学习活动，以水利工程建设、灌溉管理、电站安全操作和水利行业政策法规等为主要内容，每年开展的各类集中业务培训活动不少于10次，每年坚持举办一届全局职工业务技术大比武活动。高度重视水利科研工作，近3年来，全局专业技术人员共发表学术论文100多篇，业务水平得到了大幅提升。

疏勒河上游梦柯冰川

以培育和践行社会主义核心价值观为重点，不断加强思想道德教育，制定了“疏勒河管理局文明公约”，在全局设立了道德讲堂3处，开展常态化的宣讲活动；设置水利文化、道德建设、国学经典等内容的遵德守礼提示牌1500多个；开展了“十佳职工”评比活动，引导干部职工在工作中比作风、比奉献、比业绩，形成了学先进、赶先进、争先进的良好氛围；深入开展“文明餐桌”行动，设置了节水、节电、禁烟、文明用餐等标识，营造了勤俭节约的良好氛围；成立了网络文明传播志愿者小组，通过局网站、微博、微信等方式开展网络文明传播活动，在干部职工中逐步形成了爱国守法、明礼诚信、团结友善、勤俭节约、敬业奉献的道德风尚。

抓管理　树品牌　优质服务惠及民生

为灌区内农民群众提供灌溉服务是疏勒河管理局的重要职责和任务，直接关系着农业生产的发展，影响到社会的和谐稳定。在灌区管理中，管理局把开展“阳光水务”活动作为加强灌区管理工作的重要举措、创建文明单位的有效载体和联系服务群众的有效手段来抓。在灌区内，通过实行供水计量、用水水量、水费价格、水费账目“四公开”制度，建立水务公开栏，发放用水明白卡，聘请用水监督员，深入开展民主评议政风行风活动等一系列措施，让用水户交上了“放心钱”、用上了“明白水”，树立起了高效廉洁、文明服务的单位形象。在近三年开展的民主评议政风行风工作中，灌区群众对管理局各项工作的满意率均达到了98%以上。

“划区设岗”活动是疏勒河管理局长期开展的一项能发挥党员先锋模范作用的品牌活动。近年来，局党委在全局灌溉管理、项目建设、电站生产、机关部门等各岗位和所属灌区服务范围、工程管护范围内共设立了“党员先锋岗”229个，划分了“党员责任区”96个，通过把党员的岗位职责摆出来，工作目标任务提出来，考核评价标准亮出来，让党员的先锋模范作用发挥在各项工作中，体现在服务群众上。

在做好各项水利工作的同时，管理局组织干部职工积极参与社会公益事业，成立了党员志愿者服务队和青年志愿者服务队，开展了水利技术指导、环境整治、植树造林、环保宣传、扶贫济困、帮扶慰问等志愿服务活动。坚持开展学雷锋活动，长期帮助贫困户、孤寡老人、留守儿童等帮扶对象40多名，向灾区、移民区、困难群众捐款捐物价值达千万元以上。

在全省开展的“联村联户、为民富民”行动中，管理局先后筹集资金200多万元，实施了农田水利、供水供电、种植养殖、村容整治等帮扶项目；把“双联”工作作为密切党群关系、锻炼培养干部的有效载体来抓，组织干部进村入户开展工作，促进了联系村经济发展、民族团结、和谐稳定。管理局连续三年被省双联办考核为“优秀”等次。

疏勒河下游的胡杨林

抓重点　强措施　全力打造生态文明

水是生命之源、生产之要、生态之基。

疏勒河流域横跨甘肃、青海两省，涉及 7 个县（市），流域水资源对河西走廊的生态建设与保护，以及甘肃全省、西北乃至全国的生态屏障建设都有着十分重要的意义。

近年来，管理局通过落实最严格的水资源管理制度，合理划定重点恢复区、重点修复区、重点水源保护区，强化水功能区监督管理等措施，流域水资源保护工作不断加强。

管理局与清华大学、华中科技大学、兰州大学、中科院寒旱所等科研院所合作，建立了教学实践基地和科研机构，开展对水资源管理、水环境变化等方面的研究，为加强流域生态建设提供了可靠的技术支持。在灌区内建立了地下水均衡实验场，建成了 68 眼地下水位常期观测井和 6 处泉水自动监测点，对水生态环境变化等方面的研究工作起到了重要作用。

组织干部职工大力开展造林绿化工作，在灌区内营造防护林 5000 多亩，植树 300 多万株。每年持续向下游河道、流域内各自然保护区排放生态用水 1.5 亿立方米以上，疏勒河下游的自然生态环境得到了保护。每年向玉门、瓜州城市绿化区、灌区防风林带提供生态用水达 5000 万立方米以上，对美化环境、稳定绿洲、保护生态发挥了重要作用。2012 年，管理局被联合国环境规划基金会和国家环境保护协会联合举办的“绿色中国 2012 · 环保成就奖”组委会授予“杰出环境治理工程奖”荣誉称号。

抓载体 激活力 水利文化特色鲜明

水利文化建设是疏勒河管理局文明单位创建工作的突出亮点。管理局连续举办了 9 届职工运动会，在干部职工中成立了体育、摄影、书画、文学等多个兴趣小组，经常性地开展职工演讲比赛、文艺演出、读书活动等喜闻乐见的文化活动，丰富了干部职工的精神文化生活。

甘肃省疏勒河管理局举办“保护母亲河，关爱疏勒河”知识竞赛

步入疏勒河管理局，环境优美、窗明几净，绿树红花相映成辉，所属单位均建有职工活动室、运动场、图书室、宣传栏等文化活动阵地，各单位职工书屋藏书量均达到了 2000 册以上，形成了设施完善、环境优美、氛围和

谐的生产生活环境。辖区内各项水利工程外观良好，渠、堤、路、林配套，各类标识标志、警示语等设置规范，用语文明，展示出了一流的水利工程文明形象。

近年来，管理局大力开发流域水利旅游文化资源，建成了国家4A级旅游风景区——赤金峡水利风景区，以及疏勒山庄、双塔湖风景区等水利旅游项目，展现了水利人文景观，增值了水利资源，促进了水利旅游经济发展。编修出版了《金峡神韵》一书，创作了歌曲《大美赤金峡》，连续举办了两届“疏勒河赤金峡水文化节”，进一步丰富了水利文化载体，逐步形成了具有流域特色的水利文化体系。

抓业务　显实效　流域水利全面发展

管理局把文明单位创建工作主动融入、自觉介入到中心工作中，推动流域水利工作不断取得新的成效。近年来，全面完成了河西走廊农业灌溉暨移民安置综合开发项目，实施了《敦煌水资源合理利用与生态保护综合规划》疏勒河干流节水改造等重大项目，研发建成了具有国际领先水平的灌区信息化管理系统，荣获“甘肃省水利科技进步特等奖”“甘肃省科技进步一等奖”，昌马水库枢纽工程荣获中国水利优质工程——“大禹奖”，流域水利工作迈上了新台阶，实现了新的跨越。

不断推进流域水利改革发展，积极推行水权制度建设和水价改革，切实加强节水型灌区建设和管理工作，管理局先后荣获全国、全省“水利工作先进集体”等荣誉称号。2014年，管理局所辖灌区内地方生产总值达到了206亿元，比2009年增长69%；农民人均纯收入达到10560元，比2009年增长66%，流域水利工作为地方经济社会发展提供了可靠的支撑与保障。

通过近些年的努力，管理局先后获得了“甘肃省文明单位”“全国水利文明单位”和“全国精神文明建设工作先进单位”等称号，2015年2月，管理局被中央精神文明建设指导委员会命名为第四批“全国文明单位”。成绩属于过去，荣誉鞭策未来。今后的工作中，疏勒河管理局将进一步加大文明单位创建工作力度，以更加坚定的信心，更加有力的措施，创造出流域水利事业更加辉煌美好的明天！

链接 >>>

甘肃省疏勒河管理局（机关）职工创建感言

“全国文明单位”既是一种荣誉，也是一种压力，更是一种动力。我们将通过这种力量来推动和鞭策今后的工作，带动全体干部职工爱岗敬业，竭诚奉献，以主人翁的姿态，为单位的发展而努力奋斗。

——双塔灌区管理处广至灌溉管理所职工　许正江

“全国文明单位”的获得只是一个开始，文明单位的建设要永不止步。

——水库电站管理处工会副主席　狄　君

我们每个职工都要争做文明之树最美的一片绿叶。

——昌马灌区管理处东北干渠灌溉管理所副所长　席　芳

我局荣获“全国文明单位”，凝聚着全局近千名干部职工的辛勤努力。精神文明创建工作永远在路上。

——昌马灌区管理处处长　吴玉军

荣誉来之不易，巩固保持更加不容易。

——水库电站管理处副主任　赵志红

开展“阳光水务”，使我们在“全国文明单位”创建过程中拆去了与用水户的隔心墙，搭起了与用水户的连心桥，让灌区群众用上了明白水，交上了放心钱。今后，我们一定要长期坚持下去。

——党政办公室主任　王治泉

我们把培育和践行社会主义核心价值观作为文明单位创建的重要工作来抓，全面实施“24字人知人晓工程”，增强了干部职工的价值判断力、道德责任感和对社会主义核心价值观的认知认同感。在今后巩固和提高我局精神文明创建工作中一定要长期坚持下去。

——花海灌区管理处处长　辛占龙

我们在创建“全国文明单位”的过程中一直坚持开展每年一届的全局青工业务技术大比武，使我们青年技术人员的业务水平和工作能力有了很大的提升。我们广大团员青年今后一定要更加积极地参加这些有益的活动，不断提高我们工作的本领和技能。

——昌马灌区管理处西干渠工程管理所职工　史德敏

创建“全国文明单位”的过程中，我们有百分之九十的所、站、段建成了园林绿化单位，改善了我们的工作、生活环境，树立了行业新形象，提振了大家干好工作的积极性。我们感到很自豪。

——水库电站管理处处长　穆殿旭

“全国文明单位”这一称号，是对我们多年来工作的肯定，更是对我们今后工作的鞭策。相较来说，获得荣誉不容易，守住荣誉更不容易。所以，这是一份荣誉，更是一种压力。我们一定要化压力为动力，守住这份荣誉。

——花海灌区管理处党政办公室主任　冯玉荣

获得“全国文明单位”这一荣誉，是上级对我局精神文明工作的充分肯定，很荣幸。我们会以这份荣誉为动力，继续努力做好工作，为建设更加繁荣美丽和谐的流域灌区而贡献自己的力量。

——双塔灌区管理处处长　郭小平

我是一名灌区“阳光水务”义务监督员，尽职尽责做好“阳光水务”义务监督，是我义不容辞的责任，我一定要在今后的工作中，更加自觉地发挥好义务监督员的作用，为我们单位精神文明建设工作尽一份力。

——双塔灌区管理处北干渠灌溉管理所职工　南　洋

“十佳职工”评比活动是我局加强干部职工队伍建设的一项重要举措。每半年从10个方面对干部职工进行一次综合考评，并与个人绩效工资、评优树模相挂钩，引导干部职工在工作实践中比作风、比奉献、比业绩，从而在创建“全国文明单位”中形成了学先进、赶先进、争先进的良好氛围。我们每个干部职工都应该积极争做“十佳职工”。

——昌马灌区管理处总干渠工程管理所所长　卜丰林

参加学雷锋志愿者服务活动，陶冶了我们的情操，我愿意今后多多参加这样的活动。

——双塔灌区管理处双塔水库管理所职工　刘光平

这些年来，开展学雷锋志愿者服务活动、道德讲堂、尊德守礼、文明餐桌及网络文明传播“五个一”活动，确实引领了我们单位的文明新风尚。

——双塔灌区管理处党政办公室副主任　冯　炜

在创建和保持巩固“全国文明单位”的过程中，我们人人都是文明单位创建参与者，个个都是文明单位建设主力军！

——党政办公室干部　杨成财

通过创建“全国文明单位”，我们深切感受到，要建设好一个单位，精神文明建设十分重要。

——昌马灌区管理处职工　曹　彬

这是加油站，不是终点站；精神文明建设只有起点，没有终点。

——灌溉管理处职工　赵文雅

没有涓涓细流，无以成江海，没有粒粒土石，难以成高山。个人文明一小步，单位进步一大步。文明创建工作应该从一点一滴做起，只有把每个人的思想行动统一到一个点上，齐心发力，文明创建工作才能出成效。

——双塔灌区管理处北干渠灌溉管理所职工　李生资

回望过去，我们倍受鼓舞，展望未来，我们信心满怀。我们要以获得“全国文明单位”为契机，以更高的要求、更高的标准，坚持不懈地抓好精神文明建设，让文明创建为我局高水平建设、高水平管理增添新的动力。

——工会副主席　陈柳钰

我们荣获“全国文明单位”，凝聚着几代水利人的不懈努力，凝聚着社会各界的大力支持，更凝聚着各级组织的重视厚爱。我们要努力巩固和保持住它，持之以恒把创建工作推动下去。

——双塔灌区管理处职工　朱生革

我们将以获得“全国文明单位”称号为新的起点，继续把培育和践行社会主义核心价值观融入精神文明建设中，提升干部职工整体素质，激发单位发展活力，更加全面地推进单位精神文明、生态文明、物质文明建设。

——水库电站管理处昌马水库管理所职工　杨　富

作为疏勒河流域水利人，我愿意流文明之汗水，扬文明之正气，树文明之新风。

——昌马灌区管理处双塔灌溉管理所布隆吉水管站站长　李生荣

文明花开正当时

新疆伊犁河流域开发建设管理局（机关）

干涸、贫瘠、荒凉，这原本是察布查尔锡伯自治县坎乡麻扎村436户村民赖以生存土地的现状。然而，历史在3年前改变，即使去年伊犁河谷遭遇百年不遇的大旱，麻扎村的村民们还是收获了比往年更多的粮食。麻扎村的村民说，是新疆伊犁河流域开发建设管理局（以下简称伊河建管局）让这里发生了翻天覆地的变化。

截流

2010年，全长168千米的南岸工程通水，距离南岸工程10公里的麻扎村计划开设干管，计划2015年完工。经伊河建管局多方协调，将建设期缩短两年，渠水流进了麻扎村的土地。正是这条生命渠，让村民遭遇大旱时仍能获得可喜收成。

距离恰海工程近百公里的伊东工业园，如今已有庆华、国投等40余家企业入驻，投资额达到上百亿元，这座工业园的蓬勃发展为伊犁州直的工业前行注入了活力，成为伊宁县工业发展的引擎。

伊东工业园负责人告诉笔者，这些企业之所以落户这里，最大的原因是电价低。伊东工业园区的低电价正是伊河建管局的“功劳”，这也是伊犁州直首个使用低电价的企业园区。随后，伊河建管局的低电价区在伊犁州直不断铺展，成为拉升这片中国最西北角的土地经济腾飞的直接助力。

伊河建管局惠及伊犁州直建设的方方面面、角角落落，这是文明建设的成果体现。

文　化　化　人

思想是行动的先导，价值是行为的标准。伊河建管局通过完善机制、党的建设和文体活动塑造精神文明的价值体系。

建立党政“一把手”亲自抓、分管领导具体抓，创建活动专人管、上下联动、齐抓共管的领导机制；严格执行民主集中制，对事关水利改革、发展、稳定、党的建设等重大问题，能够深入调查研究，群策群力，科学民主决策。在干部队伍建设上，公开公正选人用人，使更多优秀人才脱颖而出。

深入抓好学习型党组织建设。每年制定职工培训计划，坚持外培内训相结合，不断更新业务知识和提升业务水平。近三年，每年派出外培人员达200余人次，组织单位内部党务培训、专业继续教育、上岗培训、交通法规、消防安全等培训20余期，培训人数800余人次。平均每年职工教育培训投入36万元。

文化化人最主要的载体是基础设施和活动。伊河建管局先后投入112万元，修建了职工阅览室、健身房、篮球场、羽毛球场、足球场等活动场所，配备了图书、健身器材和乒乓球桌等。组织大型活动助推文化活动，利用节假日和各民族传统节日，参加区直工委历届职工大众运动会，举办纪念“三八”妇女节座谈会，庆“五一、五四”职工趣味运动会，纪念“五四”运动知识竞赛，“民族团结杯”暨“伊河杯”职工篮球、乒乓球比赛，庆“七一”职工文艺会演、“职工大合唱”，“热爱党、热爱祖国、热爱新疆”知识竞赛等活动。这些优质的文化环境使职工的业余生活既有趣又有意义。

团 结 沃 土

伊河建管局由 14 个民族组成，服务的伊犁河谷被称为“民族的基因库”，有 13 个世居民族，民族团结和社会和谐被当地人解读为“比天大”。

北岸建管处聘用人员努尔海扎家生活比较困难，党支部书记王勇知道后，不但送去面粉、清油等生活必需品，还为努尔海扎想办法、谋出路。职工米特力甫的女儿患脑瘤，同事们知道后主动捐款慰问，一位刚参加工作还没有拿到人生第一笔工资的职工也将父母给的生活费递到了米特力甫的手中。

民族团结一家亲的故事不仅仅密集地在北岸建管处上演，事实上，伊河建管局和直属的每一个单位都在演绎民族团结的感人故事。

工程点多线长、人员分散，伊河建管局利用局域网和视频会议系统，学习宣传马克思主义民族观、党的民族政策理论和民族法制，同时开展“反暴力讲法治讲秩序”“去极端化”等专题教育活动，组织职工观看《天山大讲堂》、听“新疆历史、民族发展史、宗教演变史、中共新疆地方史”讲座、参与“与法同行万人宣讲”活动，进行“去极端化”大讨论、“我身边的民族团结故事”演讲比赛和“热爱党热爱祖国热爱新疆”知识竞赛，使干部职工树立强烈的国家意识、公民意识、法律意识，认清正常宗教和非法宗教的本质区别。

时代榜样激发强劲道德力量。伊河建管局开展民族团结工作先进集体和个人的选树活动，3 个集体和 5 名职工参加了全国、自治区和伊犁州民族团结进步先进集体和个人的评选活动，伊河建管局、工程质量检测中心、北岸干渠管理处成为自治区第五次、第六次、第七次民族团结进步模范单位，雅玛渡项目部的迪力夏提被授予“新疆青少年民族团结标兵”荣誉称号。

文 明 新 风

开展扶贫工作是对“谋利民惠民之实”最好的诠释。

伊河建管局定点帮扶的足迹遍布尼勒克县、特克斯县、察布查尔县等地，通过“输血＋造血”帮扶方式，让曾经贫困的面貌焕然一新。

麻扎村就是受惠于伊河建管局扶贫工作的地方之一。伊河建管局通过“短平快”项目，使麻扎村文化中心、文化广场、村级公路进一步完善；举办农作物种植、家禽养殖等技能培训，开展短期劳务输出，树立村民脱贫致富的信心。

伊河建管局根据救助对象的诉求，专门设立了专项基金，涉及到住房、医疗、教育、创业、慰问等方面，仅危房改造和棚圈建设就收到职工捐款4.2万余元。

2014年起，自治区开展持续3年的“访民情、惠民生、聚民心”活动。伊河建管局积极响应自治区号召，已有两批干部下到基层开展“去极端化”、服务群众、助力基层组织建设。一年多来，走访入户2820多户；举办麦西来甫舞会、村民篮球赛等活动近百场；基础设施建设投入220余万元；为村民办实事200余件；举办特色产业各类培训班劳务输出1400余人次；推进村级组织规范化、制度化，提高了村党支部的凝聚力和战斗力。

新疆水利系统最长的输水隧洞TBM准备施工

实　干　苦　干

敢于担当、主动作为、改革创新、实干苦干是伊河建管局的性格，也是伊河建管局闪烁在伊犁大地的道德光芒。

伊河建管局建有全疆水利工程中最长的输水渠道隧洞，全长 31.8 公里。当时采用的双护盾全断面掘进机施工是全疆水利行业首家采用的技术，由于地质条件复杂，施工中遇到了泥石流、塌方、大变形、透水等一系列不良地质情况，双护盾全断面掘进机卡机被迫停工。为了抢工期，节约成本，攻克难关，局领导带领施工技术管理人员克服野外环境的恶劣，在没有可参考技术参数的情况下，连续在隧道里待了 5 天 5 夜，最终破解了难题，使工程如期完工，技术人员还针对施工中遇到的技术难题发表了极有价值的 26 篇学术论文。

蜿蜒于平原、丘陵、滩地、沙漠间共计 127 公里长的北岸工程是伊犁河流域开发的骨干工程，建设区域经过高地下水位段、湿陷性黄土段、煤矿采空区段，穿越灌区、民房、高速公路、铁路，难度大、难题多、情况复杂，然而正是伊河建管局团队的锐意进取、攻坚克难，推动了该工程的顺利建设。该工程建成后，将灌溉 107 万亩土地，有利促进伊宁县、伊宁市、霍城县的工农业发展。

伊河建管局在伊犁河畔的荒地上植树造林、种草种花，昔日的不毛之地，今天已经变成鸟语花香、绿树成荫的风景区。十多年来，一批水利工程建设完

发电站厂房机组

成以后，为保护工程周边环境，建设绿色生态工程环境，共绿化美化荒山荒地3000余亩，种植树木100余万棵。

正如伊河建管局党委书记于海鸣所说："建设一座电站，带动一方经济；建设一座水库，保护一片环境，造福一方百姓，共建一方和谐，是我们始终秉持的理念。"

辉 煌 成 果

物质文明和精神文明如同鸟之双翼，推动伊河建管局实现了持续健康发展。

2014年伊犁河谷遭遇百年不遇的旱情时，伊河建管局顾全大局，按照国家防总和自治区防办的指令，向下游哈国应急调水4.7亿立方米，有效缓解了伊犁河谷下游及哈方旱情，受到国家防总的表彰。

大局意识、责任意识，造就的不仅仅是应急调水一项，在几十年如一日的工作中，伊河建管局开创了一个又一个事业的顶峰，创造了无数辉煌。

伊河建管局经过五年的紧张施工，使南岸工程顺利通水运行，灌溉土地一百多万亩。

恰海工程建成以来，在历年的汛期和干旱少雨的年份充分发挥了工程防洪抗旱的功能。今天的伊犁河沿岸再无洪水之患，伊宁市沿河已成为建设生态公园和高档住宅小区的首选之地。

近三年来，已建成的四座水电站平均每年发电20亿千瓦时，实现产值5亿元，上网电价一直保持在低位运行。

通过精神文明建设，伊河建管局荣获"全国文明单位"称号，有7个直属单位获"自治区青年安全生产示范岗"、3个团支部获自治区"五四红旗团支部"称号，1人获得"新疆青年岗位能手"称号。伊河建管局获"开发建设新疆奖状""自治区民族团结进步模范单位""全国水利工程建设质量管理工作先进集体""全国水利行业实施用户满意工程先进单位"，被水利部黄河水利委员会授予"黄河流域（片）大型生产建设项目水土保持先进集体"称号，恰海工程被水利部授予"全国生产建设项目水土保持示范工程"。

积跬步以至千里，积小流以成江海。精神文明建设的每一项成就，无不凝结着"十年磨一剑"的恒心与毅力。伊河建管局将继续昂首阔步，筑牢精神高地的文明基石，创造更加富足、和谐、美好的文明生活。

链接 >>>

新疆伊犁河流域开发建设管理局（机关）创建“全国文明单位”体会

精神文明建设重在精神，新疆伊犁河流域开发建设管理局顺应时代要求，始终把精神文明建设作为凝聚人心、团结力量、带领队伍建功立业的有效形式，把精神文明建设铸就在水利工程建设管理宏图伟业之中。

总结多年的实践，目标高、定位准、标准实、要求严是创建工作的切入点；创建活动灵活多样、丰富多彩是创建工作的着力点；软件硬件互促共长、依托基层夯实基础是创建工作的支撑点；改进作风，诚信务实，注重实绩，优质高效是创建工作的落脚点。

我们一直坚持局党政“一把手”负总责、分管领导重点抓、党政工青妇各有侧重的“三级网络”机制。提出了“以点带面、全面推进”的工作定位，“创一流班子、带一流队伍、建一流管理、争一流业绩”的工作目标和“创建从基层抓起、活动在基层开展、措施在基层落实、经验在基层创造、问题在基层解决、效果在基层体现”的工作思路。

精神文明建设要做到“思想上有位子、计划中有盘子、工作上有路子”，就必须将创建工作纳入各级领导班子和领导干部考核内容，与业务工作同部署、同落实、同考核、同表彰。我局健全完善了文明单位（处室）末位退出机制、约谈机制和考核奖惩机制，对文明单位（处室）实行动态管理，从而使精神文明创建工作年年有新意，年年见实效，年年显活力。确保组织领导、人员机构、管理协调、资金投入、检查监督和奖惩激励“六到位”，使精神文明创建活动走上制度化、规范化和常态化轨道。

创建活动需要设计创建载体，但载体不能只求轰动效应，而要注重实效，不能搞华而不实，而要脚踏实地，让干部职工感受到创建的作用、享受到创建的实惠，使各类创建活动都能做到利己利国利民，才能确保精神文明建设工作的勃勃生机。

回顾过去多年来的实践，我局认为，精神文明建设实质上就是要建设精神。建设精神的具体内容，就是要建设精神状态，引人向前；建设精神支柱，引人向上；建设精神面貌，引人向善。这些启示来自实践，弥足珍贵，我们要在今后的工作中，紧密结合自身实际加以贯彻，并不断加以丰富和发展。